Anna-Elisabeth Mayer
KREIDEZEIT

Roman

Schöffling & Co.

Für Euch
vom
rana-gana-modi/bodi-bodi-bodi/rana-gana-tschindermo/
bodi-bodi-rennt-davo-
Flügel
–

allen voran Du, Feuervogel
&
Deine Großmutter

Erste Auflage 2023
© Schöffling & Co. Verlagsbuchhandlung GmbH,
Frankfurt am Main 2023
Alle Rechte vorbehalten
Covermotiv: © Sam Green
© Übersetzung des Pessoa-Zitats: David Mayer
Satz: Fotosatz Amann, Memmingen
Druck & Bindung: Pustet, Regensburg
ISBN 978-3-89561-138-4

www.schoeffling.de

»Ich bin fürchterlich verschnupft,
und wie jeder weiß, stürzen solche Schnupfen
ganze Universen um.«

Álvaro de Campos/Fernando Pessoa

I

Anhecheln

Wenn sich in Wien der Sommer ankündigte, geschah etwas mit den Menschen. Wie bei einem aus dem Keller geholten Sonnenschirm segelte von vielen der Staub. Andere waren eher Butter ähnlich, die vor einiger Zeit aus dem Kühlschrank geholt worden war: weich und leicht verteilbar.

Diesen Sommer aber war es in Wien so heiß geworden, dass die Menschen geradezu zerrannen. Anatol in seinem abgedunkelten Büro dachte an das Zerrinnen, den Blick auf die Schneekugel am Schreibtisch gerichtet, Schweißperlen unter dem Kragen. Von draußen drang das Geräusch von Rotorblättern herein. Wurde die glühende Stadt von oben im Auge behalten? Zur Mittagszeit erst recht keiner auf der Straße – außer Touristen; oder einem Staatsbesuch, zur Abrundung des Programms stand gemeinsames Eisschlecken an. Gleich beim Mahnmal gegen Krieg und Faschismus gab es eine neue Eisdiele. Der Hubschrauber entfernte sich; Richtung Museumsquartier, stellte sich Anatol vor und wie er dort über die *Agentur für Bildung* flog – und sein Kollege Zachy Reisinger, aus der Mittagspause kommend, endlich die richtige Größe hatte.

Martha sah den Hubschrauber von einem Autofenster aus im wolkenlosen Himmel kreisen. »Staatsbesuch«, sagte Frederika hinter dem Steuer. »Bald werden die Kinder überwacht – da könnte jeder Staatsbesuch neidisch werden«, meinte Martha mit düsterer Stimme, strich ihrem Hund über das Fell. »Übertreib nicht«, kam es von der Rückbank. Martha drehte sich zurück zu Lynn: »Heute früh in meinem Posteingang«, sagte sie, »von Frau Blecha, der Direktorin« und reichte ihr das Telefon.

»*KREIDE für die Zukunft*«, las Lynn laut, »*Ein Pilotprojekt, herausragend im Volksschulunterricht*«. »Danke Gott, dass Damian bereits ein Teenager ist!«, bemerkte Martha. »Gott für einen Teenager danken? Mehrmals täglich«, erwiderte Lynn, musste die Stirn runzeln, als sie weiterlas: »*Eine neuartige Lernplattform.*« »Ich schlaf' gleich am Steuer ein«, sagte Frederika. Martha ließ die Locke, an der sie gedreht hatte, springen. »Haarsträubend!«, gab sie zu verstehen, dass Langeweile nicht das Problem war: »Die Kinder sollen eine Lernplattform benützen, die sie filmt – in der Schule, zu Hause!« und sie wandte sich um: »Und, habe ich übertrieben?«, während Lynn weiterlas: »*Die KREIDE zeichnet sekundengenau auf.*«

»Tech-Produkte vom Erstklässler an – klingt nach Goldgrube«, sagte nun Frederika, bevor sie scharf bremste, sodass der Koffer im Heck nach vorne rutschte. »Bestimmt von Herren in hohen Positionen ausgedacht«, kam es von der Rückbank und Lynns graugrüne Augen suchten den Text eilig nach etwas ab. »*Ansprechpartner Anatol Penzel (Bildungsministerium) und Zacharias Reisinger (Agentur für Bildung)* – na, wer sagt's denn!«, rief sie schon. »Den Kindern würd' eine Agentur für Unbildung vielleicht besser gefallen«, kommentierte Frederika, bevor sie hupte.

»Ich glaube, ich werde mal das Bildungsministerium anschreiben«, meinte Martha, nahm das Telefon wieder entgegen und begann Izzy auf ihrem Schoß die Ohren zu kraulen.

»Du bist im Krankenstand«, erinnerte Lynn.

»Ich lüfte kurz durch«, meinte Frederika mit Seitenblick auf Izzy und ließ alle Fenster einen Moment hinunter.

»Zwölf Jahre ohne Zähneputzen«, sagte Martha und schmiegte sich an den Hund, er würde ihr fehlen.

»Direktorin Blecha anhecheln!«, befahl Frederika ihm, während sie auf die Überholspur wechselte. Izzy suchte den Schatten unter dem Handschuhfach und setzte sich auf Marthas Sandalen. Sie selbst schaute unterdessen auf die vorbeiziehende Landschaft, das Gras versengt von der Augustsonne. Ihr schien, dass sie den Sommer vor allem durch Fenster gesehen hatte – die belüfteten des Krankenhauses, die Doppelfenster zu Hause, im Augenblick das von der Hundezunge verschmierte Autofenster und bald ein neues, wohl frisch geputztes.

Zum Parkplatz hochfahrend sagte Frederika: »Hier gehörst du zu den Jüngsten.« Sie parkte unter einem Baum, zog den Autoschlüssel aus dem Schloss und schnallte sich ab. Martha verabschiedete sich von Izzy, trug ihr dabei auf, Frederika zu gehorchen. »Mundwasser!«, verordnete Frederika. Lynn hatte inzwischen den Kofferraum aufgemacht und Marthas Koffer herausgeholt.

Als sich vor den Dreien die automatische Tür öffnete, zuckelte eine hüfthohe Scheuersaugmaschine an ihnen vorbei. Ein oranges Warnlicht blinkte, als winkte es ihnen zu. Die Reinigungsmaschine ließ den Parkplatz mit den Autos zurück und nahm Kurs auf das abschüssige Gelände, in Richtung des Tannenwaldes, an dem sie eben vorbeigefahren waren. »Jetzt haben sogar schon die Maschinen genug«, meinte eine entgegenkommende Frau im Rollstuhl.

»Fängt ja gut an«, murmelte Martha. Lynn, die sich um Marthas Koffer kümmerte, drehte sich noch einmal um und sah, wie jemand sich draußen suchend umblickte. Frederika drückte bereits auf den Klingelknopf in der Eingangshalle.

»Einfach Reißaus genommen«, murmelte die Rezeptionistin, als könnte sie dies auf eine Idee bringen. »Sie hat Kurs auf den Wald genommen«, informierte Lynn die Rezeptionistin, die bloß nickte. Sie händigte Martha die Magnetkarte für das Zimmer aus, gab ihr einen Therapieplan und ein paar Broschüren – das alles tat sie mit angelernter Freundlichkeit, aber Martha hatte Respekt vor jedem Erlernten. Im Spiegel des Aufzugs sah Martha, wie sich die junge Frau mit einer der Broschüren, die sie in ihrer Hand hielt, den Blick hinaus gerichtet, Luft zufächelte.

Als sie auf ihrem Stockwerk ausstiegen, war niemand zu sehen – bis auf eine Scheuersaugmaschine in der Mitte des Ganges. »Das wird doch nicht die Schwester sein«, sagte Frederika. Je näher sie kamen, desto klarer konnten sie den Schlauch am kompakten Körper der Maschine ausmachen, die Bürsten, die sich drehen konnten – würde sie nicht gerade stillstehen und das mitten im Weg. »Eine Verschwörung«, meinte Lynn. »Gut, dass ich von der Schule einiges gewohnt bin«, sagte Martha. Lynn stellte den Koffer beiseite, um mit Frederika – »Deine Bandscheiben, Martha!« – die Maschine zu verrücken.

Schließlich schlüpften sie an ihr vorbei, Martha sperrte bei ihrer Zimmernummer auf und die Tür fiel hinter ihnen zu. Martha ließ sich auf den Sessel in der Ecke fallen, atmete hörbar aus und meinte: »Das Rehazentrum ist mir nicht ganz geheuer!«

»Du hältst uns auf dem Laufenden«, erbat Lynn.

»Wenn mich nicht eine der Scheuersaugmaschinen verputzt«, erwiderte Martha.

Frederika ließ sich unterdessen auf dem Bett nieder. »Meines war weicher«, befand sie, fügte hinzu: »Das unterscheidet den Krebs von den Bandscheiben.«

Lynn, die am Fenster stand, durch das Martha die nächste Zeit blicken würde, sagte: »Ratet, wo die Putzmaschine zum Stehen gekommen ist?«

»Vielleicht hat sie einen Baum zum Umarmen gesucht«, meinte Frederika, die aufgestanden und ebenfalls ans Fenster getreten war.

»Oder für den Strick«, murmelte Martha und blickte auf den vollgepackten Therapieplan.

»Hier gibt's kein Entkommen«, sagte Frederika, die sich zurück zu Martha gedreht hatte.

»Kein Entkommen«, wiederholte Martha, dachte an die folgenden drei Wochen, an die Scheuersaugmaschine im Wald, an die Zeilen von Frau Blecha – sie richtete sich plötzlich auf, nahm ihr Telefon, suchte die Nachricht der Direktorin und rief aus: »Kein Entkommen, Anatol Penzel!«

Sehr geehrter Herr Penzel, als Lehrerin einer Klasse der *Christine-Nöstlinger-Volksschule*, die für die Pilotphase der neuen Lernplattform KREIDE bestimmt wurde, würde ich nähere Informationen vor allem den Datenschutz der Kinder betreffend erbeten. Mit freundlichen Grüßen, Martha Kopetzky«, das war das Erste, was Anatol in der Früh las, als er sein E-Mailprogramm öffnete. Anatol seufzte und leitete die Nachricht sogleich an Zachy in der *Agentur für Bildung* weiter. *Wenn das Bildungsministerium schon glaubt, mit einem Start-up-Unternehmen kooperieren zu müssen, dann kann ich auch etwas davon haben*, dachte er. Erstaunt war er, als er Zachy wenig später in seiner Abteilung im Bildungsministerium auftauchen sah.

»Ob das Schütteln der Schneekugel gegen die Hitze hilft?«, fragte Zachy im Türrahmen, den Fahrradhelm unter den Arm geklemmt, die Augen auf die Kugel am Schreibtisch geheftet. »Ich habe dir gerade die Nachfrage einer Lehrerin weitergeleitet«, sagte Anatol.

»Du kannst sicher behutsamer mit Ängsten von Volkschullehrerinnen umgehen«, betraute Zachy flugs wieder Anatol damit, öffnete seinen Rucksack und holte eine Blattsammlung in Spiralbindung heraus: »Hier der Präsentationsentwurf zur KREIDE – ausgedruckt, wie gewünscht!« Anatol nahm ihn wortlos entgegen. Zachy hatte schon oft genug erläutert, an wen sich dieser richtete, sodass Anatol im Geiste mitsprach, als er es ein weiteres Mal tat: »Für das geschätzte Lehrpersonal der *Christine-Nöstlinger-Volksschule* sowie interessierte Direktoren anderer Volksschulen.« Anatol wartete, ob noch etwas kam. »Und das bitte unterschreiben.« Anatol nickte.

»Nach Büroschluss brauche ich eine Abkühlung in der Alten Donau«, sprach Zachy unterdessen weiter, blickte auf Anatols geschlossenen obersten Hemdknopf und den ausgeschalteten Ventilator, als sein Telefon piepste. Mit einem Lächeln meinte er: »Oder der Tag findet einen anderen Ausklang.« *Zachy, wie immer mit seinen Kontakten prahlend*, dachte Anatol, der nach einem Stift für die Unterschrift suchte. Was denn Anatol heute noch vorhabe, erkundigte sich Zachy.

»Nach Hause gehen«, murmelte Anatol, ärgerte sich, wie

langweilig es klang und wie Zachy ihn daraufhin anschaute. Erneut piepste das Telefon. Das Piepsen war Zachys Ausklang, dachte Anatol, während er unterschrieb, sein Schreibtischsessel knarzte dabei.

»Leider abgesagt«, sagte Zachy mehr zu sich, tippte schnell etwas.

»Es wird gleich nochmal piepsen«, meinte Anatol und hielt Zachy das unterschriebene Blatt hin.

»Gesellschaft ist leicht zu finden«, stimmte Zachy zu und nahm es.

»Gesellschaft«, wiederholte Anatol abfällig.

»Du hast ja die Volksschullehrerinnen«, sagte Zachy.

»Da ist mir noch der Präsentationsentwurf lieber«, erwiderte Anatol und voller Groll dachte er: *Dazu hat er mich jetzt auch noch gebracht.*

Und nachdem Zachy seinen Fahrradhelm aufgesetzt und sich verabschiedet hatte – nicht ohne Anatol darauf aufmerksam zu machen, dass an der Jalousie eine Lamelle gerissen war –, blieb Anatol nichts anderes übrig, als Martha Kopetzky selbst zu antworten.

»Sehr geehrte Frau Kopetzky, wir verstehen Ihre Befürchtungen bezüglich des Datenschutzes der Kinder und sind deswegen ganz besonders bemüht, in dieser Hinsicht jeden Zweifel an der Lernplattform KREIDE auszuräumen.« Er machte eine Pause, tippte weiter, löschte das, was er gerade getippt hatte, begann von Neuem, löschte es wieder, machte eine weitere Pause, bis er die Antwort auf die E-Mail auf später verschob. *Warum hat Zachy es nicht einfach übernehmen können?*, ärgerte er sich. Das Vorgefertigte war doch seins, dachte Anatol, obgleich er sich eingestehen musste, dass er selbst um andere als vorgefertigte Sätze rang, ja, dass er ihnen immer weniger zu entkommen schien. Er fürchtete auch, er würde nicht darauf hoffen können, dass es Martha Kopetzky nicht auffiel. *Diese übereifrigen Lehrerinnen*, dachte er, und es kam ihm zu Bewusstsein, dass man ihn, kurz nachdem er seine Stelle hier angetreten hatte, ebenfalls so genannt hatte. Er beschloss, sich anderen Aufgaben zu widmen; das Beantworten der Nachricht erledigte er schließlich kurz vor Feierabend.

Wie so oft ging Anatol nach diesem Arbeitstag nicht gleich nach Hause. Anatol glaubte nicht an Geister, aber wenn er abends in die leere Wohnung zurückkehrte, fühlte er sich selbst wie einer. Er ging also in den asiatischen Imbiss, der in der Nähe seiner Wohnung lag; er nahm an einem der Tische bei den bodentiefen Fenstern Platz. Die Kellnerin, die hinter der Theke hervorkam, musste ihn kennen, nachdem er seit fast einem Jahr regelmäßig hier aß, aber sie ließ es sich nicht anmerken. Kommentarlos reichte sie ihm jedes Mal die in Plastik eingeschweißte Karte, die der Schriftzug *Zur Frühlingsrolle* über den aufgelisteten Nummern der Speisen zierte.

Er bestellte fast immer das Gleiche und während er jetzt auf das Essen wartete, schaute er durch die Scheibe nach draußen. Passanten gingen vorbei, er sah lachende Gesichter, geblümte Stoffe, gestreifte Sonnenhüte. Er wandte den Blick wieder in den schummrigen Imbiss, bemerkte nun den Abdruck eines Tellers in verschütteter Sojasauce auf der metallenen Tischplatte. Und Anatol, den der Tellerabdruck mit den Soßenkringeln plötzlich an Zachys Lockenkopf erinnerte, war versucht, den Tisch etwas anzuheben, um die Sojasauce darüber rinnen zu lassen. Zachy ging ja schließlich so gerne baden. Die Kellnerin kam mit Dose und Glas in der einen Hand an seinen Tisch zurück und wischte mit einem Lappen in der anderen jetzt erst über die Platte. Anatol faszinierte diese Nachlässigkeit, die von einer Gleichzeitigkeit aufgeholt worden war. Die Kellnerin stellte wortlos das Getränk mit dem Glas auf die saubere Tischplatte. Darauf legte sie den zusammengeknüllten Lappen kurz ab und öffnete mit ihrem Fingernagel die Dose. Anatol blickte auf das metallische Blau des lackierten Nagels, dachte an einen Sportwagen. Es zischte. Die Augen der Kellnerin schwarz wie die *Cola light*. Die Kellnerin schenkte ein, strich sich eine Haarsträhne, silbern wie die Dose, aus dem Gesicht, dann verschwand sie hinter einem Schnurvorhang mit Perlen.

Anatol sah zur Theke, die mit einer Lichterkette aus roten chinesischen Laternen geschmückt war. Dass sie abgestaubt gehörte, schien unbemerkt zu bleiben, obwohl sie immer brannte – sogar an einem Sommerabend wie diesem, an dem es erst dämmerte. Der Ventilator auf der Theke drehte sich in seine Richtung. Zumindest saß er von der kühlen Luft weit genug entfernt. Die Flügel drehten sich weiter und bewegten jetzt die Perlschnüre. Ein heller Ton erklang in das gleichmäßige Brummen des Getränkekühlschranks, dessen Scheibe beschlagen war. Anatol fühlte sich wie eine der Dosen im Getränkekühlschrank: eingeschlossen in kalter Umgebung. *Was hilft es mir da, haltbar zu sein!*, dachte er und seufzte. Bevor der Ventilator ans Ende seiner Achse kam, bewegte der Wind das erste Blatt eines Kalenders, der an der Wand hing. Das Blatt zeigte ein landwirtschaftliches Fahrzeug. Vermutlich ein Werbegeschenk eines chinesischen Landmaschinenherstellers. Der Kalender hing an einem Nagel ohne Kopf – *Er wird doch nicht in eine vorbeigetragene Speise gefallen sein*, dachte Anatol.

Die Kellnerin schritt durch den Schnurvorhang und brachte das Nudelgericht. Anatol nahm die Stäbchen aus der weißen Verpackung und brach sie auseinander. Er hatte erst vor ein paar Monaten begonnen, mit Stäbchen zu essen, davor hatte er immer die Gabel aus dem Besteckhalter gezogen. Nach seinen ersten verstohlenen Versuchen aß er jetzt mühelos damit und war unsinnigerweise stolz darauf und wiederum sinnigerweise traurig, denn Gisela hätte es amüsiert, ihn mit Stäbchen essen zu sehen. Anatol seufzte, blickte einen Moment auf die Stäbchen, aß schließlich weiter. Ein Auto fuhr hupend vorbei, eine kroatische Fahne, aus dem Fenster gehalten, wehte im Fahrtwind – heute Abend musste ein Fußballmatch stattfinden, und Anatol blickte unwillkürlich zum Fernseher in der Ecke, der ihm noch nie eingeschaltet untergekommen war.

Die Bedienung kam, um seinen Teller abzuräumen, und er bestellte eine zweite *Cola light*. Er hörte das Öffnen und Schließen der Tür des Getränkekühlschranks, sie brachte die frische Dose an den Tisch, machte diese wie gehabt mit ihrem blauen Fingernagel auf und stellte sie ihm hin. Anatol nahm einen Schluck. Als er durch die bodentiefe Glasscheibe einen angeleinten Hund vorbeigehen sah, musste er an die Agentur und an Zachy denken. Daran, dass er an deren Leine hing. Der Hund markierte den Hauseingang. Anatol seufzte und öffnete seinen Rucksack. Er zog den Präsentationsentwurf für die KREIDE heraus, den ihm Zachy zur Durchsicht überreicht hatte. »Ausgedruckt, wie gewünscht!«, hörte er Zachy anmerken und dachte, *Schulbücher werden den Kindern der KREIDE so verstaubt vorkommen wie die Laternen hier über der Theke,* und in deren Licht begann er schlussendlich zu lesen.

Anatol war zwar nicht davon ausgegangen, dass im Präsentationsentwurf Information und Aufklärung vorrangig sein würden, die Stirn runzelte er trotzdem. Er las das erste Kapitel zu Ende, mutete sich das zweite zu, gab aber, anstatt das dritte zu lesen, die Papiere in den Rucksack zurück. Er verschloss ihn sogar mit der dafür vorgesehenen Schnalle, als könnte der Entwurf sonst sein Unwesen treiben, und seufzte laut in das Klicken, sodass die Kellnerin zu ihm herüberlinste. Im selben Moment betrat ein Mann den Imbiss, eine Mappe unterm Arm. Er bestellte ein Take-away wie die meisten, die hierherkamen. Manchmal waren es mehrere Speisen, die turmartig übereinandergestapelt wurden. Der Imbiss hatte noch nicht auf Papiersäcke umgestellt und die übereinandergestapelten Essensverpackungen in Plastiksäcken machten Anatol jedes Mal wehmütig. Auch ihm hatte oft ein solcher voll aufgetürmter Gerichte ins Handgelenk geschnitten, wenn er die Tür aufgesperrt hatte. Er hörte jetzt deutlich Giselas Stimme und ihr Lachen. Dabei saß er doch in einem Imbiss, dessen Eröffnung Gisela gar nicht mehr erlebt hatte. Und neben ihr erschien ein Kinderkopf, der nun zu einer erwachsenen Forschungstaucherin gehörte, und ein Finger in der Soße, als wäre das bereits ein Meer.

Anatol beneidete seine Stieftochter Hanna darum, dass sie einfach abtauchen konnte, ja, dass ihre Arbeit darin bestand. Das Tauchen helfe ihr, hatte sie nach dem Tod ihrer Mutter gesagt. Unter Wasser habe sie das Gefühl, Gisela nah zu sein. Wenige Monate nach dem Begräbnis hatte sie einen Forschungsauftrag in Costa Rica angenommen.

»Wann kommst du mich besuchen?«, fragte sie seitdem Anatol am Telefon in regelmäßigen Abständen und Anatol antwortete: »Bald«, klagte jedoch im nächsten Atemzug, dass er mit Arbeit eingedeckt sei; in letzter Zeit kam er mehr und mehr auf die Agentur zu sprechen, über deren Ausrichtung er sich beschwerte. Den Menschen scheine die digitale Welt entgegenzukommen, könne man bei ihnen doch eine Tendenz zur Verarmung der Gefühle feststellen, hatte Hanna gestern darauf erwidert: »Deswegen sind mir auch die Meeresbewohner lieber.«

»Das liegt wohl kaum an deren Gefühlshaushalt«, hatte Anatol gescherzt und Hanna geantwortet: »Aber an meinem: In dreißig Jahren wird es mehr Plastik als Fisch im Meer geben – und im Schnee der Antarktis hat man Chemikalien gefunden, mit denen Outdoorbekleidung beschichtet ist, um sie wasserfest zu machen.« Beim letzten Teil des Satzes war die Leitung schon unterbrochen gewesen.

»Selbst die Technik erträgt den Menschen nur schwer«, war als Nachricht von Hanna gefolgt.

Anatol schaltete beim Telefonieren mit ihr nie die Kamera ein. Er schob üblicherweise als Grund vor, die Verbindung sei dadurch stabiler, in Wahrheit tat er es, weil ihre Stimme der ihrer Mutter glich. Anatol fragte sich, ob es einen Unterschied gemacht hätte, wenn sie seine leibliche Tochter gewesen wäre. Ob er dann erst recht die Kamera hätte einschalten wollen, um das Gemeinsame zu sehen, anstatt durch den Klang das Verlorene heraufzubeschwören.

Als Anatol Giselas Tochter kennengelernt hatte, war diese zehn Jahre alt gewesen. Hanna und er hatten sich sofort verstanden und mit den Jahren war immer weniger spürbar gewesen, dass er dazugekommen war; nie war es – was er insgeheim gefürchtet hatte – gegen ihn verwendet worden.

Er fragte sich zuweilen, wie oft sie mit ihrem leiblichen Vater telefonierte. Seit Giselas Tod bemerkte er, dass er dem Ex-Mann gegenüber Eifersucht verspürte, was ihm lächerlich vorkam, aber nichts daran änderte, dass er sie empfand – plötzlich, nach mehr als eineinhalb Jahrzehnten.

Anatol fragte sich auch, ob ihr Vater an seine ehemalige Frau dachte, wenn er mit der gemeinsamen Tochter sprach. Vielleicht vergaß ihr Vater sogar, dass sie durch Gisela verbunden waren – Anatol faszinierte die Vorstellung, vergessen zu können, dass man ein Kind gemeinsam gezeugt hatte. Für Gisela war es indes eine Errungenschaft gewesen. Nicht auszudenken, wenn der eine für alle Zeiten an den anderen gekettet gewesen wäre.

Manchmal blitzte geradezu der Gedanke in Anatol auf, ob Hanna das Ungleichgewicht, dass sie nun einen Vater und eine Art Vater, jedoch keine Mutter mehr hatte, in ihrem Kopf aufrechnete. Ob sie sich daraufhin wie er manchmal fragte, warum ihre Mutter gestorben, aber er noch am Leben sei.

Anatol trank den letzten Schluck aus und verlangte die Rechnung. Draußen schlenderten Paare untergehakt in den schwülen Sommerabend. Geschmolzenes Eis lief Kindern aus der Waffel über die Finger. Anatol überquerte gerade die Straße, als in einem Café Jubel ausbrach – es war wohl ein Tor geschossen worden. Er bog in die nächste Seitengasse ein, fingerte in der Hosentasche nach seinem Schlüsselbund und sperrte schließlich das Haustor auf. Im kühlen Stiegenhaus schaltete er das Licht an. Begleitet von einem fernen Taubengurren stieg er die Treppe hoch. In seiner Wohnung im dritten Stock angekommen, ließ er die Tür hinter sich zufallen. Er stand im Dunkeln, den Rucksack mit dem Technologieversprechen auf der Schulter.

Zachy war nach der Arbeit auf sein Fahrrad gestiegen und gleich Richtung Alter Donau gefahren, die Badesachen hatte er schon in der Früh eingepackt. Jetzt lag er auf dem Rücken und ließ seine Badehose trocknen. Er mochte es, wenn er die Unebenheiten der Liegewiese spürte. Er zupfte einen Grashalm aus und wickelte ihn um seinen Zeigefinger, während die Sonne seine Haut wärmte. Dass es in der Abteilung des Bildungsministeriums keinen anderen als Anatol Penzel gab, den man mit der Begleitung des KREIDE-Projektes betrauen konnte, war kein gutes Zeichen für die Zukunft der Bildung, dachte Zachy, der eingedrehte Grashalm rutschte dabei von seinem Zeigefinger. Hoffentlich war er wenigstens im Abfedern von Vorbehalten geschickt. Seufzend drehte sich Zachy auf den Bauch. Ihm fiel Anatols stets geschlossener oberster Hemdknopf ein – dabei hatte es heute einen Hitzerekord gegeben. Zachy verspürte immer den Impuls, Anatol aufzufordern, den Knopf doch bitte endlich zu öffnen. Und plötzlich kam ihm Anatol mit seiner Zugeknöpftheit und dem ausgeschalteten Ventilator wie ein Menetekel vor: Stillstand und unsinnige Handlungen. »Zukunft – wir retten dich!«, rief Zachy, sodass die ältere Dame, die unweit bäuchlings auf einer Liege lag, den Kopf kurz hob. Er sprang auf, rannte auf den Holzsteg, streckte seine Arme nach vorn und tauchte mit dem Kopf voran in die Alte Donau. Er schwamm mehrmals hin und her, bevor er das Wasser wieder verließ, in das gerade die ältere Dame über die Stegleiter stieg, ihr Rücken gerötet; tropfend kam er bei seinen Sachen an und trocknete sich ab. Während er sich umzog, hörte er im Hintergrund ein junges Paar diskutieren und sich wenig später anschreien. In den Streit hinein mischte sich der lautstarke Protest eines Kindes, das von seiner kurz vor der Explosion stehenden Mutter nicht eingeschmiert werden wollte. Unter einem Baum legte indessen ein altes Ehepaar erschöpft eine Pause ein. *Die Hitze setzt den Menschen zu*, dachte Zachy. Er zog sich um und fuhr mit dem Rad nach Hause, Gruppen von Fußballfans überholend.

Nachdem er angekommen war, setzte er sich in seine Küche und widmete sich seinen diversen Dating-Apps. »Kennenlernportale«, nannte sie Anatol, dachte Zachy amüsiert und ihm fiel dazu Anatols Uhr ein, die in ihrer Unauffälligkeit ausschließlich die Funktion hatte, die Zeit anzuzeigen – aus der er gefallen war.

Der Abend war erst angebrochen, es war weiterhin drückend schwül. Zachy würde ihn nicht allein verbringen. Dank der Technologie war sein Liebesleben reicher und einfacher geworden. Niemand konnte mehr Ansprüche an ihn stellen, denn endlich hatte er die Möglichkeit, diese von vornherein auszuschließen. Das empfand er als große Erleichterung. Man hielt sich an die festgesetzten Spielregeln. Zachy hatte es schon als Kind erlebt, wie es sich anfühlte, wenn Spielregeln nach Belieben außer Kraft gesetzt wurden. So hingegen war er in Sicherheit.

II

Pah

Martha konnte am frühen Abend endlich auf ihrem Zimmer bleiben. Nicht einmal mehr in einer Reha durfte man sich ausruhen, dachte sie. Sie legte die Banane aus dem Speisesaal auf den Tisch; dabei kam ihr Gerry in den Sinn, der seine ihm mitgegebene in der Pause gerne als Mikrofon benutzte – nicht selten, nachdem er dazu auf die Schulbank geklettert war. Sie öffnete das Fenster und atmete die am Land angenehm kühle Abendluft ein. Dann ging sie zurück zum Tisch, klappte ihren Laptop auf und rief die Nachrichten ab. Die Vögel vor dem Fenster zwitscherten laut, während sie die Antwort las, die sie vom Bildungsministerium erhalten hatte. Sofort rief sie Frederika an. »Immerhin hast du eine Antwort bekommen«, meinte diese. »Das soll eine Antwort sein?«, empörte sich Martha: »Anatol Penzel wird mich noch kennenlernen!«

Als sie aufgelegt hatte, klickte sie erneut auf die Homepage der KREIDE. »Kreative Intelligenz durch E-Learning!« – Martha konnte nur den Kopf schütteln. *Schaffen wir eine positive Lernkultur!* Ihre Augen rollten. *Geben wir Schülern eine Stimme!* »Die Stimme der Sponsoren«, murmelte Martha, scrollte weiter: *Die KREIDE bietet gänzlich neue Möglichkeiten der Beurteilung und des individuellen Ansporns.* »Pah!«, entfuhr es ihr. *Die KREIDE fördert die sozialemotionale Entwicklung, ein dynamisches Selbstbild und das Durchhaltevermögen der Kinder. Jedes Kind darf sich ein KREIDE-Monster aussuchen, das für das Verhalten des Kindes*

Punkte sammelt. »Prämien für die braven Kinder – und die anderen werden zu Fleisch«, war Marthas Auslegung, und sie klickte auf die neue, eben eingetroffene E-Mail der Direktorin Blecha, in der nun der Zeitplan erläutert wurde: Vor den Weihnachtsferien würde in der Schule die KREIDE von der *Agentur für Bildung* vorgestellt werden, einem Start-up-Unternehmen, das sich in enger Zusammenarbeit mit dem Bildungsministerium der Aufgabe verschrieben habe, die digitalen Möglichkeiten optimal für die neue Schülergeneration zu nutzen. *Warum wechselt Frau Blecha eigentlich nicht gleich zum Start-up?*, dachte Martha. Im nächsten Schuljahr sollte alles bereits in Betrieb genommen werden. Bis dahin sei jedoch genug Zeit für Einarbeitung, wie Frau Blecha zum Schluss versicherte. »Bis dahin genug Zeit fürs Umdenken!«, versprach Martha, und als sie gerade eine weitere E-Mail an Anatol Penzel schicken wollte, rief Lynn an. »Ist die Reinigungsmaschine inzwischen wieder ausgebüxt?«, fragte sie und knüpfte, ohne Marthas Antwort abzuwarten, daran an: »Kann man bei dir nicht ein Zimmer mitbelegen?«, seufzte: »Fünfzehnjährige!«, ergänzte: »Und sein Vater steht bloß am Klopfbalkon und raucht.« »Das hat dir einmal an Joshua gefallen«, erwiderte Martha.

Und Martha hatte recht: Wie er die Zigarette an die Lippen geführt und den Rauch ausgeblasen hatte – war Joshua Lynn einst aufgefallen; den Rücken an die Wand gelehnt, ein Bein angewinkelt, zwischen den feingliedrigen Fingern der anderen Hand das Feuerzeug drehend, und als er auch noch in ihrem Seminar *Mittelalterliche Handschriften und Buchmalerei* aufgetaucht war, hatte sich das abweisende, unübersichtliche New York, aus dem ihre Mutter stammte und in dem sie zu der Zeit ein Universitätsjahr verbrachte, in ein

Städtchen aus Blattgold verwandelt. Was wohl gewesen wäre, wenn sie später nicht die Stelle an der Universität bekommen hätte, fragte sich Lynn oft und dachte daran, wie Joshua als auf Handschriften spezialisierter Jamaikaner in Wien festgehangen war. Auch wenn er noch eine Weile versucht hatte, akademisch Fuß zu fassen, hatte er dann in erster Linie – während Lynn an der Universität unterrichtete – den Kinderwagen durch die Stadt geschoben, mit jeder nächsten Runde weiter weg von seinen Handschriften.

Frederika hatte bereits damals das Auseinanderdriften des Paares bemerkt. »Statik lässt sich auf alles Mögliche anwenden«, rühmte sie regelmäßig ihren Beruf und blies dabei ihren schnurgeraden Pony ein wenig hoch. Lynn hatte zu bemängeln begonnen, dass für Joshua die Buchmalerei, die sie doch so verbunden hatte, gänzlich nebensächlich geworden war und sich nun alles permanent um Kinderfragen drehte. Martha, die keine Kinder kriegen konnte, hatte sich hingegen dabei ertappt zu denken, dass sie mit einem wie Joshua schon drei Kinder hätte adoptieren können – anstatt mit Liam zu zweit in ihrer Wohnung zu sitzen, weil er erstmal seine Dissertation abschließen wollte.

»Die Aussichten auf Mitbelegung stehen also schlecht«, resümierte Lynn, seufzte: »Dann bleib' ich halt zu Hause in unserem Boxring«, erkundigte sich darauf nach Marthas Kampf – gegen Windmühlen, doch das sagte sie nicht laut. »Dieser Anatol Penzel will mich für dumm verkaufen«, antwortete Martha, aber weil es klopfte, unterbrach sie das Gespräch. Der Kopf einer Physiotherapeutin erschien im Türrahmen.

Es müsse noch hier unterschrieben werden, bat sie, ansonsten könnten die Punkte der absolvierten Einheiten nicht zusammengezählt werden. Martha nickte, setzte ihre Unterschrift auf das Formular und dachte: *Ohne Punkte geht wohl gar nichts mehr – wie soll man da gesund werden!*

D u siehst aber müde aus«, meinte Zachy, als er in der Früh vor der Agentur Anatol antraf, der auf dem Weg zu dessen Vorgesetzten war. »Ich schlafe ja auch nicht, um erholt auszusehen«, sagte Anatol und fügte kaum hörbar hinzu: »Eher um nicht nachdenken zu müssen.«

Zachy war im Begriff zu erwidern, dass er sich im Grunde am besten erhole, wenn er nicht wirklich schlafe. Aber er besann sich eines Besseren: Anatol hatte auf derartige Bemerkungen bereits in der Vergangenheit empfindlich reagiert. Als Zachy bloß im Scherz einmal gemeint hatte, dass man seine Nächte lieber mit einer gut als einer schlecht aufgelegten Person verbringe, hatte Anatol knapp geantwortet, dass er jetzt jedenfalls schlecht gelaunt sei. Zachy wusste nicht, ob es daran lag, dass Anatol trauerte und Verlangen und Trauer zwei unvereinbare Dinge zu sein schienen. Das Intime und der Tod waren ein seltsames Gefüge, dachte Zachy, während er die Treppe hochstieg. Anatol fuhr unterdessen mit dem Lift und dachte an Zachy. *Der erholt sich doch nur, wenn er sich bedienen kann,* dachte Anatol mit düsterer Miene an Zachys konsumorientiertes Verhalten in der Liebe – es fiel Anatol schwer, es als etwas anderes zu bezeichnen, von Zachys Gerede über das Einhalten von Spielregeln ließ er sich sicher nicht beeindrucken. Und hatte sich Zachy bisher zweifellos seine

Verabredungen aussuchen können, würde der Algorithmus ihn irgendwann nicht mehr ganz oben einreihen. Da könnte er sich noch so oft als »Zac« einloggen – wie er Anatol einmal seinen Username verraten hatte. *Vielleicht wirst du, Zac, dann anfangen nachzudenken, statt dich zu erholen*, dachte Anatol.

Anatol stieg im letzten Stock aus. Er betrat den großen, lichtdurchfluteten Raum. Hier gab es keine klemmenden Rollos oder alte Schreibtischsessel. Hier war alles neu, allem voran das Denken. Die Schreibtische waren zu Inseln zusammengeschoben und wirkten unberührt wie ein Naturschutzgebiet. In einer Ecke stand ein Wasserspender, einer geschützten Pflanze gleich. Unweit davon ragte ein Terrarium in die Höhe. Ein Baumstamm mit Kletterästen war ins Licht der UV-Lampe getaucht. Im Wasserbecken badete ein Leguan. Nur die Tablets auf den Tischen ließen vermuten, dass in diesem Raum auch etwas anderes getan wurde als baden. Eine Arbeit, die hier verrichtet wurde, konnte nur eine sein, für die man eine freie Sicht brauchte: Durch die bodentiefe Fensterfront blickte man nicht nur direkt auf die Terrasse, sondern war dem Himmel nah.

Von dort kam Kai Schneeberger, der CEO, Anatol entgegen. Anatols Magen machte ein Wasserspendergeräusch. Der CEO begrüßte Anatol überschwänglich und gemeinsam gingen sie in den kleineren der beiden Räume, die für Meetings reserviert und durch eine Glaswand vom Rest des Büros abgetrennt waren. Aus der Ecke leuchtete das Edelstahlgehäuse einer Espressomaschine mit einem Hebel, den Anatol von derjenigen im Imbiss *Zur Frühlingsrolle* kannte; schon betätigte Kai den in Holz eingefassten Kolben. Anatols Augenbrauen hoben sich wie auf Knopfdruck.

»*Cola light* kommt nicht zufällig aus der Maschine?«, fragte er in Kais Richtung, der so tat, als hätte er ihn nicht gehört. Während der Kaffee langsam in die Tasse aus Glas floss, betrachtete Anatol Kai.

Der Schneeberger hat auch etwas Gläsernes an sich, dachte Anatol. Geschliffen waren nicht nur seine Gesichtszüge, sodass er ein aus jedem Blickwinkel schöner Mann war, sondern auch sein Auftreten. Zudem hatte er einen Doktor in Philosophie – wie Anatol aus dem zu Beginn der Zusammenarbeit vorgelegten Lebenslauf wusste und woran er überdies von der im Meetingraum aufgehängten Urkunde erinnert wurde. Mit einem solchen Abschluss hätte er doch etwas anderes angehen können als einen weiteren in *Leadership and Entrepreneurial Skills*, dachte Anatol beim Anblick der zweiten Urkunde hinter Glas. »Der Kaffee ist gleich fertig«, rief Kai mit kristallklarer Stimme. Anatol nickte, blickte durch die gläserne Trennwand hinaus in den Büroraum, zu dem einzigen Tisch, auf dem sich ein gerahmtes Familienbild befand. Mitten im Naturschutzgebiet stand dieses Relikt. Als Kai Schneeberger vorher sein Tablet von diesem Tisch geholt hatte, waren Anatols Augen an der Fotografie hängen geblieben. Ein kleiner Bub saß auf Kais Schoß, seine Frau hielt ein Baby im Arm. Anatol fiel ins Auge, dass sie sich deutlich von Kai unterschied, sie war in jeder Hinsicht unauffällig. Anatol begann ihm zuzutrauen, dass er sich auch damit bloß hervortun wollte. *Der Schneeberger erscheint mir langsam, aber sicher aus Panzerglas*, dachte Anatol.

»Achtung, heiß«, warnte Kai und reichte Anatol die Tasse.

»Danke«, sagte Anatol und als er sie entgegennahm, fielen

ihm Kais Hände auf. Durch ihre Haut schimmerten die Adern, im Nagelbett leuchtete der Halbmond und die Fingernägel glänzten poliert.

Während Anatol die Besprechung mit Kai Schneeberger führte, klickte Zachy im gegenüberliegenden Meetingraum auf das Link für die bundesweite Kommunikationsschulung zur KREIDE-Lernplattform, die nach der erfolgreich abgeschlossenen Pilotphase in der Wiener Volksschule *Christine Nöstlinger* sukzessive in den übrigen Bundesländern eingesetzt werden sollte. Ein Schulungsleiter stellte sich vor und hieß die Teilnehmer aus den anderen Bundesländern willkommen, auch eine Assistentin – Ada Mazur – begrüßte sie. Ein Leberfleck mitten auf ihrer rechten Wange tat es Zachy sogleich an. Auf seinem Bildschirm erschien unterdessen groß der Schriftzug: KREIDE.

Der Schulungsleiter sagte: »Zuerst gehe ich auf den Charakter der KREIDE ein. Die KREIDE ist nämlich nicht einfach eine Software, die man kaufen kann, schon gar nicht ein vorgeschnürtes Paket.«

Zachy dachte, dass sie den Schulen doch gerade ein Paket verkaufen wollten, unterdessen sagte der Schulungsleiter, die KREIDE sei vorurteilsfrei, motivierend, präzise. »Und die KREIDE denkt immer mit. Lernen wird so endlich der modernen Welt gerecht, in der Kinder heute aufwachsen.«

Zachy nahm einen Schluck aus seiner Wasserflasche. Man solle aber darauf achten, betonte der Schulungsleiter, die

KREIDE nicht als Revolution des Lernens zu bezeichnen – der Begriff Revolution mache vielen Angst, sowohl Eltern als auch Interessenvertretern. In dem Moment verschluckte sich Zachy. Es gehe vielmehr um eine logische Weiterentwicklung des Lernens, hörte er in sein Husten. »Keine Frage der Wahl, sondern eine der Notwendigkeit.«

Zachy presste den Mund zusammen, verspürte erneut Hustenreiz, sprang auf und prustete schließlich das ganze Wasser aus, sodass sich nun die Assistentin Ada Mazur erkundigte, ob mit dem Teilnehmer – sie las den Namen ab – Zacharias Reisinger – alles in Ordnung sei. Er winkte hustend ab, versuchte ein Lächeln, hustete weiter. Gott sei Dank sah man ihn nur in einem winzig kleinen Bildausschnitt, dachte er, überprüfte hektisch, ob das Mikrofon auch auf stumm geschaltet war, hustete noch ein, zwei Mal, fischte schließlich aus seiner Hosentasche ein Taschentuch, mit dem er die Tischplatte säuberte, und hörte währenddessen, dass die KREIDE exakt aufzeichnete, wie viel Zeit jedes Kind zum Ausführen der Aufgaben benötigte. Dass darüber hinaus die Augenbewegungen analysiert wurden, sodass eine exakte Aussage über den Grad der Aufmerksamkeit getroffen werden konnte. Zachy tupfte den Bildschirm seines Tablets ab, wischte dabei über den Leberfleck der Assistentin, während der Schulungsleiter nun etwas von Fehlerkontrolle sagte. Vom Stecken individueller Lernziele und der Optimierung der Schülerleistung sprach er, Zachy probierte unterdessen, das zusammengeknüllte Taschentuch in den Papierkorb zu werfen. Den Eltern gegenüber sollte man immer hervorheben, dass sie ihren Kindern mit der KREIDE maßgeschneiderte Lehre zur Verfügung stellten. Das Taschentuch landete daneben. Der Schulungsleiter schloss, maßgeschneiderte

Technologien seien nun einmal die Zukunft. Zachys Telefon leuchtete auf. Eine Nachricht von seinem Vater erschien.

Damit war der erste Teil der Schulung erledigt, der zweite werde Ende November in gehabter Form stattfinden, verkündete der Schulungsleiter und die Assistentin Ada Mazur bedankte sich für die rege Teilnahme. Zachy bekam eine weitere Nachricht von seinem Vater. Als er schlussendlich mit dem Tablet unterm Arm den Raum verließ, wurde ihm plötzlich bewusst, dass etwas mit seinem Gehör nicht stimmte. In seinem rechten Ohr rauschte es.

»Wie ist die Schulung gewesen?«, fragte Anatol auf der Terrasse rauchend den herauskommenden Zachy. Dass er einen Hustenanfall gehabt habe und jetzt ein Rauschen im Ohr, antwortete Zachy.

»Bestimmt ein Tinnitus – wen wundert's nach so vielen Stunden KREIDE«, sagte Anatol und blies Rauch aus.

Zachy meinte, er wolle gleich nach der Arbeit schwimmen gehen. »Vielleicht verschwindet das Rauschen ja durch eine sportliche Aktivität.«

Zachys Glaube an den Sport war unerschütterlich, dachte Anatol, als er ihm nachblickte.

Zachy setzte sich wieder auf seinen Schreibtischhocker. Er war beunruhigt. Dieses Rauschen störte – so würde er sich unmöglich auf seine abendlichen Aktivitäten konzentrieren können. In Alarmbereitschaft ging er noch einmal zurück auf die Terrasse. Ob Anatol vielleicht einen guten HNO-Arzt kenne, fragte Zachy. »Entspann dich einfach – würdest du sagen«, erwiderte Anatol und zog an seiner Zigarette. »Ich entspanne mich am besten zu zweit«, sagte darauf Zachy – *Tja, Zac,* schoss es Anatol durch den Kopf –, »aber dazu bin ich nicht imstande, wenn es im Ohr weiter so laut rauscht.« *Dieser Hysteriker,* dachte Anatol. Zachy blickte Anatol einen Moment an und meinte, Anatol sehe zwar nicht erholt aus, aber auf eine sonderbare Weise entspannt, deutete auf dessen Zigarette, meinte: »Wahrscheinlich das Nikotin«, kommentierte noch: »Gesund.« »Ja, genau wie eure Schulung«, erwiderte Anatol unwillig. Anatol könne ihm offensichtlich keine HNO-Ärztin empfehlen, schloss Zachy und ging wieder nach drinnen.

Anatol ärgerte sich maßlos über Zachys Bemerkung, schließlich war er von jeglicher Entspannung meilenweit entfernt. Anatol dämpfte seine Zigarette aus und schnaubte. Daran, dass er verwundet war und immer noch trauern könnte, dachte Zachy gar nicht, obwohl ihm Anatol von Gisela erzählt hatte. Es war erst eineinhalb Jahre her, wenngleich Verwesung – Anatol schloss die Augen, für ihn blieb sie aus Fleisch und Blut. Wie sollte er sich bei so einem Widerspruch nur irgendwie entspannen können.

Anatol blieb auf seinem Rückweg zum Meeting-Raum trotzdem an Zachys Schreibtisch stehen. Dass seine Frau eine gute HNO-Ärztin gekannt habe, und Anatol nannte den Namen und eine Adresse im achten Bezirk. »Außer sie ist inzwischen auch schon gestorben«, fügte er hinzu.

Zachy tippte zuerst den Namen in die Suchmaschine, dann die Nummer in sein Telefon. Mit dem Freiton im linken Ohr überlegte er, ob Anatol tatsächlich bei jedem Menschen über dessen Lebensfortdauer nachdachte.

Als Anatol am Abend den asiatischen Imbiss betrat, schien ihm, dass die Kellnerin etwas sagen wollte, allerdings tat sie dann wieder so, als habe sie ihn nicht schon oft gesehen. Jedes Mal traf er sie im Imbiss an, obwohl er an unterschiedlichen Tagen kam. Es kam ihm vor, als wäre sie selbst Teil des Inventars, genau wie die verstaubte Lichterkette, die stets brannte. Vielleicht lackierte sie sich die Fingernägel in dem metallischen Blau, um ein wenig Glanz in den Imbiss zu holen. Und plötzlich erschien ihm das Blau elegant, das ihm zuvor gewöhnlich vorgekommen war.

Er bestellte eine *Cola light* und das Nudelgericht. Dieses Mal war es erst gar nicht nötig, über den Tisch zu wischen. Anatol war so durstig – diese Hitze noch immer –, dass er das Getränk in wenigen Zügen zur Hälfte leerte. Er musste dabei an Zachy denken, an dessen Allüren und Selbstbezogenheit, stieß Kohlensäure auf; er nahm einen weiteren kräftigen Schluck, dachte, für Zachy war Trauer etwas, das sich ganz von selbst auflöste. Von der Geisterbahn, in der Anatol seit anderthalb Jahren feststeckte, schien er keinerlei Ahnung zu haben. In Zachys Universum war wahrscheinlich alles von vornherein kurzlebig. Anatol stellte das Glas ab. Alles, was nicht mehr lebte, hatte sich erledigt, so wie nichts nähere Betrachtung wert war, was einen nicht selbst betraf. »Der Einzelne im Mittelpunkt« hatte Kai Schneeberger am Vormittag doch auch das Erfolgsrezept der KREIDE genannt, fiel Anatol wieder ein. Anatol hatte dabei in die Kaffeetasse geblickt, Sud war darin keiner zu sehen gewesen.

III

Tinnitus

Zwar hatte der Schulungsleiter den Teilnehmern aufgetragen, sich nach dem Einstiegsmodul selbstständig weiter zu informieren, doch Zachy googelte stattdessen erst einmal *Rauschen im Ohr*, nachdem er auf das ärztliche Gespräch bis übermorgen warten musste – die von Anatol empfohlene HNO-Ärztin schien äußerst begehrt. *Vielleicht spuckt die Suchmaschine ja irgendein Hausmittel aus*, dachte er, denn für morgen Abend hatte er eigentlich eine Verabredung; und er war nicht Anatol, der zur Entspannung nur einen Zigarettenautomaten brauchte.

Während Zachy seine Suche nach probaten Rezepten gegen das Rauschen im Ohr fortsetzte, war das Erste, was Anatol nach dem Betreten der Wohnung wahrnahm, die Stille. Er zog sein Leinenjackett aus – *Zigaretten und Imbiss*, dachte er –, und hängte es neben ihre Winterjacke, die, seitdem Gisela sie das letzte Mal getragen hatte, unverändert auf dem Kleiderbügel an der Garderobe hing.

Anatol ging ins Bad, putzte sich bereits die Zähne, zog sich im Schlafzimmer den Pyjama an und saß einen Moment auf der Bettkante, bevor er sich hinlegte, obwohl es gar nicht spät war. Gemocht hatte er es, wie die Matratze eingesunken war, wenn Gisela sich zu ihm aufs Bett gesetzt hatte; das Geräusch des Kratzens, nachdem sie ihr T-Shirt ausgezogen hatte und mit ihrer Hand zum Rücken gefahren war, manchmal hatte sie auch ihn darum gebeten. Das hatte zu seinem Leben gehört und wenn er nun in dem Doppelbett lag, wartete er darauf. Mit offenen Augen lag er bei geschlossenen Fenstern im Dunkeln.

Martha hatte auf ihrem Zimmer im Rehazentrum hingegen das Fenster weit aufgemacht und hörte dem Vogelgesang zu.

Während Lynn zu Hause – im Boxring, wie sie es genannt hatte – gegen die Zimmertür ihres Sohnes trommelte und »Leiser!« rief; mehr Cartoonfigur als Boxerin, dachte sie. Die Tür ging gerade mal einen Spaltbreit auf, unverständliches, von der lauten Musik verschlucktes Gebrumme erfolgte als Antwort, bevor sich die Tür schon wieder schloss. Joshua, der die beiden beobachtet hatte, quittierte das Ganze mit einem Schritt auf den Klopfbalkon und dem Anzünden einer Zigarette.

Frederika wurde unterdessen in der eingezäunten Hundezone beim Schottenring in ein Gespräch mit einem angetrunkenen Pitbull-Besitzer verwickelt – während Izzy begeistert Richtung Brutus' Hinterteil schnüffelte, an das sie allerdings nicht ganz mit ihrer Schnauze herankam. Eine gebrechliche Dame stieß dazu, dessen Dackel Izzy sogleich besteigen wollte, was Brutus nicht gefiel. Nachdem Frederika Izzy, der dies alles nicht das Geringste auszumachen schien, schlussendlich wieder angeleint hatte und der Besuch in der Hundezone somit überstanden war, musste Frederika zu guter Letzt die Drohungen eines Parksheriffs über sich ergehen lassen, weil Izzy diesen – wie Brutus den Dackel eben – angeknurrt hatte. *Noch ganze zehn Tage in meiner Obhut*, dachte Frederika.

Zachy saß noch immer vorm Bildschirm. Ingwertee – entzündungshemmend, wie er mittlerweile wusste – dampfte aus der Tasse vor ihm. Zachy war inzwischen ganz gebannt von der Anatomie des Ohres. Ein Tippen und Klicken. Türkische Musik erklang im Hinterhof. Von der Straße drang Stimmengewirr durch das offene Fenster hinauf. Eine Gruppe Halbwüchsiger stimmte ein Lied an, von Lachanfällen immer wieder unterbrochen. Irgendwo sprang kurz ein Alarm an. Kinder riefen sich etwas zu, ein Hund kläffte. Autotüren fielen zu, ein wummernder Bass dröhnte, der Wagen brauste mit einem Quietschen der Räder davon. In der Nachbarwohnung ertönte auf einem Klavier der Cancan, Sektkorken knallten. Und Zachys Rauschen verging auch nach der dritten Tasse Ingwertee nicht.

Anatol drehte sich im Bett von einer auf die andere Seite. Der Minutenzeiger seiner Uhr am Nachtkästchen bewegte sich lautlos. Das Ohr auf das Kissen gedrückt, konnte er sein Herz schlagen hören, aber er glaubte, noch ein Geräusch zu vernehmen. Es glich einem unmerklichen Knacken. Er musste an Hanna denken, die als Kind, nachdem sie auf das hauchdünne Eis einer über Nacht gefrorenen Pfütze gestiegen war, steif und fest behauptet hatte, dass es sich genauso anhörte, wenn sie jemanden vermisste. *Sie hatte recht*, dachte er jetzt. *Oder stimmt mit dem Herzen etwas nicht?* Der Minutenzeiger seiner Uhr bewegte sich weiter lautlos über die Eispfütze im August.

D er Himmel war wolkenlos, doch in der Früh lag nun die Kühle des Septembers. Anatol musste daran denken, dass Gisela das Abstreifen des Sommers, wie sie es genannt hatte, besonders gemocht hatte. »Ein Gefühl breitet sich in mir aus«, hatte sie dann immer gesagt, »sanft und ungeschliffen.«

Im Büro angekommen fand Anatol eine weitere Nachricht von Martha Kopetzky in seinem E-Mail-Posteingang vor. Er seufzte und blickte einen Moment ratlos um sich. Dabei streiften seine Augen die Schneekugel, die auf seinem Schreibtisch stand und in der ein Foto von ihm mit Gisela steckte – ein Geschenk von Hanna, vor langer Zeit. Er wollte sich der Antwort zuwenden, spürte aber Giselas Blick auf sich. Er sah sie an, wollte fast fragen: »Was hast du?«, schüttelte den Kopf über sich selbst. Und obwohl er gerade eine unfreundliche E-Mail hatte schreiben wollen, verschob er es lieber auf später. Stattdessen holte er den Präsentationsentwurf der KREIDE heraus, den er erst angelesen hatte, wenngleich er ihn dauernd mitschleppte, und dessen Überarbeitung längst anstand.

Er schaute wieder kurz zur Schneekugel, sah jetzt sich selbst vor fünfzehn Jahren. Damals war sein Pädagogikstudium schon mehr als ein Jahrzehnt her gewesen. Als er nach verschiedenen Praktika eine Stelle im Bildungsministerium bekommen hatte, galt das als Karrieresprung und er wurde allseits beglückwünscht.

Anfangs hatte Anatol noch davon geträumt, etwas in Bewegung setzen zu können, viel öfter deutlich seine Meinung kundgetan. Er hatte die Erzählungen seiner ehemaligen Lehrerfreunde ernst genommen, von denen viele täglich in Klassenzimmern standen, in denen die Schultaschen häufig keine Neuware waren. Das änderte aber nichts am Stolz der Mädchen auf ihre mit Prinzessinnen bedruckten Ranzen, hatte ein Freund geschmunzelt und dessen Freundin, die an einer polytechnischen Schule unterrichtete, hatte gemeint:

»Prinzessin kann man wenigstens auch ohne Abschluss werden – kein Märchen«, und mit einem bitteren Lachen hinzugefügt: »Oder Spiderman.« Anatol hatte daraufhin getönt, dass er sich dafür einsetzen werde, jedem Kind eine Perspektive unabhängig von seiner Herkunft zu ermöglichen. »Du hörst dich ja schon selbst wie ein Superheld an!«

Anatol hatte sich tatsächlich geradezu in seine Aufgaben gestürzt. Im Laufe der Zeit hatte er jedoch vor allem einen Eindruck gewonnen: dass er in die Pedale drückte und drückte, aber nicht und nicht vorankam. Es war eindeutig: Er besaß keine Superkräfte.

Anatol sah wieder auf die KREIDE-Präsentation vor sich. Vielleicht war es Giselas Blick gewesen oder Martha Kopetzkys erneute E-Mail, vielleicht seine Erinnerung an den Anatol Penzel vor Jahren – jedenfalls begann er mit einer gewissen Entschlossenheit die Überarbeitung: Er strich ganze Sätze und setzte hinter viele Passagen große Fragezeichen. In einem Kommentar machte er sogar einen Ausflug in die Soziologie und wies auf den Bildungshintergrund als für den Lernerfolg entscheidenden Faktor hin. Davon war offenbar noch nichts zur *Agentur für Bildung* durchgedrungen. Auch daran, dass diejenigen Kinder besser abschnitten, die bei ihren Aufgaben Unterstützung von den Eltern erhielten, würde eine Lernplattform wie die KREIDE nichts ändern – da konnten die Kinder beim Fehlermachen noch so lange gefilmt werden. Gerade Schneeberger mit seiner jungen Familie musste doch bekannt sein, dass Zeit in einer Leistungsgesellschaft nur beschränkt zur Verfügung stand. Aber Schneeberger würde dank der KREIDE immerhin den Nachhilfeunterricht für seine Kinder bezahlen können.

Als er das Bildungsministerium schließlich am späten Nachmittag verließ, hatte er die ganze Präsentation durchgearbeitet. Auf dem Weg nach Hause kam ihm eine mit der gleichen gelben Kappe uniformierte Kindergartengruppe entgegen und ein Skateboarder in kurzen Hosen rauschte vorbei. Die Kinder zog es zum Eissalon, vor dem sich bereits eine Schlange gebildet hatte. Jetzt klammerten sich alle an den Sommer, dachte Anatol. In der Agentur stand Zachy bestimmt mit Kai Schneeberger auf der Terrasse, und Anatol stellte sich vor, wie sie hinabsahen. *Überseht mich mal nicht*, dachte er, drehte, anstatt seinen Weg fortzusetzen, um und reihte sich in die Schlange vor dem Eissalon ein. Er legte beim Warten den Kopf in den Nacken, beschirmte seine Augen – *Zachys gelobtes Vitamin D!* –, schlug seine Hemdärmel um, ja, öffnete sogar den obersten Knopf. Und plötzlich machte sich in ihm ein Gefühl breit, sanft und ungeschliffen: Der Anatol Penzel von früher war zurück.

Jetzt erachtet es dieser Anatol Penzel nicht einmal mehr für wert, mir zu antworten«, schnaubte Martha, als sich Frederikas Autotür öffnete. Izzy sprang heraus und an ihr hoch. »Vielleicht schick' ich dich einmal zur Einschüchterung ins Bildungsministerium.«, meinte Martha, »Ich habe gehört, du hast einen Parksheriff angeknurrt«, und sie streichelte den Hund, der sich vor dem Rehazentrum auf den Rücken geworfen hatte.

»Wir haben außerdem einen einnehmenden Pitbull-

Besitzer kennengelernt – falls Verstärkung gewünscht ist«, meinte Frederika, verstaute das Gepäck und fragte, bevor sie den Kofferraum schloss: »Hast du dich auch von allen Reinigungsmaschinen verabschiedet?«

Während Frederika Martha nach Hause fuhr, hielt Izzy von ihrem Platz auf Marthas Schoß ihre längliche Schnauze aus dem heruntergelassenen Fenster. Zum Abschied sagte Frederika: »Die Hundezone beim Schottenring ist mir besonders ans Herz gewachsen.« Zurück zu Hause packte Martha, nachdem sie dem Hund einen Kauknochen gegeben hatte, ihren Koffer aus, telefonierte hernach mit ihrer Mutter, um sich bei ihr gleich für das kommende Wochenende anzukündigen, machte überdies ein Treffen mit Lynn aus und legte schließlich die Unterlagen für den Unterricht morgen zusammen. Sie hatte nur eine Schulwoche versäumt, wenn auch ausgerechnet den Schulbeginn. Daraufhin leinte sie einer Laune folgend Izzy an – die hingegen gab den Knochen nur ungern auf –, um das erste Mal seit Wochen mit ihr spazieren zu gehen. Dass sie wieder zu Hause war und sich ohne Rückenschmerzen bewegen konnte, löste bei ihr regelrechte Frühlingsgefühle aus. Der Hund und sie gingen hinaus in den September.

Indessen stand Zachy auf der Dachterrasse, atmete den Kaffeeduft aus seiner Tasse ein und blickte auf das sonntägliche Treiben in der Stadt. Er musste dabei an die nach wie vor gerissene Jalousie in Anatols Büro, das er erst vorgestern wieder aufgesucht hatte, denken. Auf seine Anmerkung hin: »Die Privatwirtschaft hat durchaus ihre Vorteile« hatte Anatol geantwortet: »Noch sind sie mir erspart geblieben.« Ihn interessierte mehr: »Hat Schneeberger schon etwas zu meiner Überarbeitung gesagt?«

»Von der Dachterrasse der Agentur hat man einen Rund-umblick auf die Stadt«, fuhr Zachy unbeirrt fort.

»Meine Aussichten reichen mir«, erwiderte Anatol darauf bloß.

»Wie wär's mit ein bisschen frischem Wind, Anatol?«, meinte Zachy und zwinkerte.

»Sofern du mit frischem Wind meinst, dass man auf einer Terrasse herumsitzt und dabei eine Lernplattform aus heckt – nein danke!«

»Willst du dich lieber gegen die Zeit stemmen?«, fragte Zachy in der Folge und blickte auf Anatols eine hochge-zogene Augenbraue, die ihn unwillkürlich an einen stehen-gebliebenen Minutenzeiger erinnerte.

»Am Ende wird noch der Mensch ersetzt«, warnte Ana-tol.

»Die Technik greift dem Menschen doch nur unter die Arme«, wiegelte Zachy ab.

»Na, wenn dir dann im Krankenhaus ein Roboter unter die Arme greift – viel Spaß!«

»Die Abhängigkeit von Menschenhänden ist auch furcht-bar«, entgegnete Zachy. *Was weißt denn du schon* – so sah ihn Anatol an.

»In Japan werden Care-Roboter jedenfalls mit großem Erfolg eingesetzt«, stellte Zachy fest.

»Als würde es jemals ausreichen«, brauste Anatol auf, »Roboter durch Krankenhäuser stolpern oder Kinder von Lernplattformen filmen zu lassen!«, und er fügte hinzu: »Sollte das euer frischer Wind sein, ist Erfrieren garantiert!«

Zachy seufzte, nahm den letzten Schluck aus seiner Kaf-feetasse und ging nach einem weiteren Blick von der Ter-rasse zurück ins Büro zur Sitzung, die Kai einberufen hatte.

Dieser Kai, der doch die Sonntage mit seiner Familie verbringen wollte.

Anatol hatte nach dem Gespräch mit Zachy vor zwei Tagen tatsächlich gedacht: *Was weiß Zachy denn schon?* Einen Moment war er nur dagesessen; hatte sich an die Zeit im Krankenhaus erinnert und daran, wie er wochenlang ihre Hand gehalten hatte. *Schnell an etwas anderes denken!* Er hatte aber bereits das Gewicht der Hand gespürt. Schwer fiel es ihm, in solchen Momenten im Bildungsministerium zu sitzen, als wäre es das Normalste in der Welt, ohne sie weiterzumachen. Dass es für einen wie Zachy leichter wäre, würde Anatol behaupten – Zachy würde in der Alten Donau einfach baden gehen oder auf der Terrasse sitzen.

Als Martha am Montagmorgen die Schulklasse im ersten Stock aufsperrte, war es, als würde sie ihre eigene Wohnung betreten. Gleich würden die Kinder von der Garderobe hereinlaufen – und schon waren sie da und Martha wurde vom ersten umarmt. Gerry boxte noch schnell einen Klassenkameraden in den Arm, dann rannte auch er herbei.

Martha erzählte ihnen von ihrem Aufenthalt, erwähnte natürlich die Scheuersaugmaschinen, und die Kinder schüttelten sich vor Lachen; und alle auf einmal wollten sie ihr zeigen, was sie in ihrer Abwesenheit gemacht hatten. Kleine Hände hielten ihr Hefte und Zeichnungen entgegen, es wurde durcheinandergerufen, bis Martha mit einem Klatschen eine Reihenfolge einforderte. Sie sah, wie sich die Kinder zurückhalten mussten, um einander nicht ins Wort zu fallen. Nur Gerry, wenig überraschend, schaffte es überhaupt nicht, sodass Martha ihn bald vom Warten befreite. Natürlich kippte er dann mit dem Stuhl um, als die letzte Schülerin, Dunja, endlich an der Reihe war. Und alle lachten wieder, Lisa am meisten, sodass ihre Brille etwas hüpfte; Nils versteckte seinen lachenden Mund hinter einer Hand. Martha liebte das Lachen der Kinder, das über das Ohr in ihren Körper drang und dort Wärme erzeugte. Und wenn sie der Spur der Kinder folgte, wurde sie in ihre eigene Kindheit geführt, von der sie das meiste vergessen hatte. Nicht selten kam es vor, dass sie sich auf dem Heimweg auch den Erwachsenen, der ihr zufällig in der U-Bahn gegenübersaß, als Kind vorzustellen versuchte. Manchmal gelang es ihr leicht, oft aber gar nicht.

Martha hatte noch nie eine Lehrerkonferenz übersehen, doch an ihrem ersten Tag nach der Reha passierte es ihr zum ersten Mal, sodass sie ihr Treffen mit Lynn auf den nächsten Tag verschieben musste. Nachdem sie Lynn schnell geschrieben hatte, ging sie die Schulhaustreppe hinunter zum Konferenzzimmer. Um sie herum wieder die Kinder mit ihrem Lachen und ihrer eigenen Art von chaotischer Unterhaltung. Noch kein Schweiß und auch kein verminderter Antrieb, der Körper in seiner Zufälligkeit würde erst gekränkt werden, dachte Martha. Durch das Fenster des Treppenhauses sah sie zwei Schüler mitten am Weg in der Hocke etwas erforschen, ihre Schultaschen achtlos daneben abgeworfen. Die Kinder verschlangen die Welt noch, ohne zu ahnen, dass sie ihren Geschmack verlieren konnte – und Martha musste an Liam denken. Einen Moment lang blieb sie auf der vorletzten Stufe stehen, als ob die Erinnerung an die Zeit mit ihm ein Stehenbleiben einforderte, dann nahm sie schnell den letzten Treppenabsatz und ließ das Stiegenhaus hinter sich.

Die Lehrerkonferenz hatte sich in die Länge gezogen. Als Martha endlich ihre Wohnungstür aufsperrte, lief ihr Izzy freudig entgegen. Martha ging in die Hocke und kraulte ihre Ohren, sagte ihr dabei Koseworte. Sie verstand nicht, wie manche Leute darüber spotten konnten. Die meisten ihrer Schüler mochten Tiere, das Streicheln des Fells beruhigte sie in einer Welt, in der sich selbst Erwachsene ohne ihr Telefon abgeschnitten fühlten. Sie blickte wieder auf den Hund. »Und, Izzy, wie stehst du zu kreativer Intelligenz?«, und Martha dachte daran, wie ausführlich es in der Konferenz um ihre Förderung durch die Lernplattform KREIDE gegangen war. *Aberwitzig*, hatte Martha gedacht, während die Kolleginnen Frau Blechas Worte mitnotiert hatten. Die Direktorin hatte überhaupt vom Messen des Einsatzes, Erfolges und Scheiterns mit einer Zärtlichkeit gesprochen, die Martha, sobald es um die Kinder gegangen war, vermisst hatte. »Ich sehe schwarz für alles, was sich den Zahlen entzieht«, sagte Martha zu ihrer Hündin, die mit dem Schwanz wedelte: »Darunter fällst übrigens auch du«, und Martha murmelte: »Hauptsache man liebt Kurven, Daten und Kontrolle.« Izzy schaute sie mit ihren runden Augen an. »Klingt nicht nach weich gebettet werden, was«, und Martha fügte an: »Wäre ja noch schöner, wenn Frau Blechas glorreiche Zukunft einfach verschlafen werden würde.« Martha fuhr über das Fell, als müsste sie sich gerade beruhigen. »Ach, Izzy«, seufzte sie, »würden die Menschen sich nur etwas von dir abschauen!« Izzy sprang auf und schüttelte sich. Sie war genug gestreichelt worden, jetzt hätte sie gerne zu fressen.

Anatol entschied an diesem Tag nach Büroschluss noch ein Stück zu gehen, das Wetter war einladend dafür. Während er bei einer Ampel wartete, stach ihm eine Befundtasche in der Hand einer Frau ins Auge. *Diagnosezentrum Urania*, las er, und etwas in ihm verkrampfte sich. Genau die gleiche blickdichte Tragetasche war damals auf dem Küchentisch gelegen, als er heimgekommen war. Er sah sich den Befund entgegennehmen, den Gisela ihm stumm hinhielt. Seine Augen blieben am oberen Rand bei *Fachärzte für Radiologie* hängen, als ob sie sich weiter schon nicht mehr trauten. »BI-RADS *Kategorie 5«*, hörte er sie da sagen. Und obwohl er diese Begriffe nicht zuordnen konnte, war es die Veränderung in Giselas Stimme gewesen, die ihm alles über ihren Mammografie-Befund gesagt hatte. Die Ampel schaltete wieder auf Rot, ohne dass Anatol über die Straße gegangen war.

Auch Frederika hatte einmal aus so einer blickdichten Tasche Befunde herausgezogen. Als Lynn und Martha gehört hatten, dass bei ihr ein Knoten entdeckt worden war, waren beide fassungslos gewesen. Ausgerechnet ihre starke Frederika sollte von einer tödlichen Krankheit eingeholt worden sein? Für die Freundinnen rückte damit plötzlich das Lebensbedrohliche ebenfalls näher. Zuerst einmal müsse man das Ergebnis der Gewbeprobe abwarten, hatte Frederika ruhig gemeint. Von ihrer alleinerziehenden Mutter hatte sie eine Herangehensweise an Belastungen gelernt, die diese mit einem rigorosen Optimismus bekämpfte. Außerdem würde sie sich von keiner Diagnose einschüchtern lassen. Selbst wenn sie sterben müsste, würde sie das mit geballter Faust tun, ließ sie die bestürzten Freundinnen wissen, die das gar nicht lustig fanden.

Martha und Lynn begleiteten sie dann für die Gewebe-entnahme gemeinsam ins Donauspital auf die Abteilung für Onkologie. Frederika mit einer Reisetasche über der Schulter, als würde sie wegfahren. Sie waren diejenigen, die während der Operation so oft nervös auf ihre Telefone blickten, dass sogar eine von Marthas Schülerinnen auf-zeigte und fragte, ob sie auch einmal auf das ihrer Lehrerin schauen dürfe. Beide saßen sie nach der Operation wieder an Frederikas Bett, eine links, eine rechts. Lynn tippte Fachbegriffe von Frederikas Befund der Gewebeprobe in die Suchmaschine ein, in der Zwischenzeit zeigte Frederika Martha den Verband. Frederika fragte, ob Lynn etwas Neues herausgefunden habe. Lynn schüttelte den Kopf, wobei Martha registrierte, dass sich etwas an ihrem Blick verändert hatte. Aber erst viel später, auf dem Heimweg, als Lynn neben ihr in der U2 saß und ihr verriet, dass der Befund nicht besorgniserregender hätte ausfallen können, wusste Martha, was sie gesehen hatte: dass Frederika mit einem Mal sterblich geworden war.

Als Martha am nächsten Tag wieder im Donauspital an Frederikas Bett saß und Lynn unterdessen der vom Krebs bereits gezeichneten Bettnachbarin etwas zum Trinken ein-schenkte, brachte Martha das Zittern in ihrer Stimme nur schwer unter Kontrolle, sodass Frederika den Kopf zu ihr drehte und just sie besorgt fragte, ob mit ihr alles in Ord-nung sei.

Viel später, längst entlassen und mit einem inzwischen nachgewachsenen Pony aus echten Haaren über der Stirn, hatte Frederika ihnen erzählt, dass ihre damalige Bettnach-barin, obwohl todkrank, ihr auf eine Weise Trost gespendet hatte, wie sie sich als Kind immer Heilige vorgestellt hatte.

»Diese Frau werde ich nie vergessen«, sagte sie öfter. Lynn und Martha versuchten sich an das Gesicht der Frau zu erinnern, erinnerten sich allerdings mehr an ihren Ehemann, der oft gekommen war, wenn sie schon gingen. Auch seine Gesichtszüge verschwammen mittlerweile, aber das Zerknautschte und Traurige blieben ihnen deutlich im Gedächtnis, und sein auf seine kranke Frau gerichteter Blick, der sie unabhängig voneinander auf der Heimfahrt über das Lieben hatte nachdenken lassen.

Inzwischen lag Frederikas letzter Krankenhausaufenthalt fünf Jahre zurück, und nun galt sie als geheilt. Als Statikerin blieb ihr jedoch das Wissen vom Riss.

Das Team, das den Präsentationsentwurf ausgearbeitet hat, fühlt sich von einigen der Kommentare angegriffen«, erläuterte Kai Schneeberger Anatol bei ihrem mehrmals aufgeschobenen Treffen, diesmal ohne ihm Kaffee zu kredenzen. Er bat Anatol zukünftig um möglichst sachliche Anmerkungen. Anatol fielen Schneebergers Augenringe auf.

»Kritik ist natürlich immer willkommen«, meinte er, aber sie dürfe nicht über das Ziel hinausschießen. *Über das Ziel hinausschießen,* dachte Anatol, sein Blick blieb wie schon beim letzten Mal an Kais Händen hängen und er überlegte, ob dessen Füße genauso sorgfältig pedikürt waren. Kai sprach weiter – Anatol blickte wieder auf dessen Augenringe – und als er endlich zu einem Abschluss gekommen war, begann er wieder von vorne. Anatol solle doch im Korrekturprozess die Arbeit, die andere investiert hätten, bedenken. *Und was ist mit meiner Arbeit?*, dachte Anatol. »Das ist eine Frage der Wertschätzung«, sagte Kai unterdessen, blickte einen Moment mit glasigen Augen ins Leere, als ob er selbst den Satz oft zu hören bekäme. Er gab sich einen Ruck und schaute Anatol erneut an. Die Wertschätzung stehe nämlich bei ihnen an oberster Stelle, sagte er, das seien sie ihren Klienten, den Schülern und Schülerinnen, schuldig, schloss er schließlich das Gespräch ab. Ob Anatol eigentlich einen Kaffee wolle, und mit einer Drehung zur Espressomaschine entschuldigte er sich, dass er ganz vergessen habe zu fragen. *Dafür brauche ich keine Entschuldigung*, dachte Anatol.

Als Anatol den Meetingraum der Agentur verließ, fühlte er sich von den Umständen einer manikürten Welt niedergedrückt. Sein Blick streifte die Familienfotografie, die heute auf einem anderen Schreibtisch stand. Ob Kai seine eigenen Kinder auch als »Klienten« sah, fragte sich Anatol und ging Richtung Lift.

Dort traf er auf Zachy, der gerade mit einem Packen Kopien die Treppe hochkam. Er bedankte sich bei Anatol noch einmal für die empfohlene HNO-Ärztin. Sie nehme sich viel Zeit und sein Tinnitus sei bereits am Abklingen. Er habe gerade gehört, sagte Anatol verschnupft, dass in der Agentur Kritik immer willkommen sei. »Kai eben«, sagte Zachy und machte eine wegwischende Bewegung, als Anatol das Gesicht verzog. Anatol sog die Luft ein und stieg mit einem knappen Gruß in den Lift.

Zachy wiederum ging an seinen Schreibtisch, lud den Stapel Papier ab und griff nach seinem Fahrradhelm. Als er im Begriff war, das Büro zu verlassen, rief ihm Kai zu: »Eine Kooperation mit dem Bildungsministerium hat ihre Nachteile!«, und mehr zu sich selbst: »Aber ohne das Bildungs-ministerium – keinen Fuß in der Tür.« »Anatol Penzel mag altmodisch sein, aber er ist verlässlich«, erwiderte darauf Zachy und wünschte Kai ein schönes Wochenende. Er hoffe darauf, dass seine Tochter zur Abwechslung einmal mehr als drei Stunden am Stück durchschlafe, äußerte Kai und rieb sich die Augen.

Als Zachy an der Alten Donau angekommen war, sah er nur mehr wenige Schwimmer. Ein Kind stand am Ufer und warf einem Hund einen Stock ins Wasser. Sobald der Hund ihn zurückgebracht hatte, bellte er laut. Die Mutter saß mit hochgekrempelten Jeans am Ufer, beschirmte ihre Augen und sah glücklich aus.

Zachy zog sich um und ging mit raschen Schritten ins Wasser. Während er schwamm, fragte er sich, was genau Anatol heute in eine solche Laune versetzt hatte. Kai würde nicht für sein Fingerspitzengefühl bekannt werden, wusste Zachy, aber er stand auch unter Druck. Erst gestern hatte Zachy wieder einen Streit am Telefon mit dessen Frau mit-bekommen. *Und Anatol?*, dachte Zachy, ließ sich mit aus-gestreckten Armen auf dem Rücken treiben – toter Mann –, und blickte in den Himmel über sich. Hundegebell vom Ufer.

IV

Im Magen

A natol war einen Moment auf der Straße gestanden, die Agentur im Nacken. Dass die Besprechung so ärgerlich ausfallen würde, damit hatte er nicht gerechnet, obwohl er vom Bildungsministerium nicht gerade verwöhnt war. Dabei hatte ihm Kai in der Einführungsphase persönlich vorgeschwärmt, die KREIDE-Lernplattform würde gerade Schwächeren zugutekommen, da sie zusätzliche Förderungsmöglichkeiten böte, für die normalerweise kein Raum sei; dadurch wäre eine Verbesserung für diejenigen möglich, die sich sonst von Kindheit an stetig verschlechterten. Dass er an diese Versprechen in seinen Kommentaren erinnert hatte, nahmen ihm jetzt die Mitarbeiter der Agentur übel, die geistlos wie Care-Roboter über das Lernen philosophierten. Er blickte auf seine Armbanduhr. Noch am Friedhof vorbeizuschauen, würde sich heute nicht mehr ausgehen. Er überlegte, ob er den asiatischen Imbiss aufsuchen sollte, dann entschied er sich doch für Zuhause, ging aber zu Fuß statt mit der U-Bahn zu fahren.

Angekommen holte er sich eine Dose *Cola light. Ich sollte wieder einmal etwas einkaufen*, dachte er mit Blick in den fast leeren Kühlschrank und setze sich mit der Dose auf die Couch im Wohnzimmer. Erneut schwirrten ihm Kais Worte im Kopf herum. Er atmete tief durch. Gisela hätte ihn verstanden.

Schließlich schaltete er den Fernseher an. Es lief ein Bericht über ein Treffen in Brüssel. Europäische Regierungschefs bei einem Bananensplit, eine Hohlhippe haltend wie einen Grenzbalken. Nach der Pause – wohlverdient, hieß es – wurde weiter über Ertrunkene im Mittelmeer konferiert, Kinder, die gerne ein Eis gegessen hätten, waren auch darunter. Anatol drehte ab. Er musste daran denken, wie Gisela damals, vor der Schließung der Balkanroute, mit ihm zum Westbahnhof gefahren war. Anatol hatte gemeint, sie sollte sich lieber schonen, er würde es alleine schaffen, aber sie hatte ihm nur über die Wange gestrichen.

Zuerst hatten sie Decken bei einem Container der Caritas abgeliefert, vor dem eine lange Schlange gestanden war. Dann hatten sie eine Essensspende zu einem weiteren Container bringen wollen. Eine junge Romni ging dabei auf sie zu und sprach Gisela an. Ein Mann aus der Schlange rief in gebrochenem Englisch herüber, niemand von ihnen würde betteln, das gehöre sich nicht. Die Frau hielt Gisela unbeirrt die Hand hin. Zuvor hatte eine Trafikantin in der Bahnhofshalle Anatol erklärt, dass man jetzt hier beim Westbahnhof ständig angesprochen werde. »Nichts als Ärger gibt es!«, hatte sie gesagt. Die junge Romni murmelte Richtung Warteschlange: »Warum immer nur die da« und ging schließlich mit leeren Händen davon. Gisela hatte später noch lange beschäftigt, ob sie ein Stück weit der Ablehnung des Mannes gefolgt war, der selbst nichts mehr fürchtete als Zurückweisung.

Im Nieselregen schritten sie nun zu dem hinter dem Bahnhofsgebäude liegenden Parkhaus hinüber – wie man es ihnen gezeigt hatte. Als sie das Essen abgegeben hatten, war in die Runde gefragt worden, ob jemand bei der Kinderbetreuung einspringen könnte, und Gisela hatte es sich von Anatol nicht ausreden lassen, spontan zu helfen. Sie stiegen in einen Lift und Anatol drückte auf den Knopf, neben dem »Parkhaus Ebene 3« stand. Als sie aus dem Lift traten, traf es Anatol wie einen Schlag: *Dort sind Menschen geparkt, als wären sie Autos.* Die offenen Seiten des Parkhauses waren mit Plastikplanen abgeklebt worden. Regentropfen perlten darauf ab, der Wind drückte dagegen. Die Menschen drängten sich um einen Holztisch mit Kaffee und Tee beim Eingang des Parkhauses. Gisela folgte der Empfehlung, sich die Hände zu desinfizieren. Nachdem sie schon ein T-Shirt mit der Aufschrift *Caritas* übergezogen hatte, wurde sie in die Spielecke geschickt. »Um sechs Uhr treffen wir uns unten«, rief sie Anatol zu, der ihr nachblickte, bis sie im hinteren Parkplatzbereich verschwand, vorbei an Faltwänden, die entlang der weißen Markierung für Stellplätze aufgestellt worden waren, um einen geschützten Bereich zum Stillen zu schaffen.

Den ganzen Nachmittag würde sie mit Kindern spielen. Anatols Finger fühlten sich bereits kalt und klamm an. Gisela würde ihm später erzählen, wie manche Kinder sehr erschöpft waren, andere eher aufgekratzt. Eines der Kinder hatte gar nicht mehr aufgehört zu weinen. Es hatte aus dem Mund gerochen, als hätte es wochenlang nicht mehr die Zähne geputzt, hatte Gisela leise gesagt. Von den Eltern hatte sie erzählt, dass ihre Gesichter auf seltsame Weise gealtert gewirkt hatten. »Spuren der Ohnmacht statt der Zeit«, hatte Gisela bedrückt gemeint.

Am späten Nachmittag war sie, nachdem sie ihr T-Shirt in einen Wäschesack gegeben hatte und die drei Parkhausstöcke mit dem Lift wieder hinuntergefahren war, vor das Parkhaus getreten, wo Anatol auf sie bereits gewartet hatte. Gemeinsam gingen sie an einer neuen Schlange vor dem

Caritas-Container vorbei und betraten den Westbahnhof, um durch das Einkaufszentrum unter dem Bahnhof zur U-Bahn-Station zu gelangen. *Kauf dich schön!* »Das stets anwesende Entsetzen in den Gesichtern«, hatte Gisela gemurmelt. *Bei drei eines gratis.* Anatol wurde von herumalbernden Teenagern gestupst, die sich lachend entschuldigten, weiter zu einem Donut-Stand zogen, vor dem sie sich anstellten. Eine andere Gruppe rief sich von einem Tisch zum nächsten etwas zu, die *Burger King*-Verpackungen offen auf den Plastiktabletts. Mit Einkaufssäcken auf Stühlen neben sich richteten zwei Jugendliche ihre Kopftücher und lächelten in ihr weggestrecktes Telefon. Nicht weit davon stand eine Verkäuferin im Minirock mit einem Parfümflakon in der Hand vor dem Eingang einer *Douglas*-Filiale. Gisela dachte an das Kind. Bei einer Saftbar kaufte Anatol ihr einen frisch gepressten Orangensaft. »Ich sollte eigentlich froh sein«, sagte sie zu ihm, während sie sich ihren Weg weiter durch die Menschen bahnten. Beim Warten auf die U-Bahn stach ihr die Schlagzeile *Aufgeblähte Hilfsbereitschaft – Rezepte dagegen hier!* einer Gratiszeitung ins Auge. »Als ob Bedürftigen Decken und Essen vorbeizubringen über dem Selbstverständlichen angesiedelt werden kann«, sagte sie zu Anatol und trank den letzten Schluck Orangensaft, während der Zug einfuhr und der Fahrtwind die Seite umblätterte. Er warf den Trinkbecher für sie weg, dann stiegen sie ein.

Am Abend beim Ausziehen murmelte sie vor sich hin: »Sich in andere hineinzuversetzen – das kann man Kindern nicht genug beibringen, gerade in der Schule.« »Manchem Lehrer bereitet es schon Mühe, sich in einen Schüler hineinzudenken«, antwortete Anatol, der bereits im Bett lag. Sie zog ihr Oberteil über den Kopf, erwiderte dabei: »Das ist das einzig Gute am Tod« – ihr Kopf schaute wieder heraus –, »er befreit einen von der Begrenztheit der Menschen.« *Sprich nicht vom Sterben*, dachte er. Sie setzte sich auf das Bett, das ein wenig nachgab, und hakte ihren Büstenhalter auf. Der Schein der Nachttischlampe fiel auf die Narbe über ihrer linken Brust. Sie begann sich am Rücken zu kratzen – »Kannst du mal kurz unter dem Schulterblatt?« –, stand schließlich auf, holte sich eines von Anatols T-Shirts als Nachthemd von dem Stapel im Schrank, legte sich zu ihm und löschte das Licht. Während sich ihre Augen an die Dunkelheit gewöhnten, sagte sie: »Auch wenn ich gerade die gute Eigenschaft des Todes gelobt habe, schmerzen würde mich die Trennung von dir und von meinem Kind.« Die Liebe zu einem Kind habe etwas Unbegrenztes, erinnerte Anatol sich an ihre Worte ganz zu Beginn ihrer Beziehung. Sie werde nicht sterben, antwortete Anatol mit fester Stimme in die Wärme zweier Körper, dachte an die Chemotherapie, die nach der Entfernung des Tumors jetzt bald beginnen würde, streckte seine Hand aus und legte sie in ihre. Leise erwiderte sie etwas, aber Anatol verstand sie nicht. »Doch«, war es gewesen.

E s roch ähnlich wie in der Reha, fiel ihr beim Betreten des Gebäudes auf. Ein paar alte Damen saßen in einer Ecke und steckten die Köpfe zusammen, gleich Marthas Schülerinnen. Sie ging weiter und hörte aus dem Speisesaal das Zusammensuchen von Besteck und das Aufdecken von Tellern. Ihre Mutter betonte immer wieder, sich in ihrem

Apartment noch lange alles selbst zubereiten zu können, daran dachte Martha auf dem Weg zu deren Wohnung. Marthas Mutter lebte in einer der angeschlossenen betreuten Wohneinheiten, die in einem Neubau neben dem Altersheim untergebracht waren. Nur die Nachmittagsjause ließ sie sich doch bringen, nannte den anfallenden Betrag dafür das »Schlagobers des Schlaganfalls«. Damals war Martha nach der Ankündigung des Umzugs hierher so perplex gewesen, dass die Mutter gemeint hatte, sie verhalte sich ja, als habe sie selbst eine Durchblutungsstörung im Kopf. Martha hatte sich durch die Mitteilung auch um Jahre älter gemacht gefühlt.

Ihr Weg führte nun an der Bibliothek vorbei, vor der sie von einer anderen Frau gegrüßt wurde. Aus der Schule kommend waren die Gesichter hier für Martha wie eine Annonce des Unumgänglichen. Martha ging weiter, die schlurfenden Schritte in die Bibliothek waren im Hintergrund zu vernehmen.

Zum betreuten Wohnen durch das Altersheim zu gelangen war eigentlich eine Abkürzung, eine Abkürzung durch die Zukunft. Beim Näherkommen hörte Martha aus dem Aufenthaltsraum eine Frau rufen: »Wo bin ich? Wo bin ich?«, als hätte sie sich in einem Schneetreiben verirrt. »Es spielt keine Rolle«, antwortete ein Mann, so tief in den Lehnstuhl hineingesunken, dass Martha, nun in der Tür, nur raten konnte, hinter welcher Lehne er sich befand. »Wo bin ich?«, rief die Frau erneut. Martha sah, wie eine andere ältere Dame von ihrer Zeitschrift aufschaute und die Augen verdrehte. *Wie Viertklässler bei Erstklässlern*, dachte Martha. »Wo bin ich?«, fragte die Frau abermals, im Hintergrund das Geräusch des Umblätterns. Spucke fiel auf ihre geblümte Flanellhose und als sähe sie dort endlich die Antwort auf ihre Frage, starrte sie auf die Blumen mitten in ihrem Winter.

Martha beeilte sich, den Aufenthaltsraum hinter sich zu lassen, den einzigen Begegnungsort zwischen Bewohnern des Altersheims und jenen des betreuten Wohnens. Ihr kamen zwei Pflegerinnen in weißen Kitteln entgegen. »Widerspenstig ist die Huber«, schnappte Martha von der einen auf, »Die Pichler führt sich auch auf!« erwiderte die andere; unwillkürlich fiel Martha das Punktesammeln der Monster für das Verhalten der Kinder ein. *Hoffentlich stolpert das Altersheim niemals über die* KREIDE, dachte sie und bog ab, um in den Gebäudekomplex für betreutes Wohnen zu gelangen. Bereits auf dem Weg dorthin wurde das Gewicht der Zeit wieder leichter, aber nie so federleicht wie in den Gängen der Schule. Sie wartete auf den Lift, der sie in den zweiten Stock brachte. Dort stieg sie aus und klopfte an die Tür ihrer Mutter.

»Martha! Endlich sehe ich dich wieder!«, und die Mutter umarmte sie: »Was macht der Rücken?«

»Keine Schmerzen mehr!«

»Dass das möglich ist«, rief die Mutter.

»Jetzt habe ich dafür Bauchweh«, meinte Martha. Die Mutter zog die Augenbrauen in die Höhe.

»Die KREIDE liegt mir im Magen.«

»Kreide? Im Magen?«, erwiderte die Mutter.

»Ich habe dir doch am Telefon davon erzählt!«, sagte Martha, die ungeduldig wurde, wenn ihre Mutter sich vergesslich zeigte, was ihr jedoch sogleich leidtat: »Das ist bloß diese neue Lernplattform«, sagte sie nachsichtig und winkte ab.

»Hier findet auch bald ein Computerkurs statt«, meinte die Mutter und reichte Martha zwei Gläser, die sie aus dem Schrank ihrer kleinen Küchenzeile geholt hatte.

»Einen Computerkurs würde ich meinen Volksschülern sofort anbieten«, erwiderte Martha, versuchte, dabei nicht gereizt zu klingen, und stellte die Gläser auf den Tisch, »nur beim Lernen filmen will ich sie halt nicht.«

»Machen sie das nicht schon längst in China?«, fragte die Mutter und wies auf ihren Stock: »Der ist auch *Made in China* – hält besser als sein Vorgänger!« Martha nahm wortlos die Mineralwasserflasche.

»Ich glaub', ich werde mich für den Computerkurs anmelden«, entschied die Mutter da und kam mit dem Stock zu ihr hinüber, »vielleicht filmen sie uns ja ebenfalls«. Sie legte ihre Hand auf Marthas Schulter und versprach: »Dann streck' ich die Zunge heraus!«

Es war noch nicht acht Uhr, als Anatol bereits vor Tor 2 wartete, einen Strauß in der Hand. Der Wärter schloss das Tor auf, Anatol schlüpfte durch und ging eine Weile geradeaus, bis er an der Weggabelung nach rechts abbog; nun war es nicht mehr weit.

»Kannst du nicht einmal bei der Agentur vorbeischauen?«, sagte Anatol zur Begrüßung und stellte die Dahlien in die Vase. Er bückte sich, holte die Kerze aus der Laterne heraus und zündete sie an. Eine ältere Dame brachte Blumen ans Nebengrab. Er stellte die Kerze zurück, murmelte: »Kritik willkommen.« Die ältere Dame hob leicht den Kopf. »Schüler als Klienten, Schüler als Konsumenten!« und Anatol wurde lauter: »Lernen funktioniert aber nicht wie *Facebooks Metaverse*!«

Das schien die Dame klar und deutlich gehört zu haben, und hatte sie den vor sich hin redenden Anatol davor argwöhnisch angeblickt, so lächelte sie nun hinüber. »Ich bin ebenfalls bei *Facebook*«, sagte sie auf ihren Stock gestützt. »Und mein Mann«, sie zeigte mit ihrem Stock auf das Grab, »der ist auch im *Meta*«, fügte hinzu: »Immer noch.« »Schön für ihn«, murmelte Anatol. »Ja, das finde ich genauso«, erwiderte die ältere Dame. Anatol war kurzzeitig versucht zu fragen, ob ihr Mann weiterhin personalisierte Werbung erhalte, schwieg freilich, nicht zuletzt, weil er das Burleske am Trost respektierte. Er beschloss, den Blumen frisches Wasser zu besorgen, und bot der Dame an, ihr welches mitzubringen. Sie lehnte dankend ab, sie habe Wasser dabei, erklärte sie und zog wie zum Beweis eine Trinkflasche aus ihrer Handtasche hervor. Sie schimmerte in Roségold, ein Schriftzug in silbernen Lettern darauf.

Als Anatol losging, hörte er das Telefon der älteren Dame klingeln – *bestimmt das neueste Modell*, schoss ihm durch den Kopf. *You are my candy girl*, ertönte es aus der Handtasche. *Ich bin der einzige alte Mensch auf der Welt*, dachte er.

Er kam an einem Komposthaufen in den Farben verblühter Blumen vorbei und gelangte schließlich zu einer Wasserentnahmestelle. Ihm gefielen Friedhöfe. Es waren eigene Knotenpunkte des Erinnerns. Anatol nahm eine der Gießkannen und füllte sie auf. Am Rückweg kreuzte er einen Mann mit der gleichen roten Plastikkanne in der Hand. Der Mann nickte Anatol zu, als verrate die Gießkanne genug Gemeinsamkeit. Beim Weitergehen hörte Anatol ihn pfeifen. In das Pfeifen hinein winkte ihm die ältere Dame vom Nebengrab mit ihrem Stock zu; sie saß jetzt auf der Bank an der Station des Friedhofbusses und telefonierte noch immer, die roségoldene Wasserflasche auf ihrem Schoß.

Anatol ging mit der Gießkanne zum Grab. Er glaubte, nach wie vor das Pfeifen des Mannes aus der Ferne zu hören, und ärgerte sich darüber, als ob das Pfeifen eine Grenzüberschreitung bedeutete. Wie um sein Revier zu markieren, begann nun Anatol selbst dagegen anzupfeifen. Er merkte, dass er lange nicht mehr gepfiffen hatte, die geschürzten Lippen kamen ihm unnatürlich vor, ja selbst, dass aus ihnen ein Ton herauskam. »Jetzt pfeif' ich schon«, sagte Anatol laut.

Anatol versuchte sich zu erinnern, ob Gisela jemals gepfiffen hatte. Nein, aber Lieder hatte sie viele gekannt. Könnte er sie wenigstens noch einziges Mal singen hören, dachte er, dann würde sich seine Trauer schon leichter anfühlen.

Zachy hatte sich einmal berufen gefühlt, ihn darüber zu belehren, wie wichtig es sei, etwas hinter sich zu lassen. »Die KREIDE würd' ich gerne hinter mir lassen, aber doch Gisela nicht!«, hatte er Zachy entgegnet. Anatol erinnerte das an die Krankenschwester, die während des Sterbeprozesses davon gesprochen hatte, er solle loslassen, damit Gisela gehen könne. »Wie bitte?«, hatte er gesagt und trotzig gedacht: *Ein Körper nimmt sich schließlich die Sterbezeit, die er braucht, nicht diejenige, die andere vorschlagen.*

Und Gisela war dann auch gestorben. Mehr gab es nicht hinzuzufügen. Außer, dass es schwer auszuhalten war.

Zachy fuhr mit seinem Fahrrad schnell den Ring entlang. Bis zum Beginn der Schulung müsste er es eigentlich noch schaffen. Die Bäume der Ringstraße hatten inzwischen alle ihre Blätter verloren und er umschloss die Lenkstange mit Handschuhen. Er bog bei der Bellariastraße Richtung Museumsquartier ab, bremste, als die Fahrradampel auf Rot schaltete. Da kam neben ihm ein anderes Fahrrad zum Stehen. Als sein Blick nach links schweifte, stutzte er: ein Leberfleck mitten auf der rechten Wange; sein Blick erfasste das Profil: die Schulungsassistentin Ada Mazur! Die Ampel sprang auf Grün und sie trat schon in die Pedale. Er rutschte von seinem Pedal ab, holte sie aber fast wieder ein; als er vor einer weiteren umschaltenden Ampel stehen bleiben musste, wurde er jedoch abgehängt. Vor dem Gebäude der Agentur wurde er aufs Neue überrascht, denn er entdeckte ihr abgestelltes Fahrrad. Sie würde doch nicht das Online-Schulungsmodul am selben Ort abhalten, womöglich nur ein Stockwerk von der Agentur entfernt? Er sperrte sein Fahrrad neben ihrem ab, ging hinein und nahm die Treppen – immer zwei Stufen auf einmal.

Zachy betrat schließlich mit seinem Tablet den Meetingraum. Hier saß Ada Mazur jedenfalls nicht. *Vielleicht bekommen wir ja heute auch ihre Kontaktdaten*, hoffte er.

Er klickte auf das Link, das sie erst am Vortag zugeschickt bekommen hatten. Noch konnte er niemanden sehen. Er wollte soeben aufstehen, um seine Flasche mit Wasser aufzufüllen, als er Ada Mazurs Stimme hörte: »War dieser Zacharias Reisinger schon beim ersten Modul dabei?« Nach einem Geräusch des Blätterns antwortete der Schulungsleiter: »Steht zumindest auf der Liste.« »Nicht die geringste Ahnung, wer das sein soll«, murmelte sie, während Zachy im

Chatverlauf las, dass sie sich freue, ihn willkommen zu heißen, schon letztes Mal seien seine Beiträge anregend gewesen.

Andere Namen schienen auf. Dann wurde auch die Kamera eingeschaltet. Zachy fragte sich, ob ihnen nun auffiel, dass das Mikrofon an gewesen war. Ada Mazur lächelte in ihre Kamera hinein. Ihr Hintergrund sah seinem zum Verwechseln ähnlich.

Zachy betrachtete die anderen Teilnehmer, die in die Kamera winkten. *Wenigstens mein Hustenanfall hätte ihr im Gedächtnis bleiben können*, dachte er zerknirscht. *Wie dramatisch muss man sich eigentlich noch verschlucken?*

Der Schulungsleiter sprach davon, dass das öffentliche Schulsystem dem Einzelnen zu wenig Beachtung schenken würde, er spiele, wenn überhaupt, eine untergeordnete Rolle. »Die KREIDE will genau das ändern«, meinte der Schulungsleiter. Diesen Gedanken führte er die kommende Stunde über lang und breit aus, bevor er eine erste Pause verkündete.

In der Pause holte sich Zachy einen Kaffee und versuchte sich seine Schullaufbahn ins Gedächtnis zu rufen, die außer der Erinnerung daran, dass er ständig mit einem anderen Zacharias verwechselt worden war – *So viel zur Rolle des Einzelnen*, dachte Zachy –, wenig Spuren bei ihm hinterlassen hatte. Und einen Moment lang dachte Zachy verdrossen, dass auch Ada Mazur jedem Einzelnen mehr Beachtung schenken könnte.

Zachy trank den letzten Schluck und seufzte. *In die Agentur habe ich es aber immerhin geschafft*, versuchte er sich aufzumuntern; *allemal besser als in einem Bildungsministerium zu versauern – wie Anatol mit seiner ewig kaputten Jalousie.*

Nach der Pause bestärkte ihn der Schulungsleiter darin: »Es gibt keine herausforderndere und verantwortungsvollere Aufgabe als die unsere, schließlich sind es unsere Ideen, die die Zukunft prägen werden.« Plötzlich erschienen im Chat Nachrichten eines neuen Teilnehmers: »Lasst gefälligst die Kinder in Ruhe, ihr Technologieschweine!« *Jetzt trollt die Lehrerin, von der Anatol erzählt hat, die Schulung,* schoss es Zachy durch den Kopf. Der Schulungsleiter wurde blass, Ada Mazur versuchte hektisch, den Teilnehmer zu blockieren. »Fahrt zur Hölle!« *Es wird wohl nicht Anatol selbst sein,* dachte Zachy. »Der Zugang ist doch ausschließlich mit Passwort möglich!«, hörte er den Schulungsleiter, der rote Flecken am Hals bekam. Eine Teilnehmerin merkte im Chat an, dass die Lernplattform hoffentlich nicht genauso anfällig sei. Manche begannen daraufhin zu scherzen, wie sehr es den Eltern gefallen würde, wenn ihre Kleinen solche Freundschaften über die KREIDE schlossen. »Ich murks euch alle ab!« Der Chat verstummte. Endlich hatte Ada Mazur den User blockiert, wie sie glaubte. Doch er loggte sich sofort unter einem neuen Namen ein. Das Schulungsmodul wurde Hals über Kopf abgebrochen.

Heiraten!«, Martha lachte auf. »Liam wird heiraten?«
»Zumindest haben Joshua und ich eine Einladung bekommen«, meinte Lynn am anderen Ende des Telefons.

»Mir wird er wohl keine schicken,« erwiderte Martha und Lynn erzählte, die Hochzeit solle im Mai in Dublin stattfinden.

»Dublin«, sagte Martha und dachte zurück.

»Dublin«, wiederholte auch Lynn und musste an ihre damalige Abmachung mit Joshua denken, nach ihrem Forschungsaufenthalt in Dublin den Spuren seiner Handschriften zu folgen; bloß dass die Ausschreibung in Wien dazwischen gekommen war.

Sie erinnerte sich an die Zeit, die sie und Joshua dort gemeinsam verbracht hatten – vor allem sich küssend, schien Lynn im Rückblick, außer sie tauschten sich gerade über Farbaufträge auf Pergament aus oder unterhielten sich mit ihrem Mitbewohner Liam, der damals just sein Doktorat in Physik begonnen hatte und den Lynn wegen ihrer Vorliebe für das schwer Entzifferbare schnell ins Herz geschlossen hatte.

Als Martha und Frederika ihre Freundin in Dublin besuchten, mochte Martha Lynns Mitbewohner auf Anhieb, während Frederika Liam mit ihrem Statikerinnenblick begegnete. »Hoffentlich bloß irischer und kein tierischer Ernst«, murmelte sie zu Martha, ohne zu ahnen, dass er Deutsch verstand. Doch als Liam anbot, sie einen Nachmittag lang durch sein Dublin zu führen, war auch Frederika von der Idee angetan. Nachdem sie den ganzen nächsten Tag zusammen verbracht und Dublin durch seine Augen kennengelernt hatten, musste Martha am Abend ohne Unterlass an das eine Grübchen beim Lachen denken, und wie er »Grubchen« statt Grübchen gesagt hatte, als sie ihn gefragt hatte, ob er denn das deutsche Wort für sein Merkmal kenne. Liam sprach nicht nur Deutsch mit einem größeren Wortschatz, als es Marthas englischer war, er beherrschte neben Französisch und Spanisch ebenso Chinesisch und Arabisch. Im Japanischen habe er leider bloß Grundkenntnisse, bedauerte er Martha gegenüber, während Lynn ihr später erzählte, dass Liam sich gerne zum Spaß an der Übersetzung von Haikus versuchte. An den folgenden Abenden blieben Martha und Liam jedes Mal ein wenig länger zu zweit in der Küche sitzen und unterhielten sich. Bei seinen Exkursen in die Physik konnte Martha immer nur den Kopf schütteln; und als sie sich einen Tag vor ihrer Abreise endlich das erste Mal küssten, sah er sie mit großen Augen an.

Martha fragte sich manchmal, warum die Kräfte, die sie zueinandergetrieben hatten, sie letztlich voneinander abstießen. Liam war Martha damals nach Wien gefolgt, genau wie Joshua Lynn. Es dauerte nicht lange und er war als Doktorand am Institut für Physik jedem Professor ein Begriff. Als seine Doktorarbeit nach vier Semestern jedoch ins Stocken geriet, sodass sein Stipendium auslief, begann er sich als Nachhilfelehrer vor allem für Mathematik durchzuschlagen. Auch darin wurde er schnell zu einer Art Geheimtipp für verzweifelte Eltern.

Fast war es schade, dass er nur vorübergehend unterrichten würde, befand Martha nicht selten Liam gegenüber, der dabei jedes Mal unmerklich zusammenzuckte. Sie arbeite ja auch mit Kindern – die hoffentlich dann keine Nachhilfe von ihm brauchen würden, wie sie gerne scherzte. Warum aber ausgerechnet Liam, dem doch immer alles leichter als anderen gefallen war, sein Dissertationsprojekt niemals zu Ende führte, darüber hatte sich Martha jahrelang den Kopf zerbrochen. Dabei spielte es für Martha keine Rolle, ob Liam am CERN die Teilchenbeschleunigung erforschte oder Teenagern in einem Nachhilfeinstitut zu einem Genügend verhalf. Vielleicht hatte Liam ihr das übel genommen, wie sie heute dachte.

Ob er jetzt wieder Haikus aus dem Japanischen übersetzt?, fragte sich Martha, die nur so viel wusste, dass er zurück in seiner Heimatstadt das Lehramt für Physik absolviert hatte – inzwischen doppelt so alt wie seine Studienkollegen – und nun offensichtlich vorhatte zu heiraten. Nachdem sie sich von Lynn am Telefon verabschiedet hatte, blickte sie sich in der Wohnung um, die sie noch bis vor vier Jahren mit Liam geteilt hatte. Izzy kam zu Martha getapst und stupste sie mit der Schnauze an. Den Hund hatte Martha Frederika zu verdanken, die nach Liams Trennung befunden hatte, dass ihre Freundin Gesellschaft brauchte und die mit Martha kurzerhand zum Tierheim gefahren war. »Ich muss wohl nicht mehr betonen«, hatte Frederika gesagt, »dass ich als Statikerin etwas von Abstützungen verstehe.« Und sie hatte mit Blick auf die kleine, weiß gelockte Izzy gemeint: »Was könnte sich besser dafür eignen als ein Hund wie ein Wölkchen.«

Zur ersten Teamsitzung nach dem Gespräch mit Kai kam Anatol zu spät. Kai rümpfte die Nase, als er um Viertel nach neun die verglasten Türen der Agentur aufstieß. »Die U-Bahn hat einen Betriebsschaden gehabt«, erklärte Anatol, sah aus dem Augenwinkel, wie zwei Mitarbeiter den Mund verzogen. »Du kommst gerade rechtzeitig«, versuchte Zachy, die angespannte Stimmung aufzulockern, und erhob sich, um eine neue Idee zu präsentieren. Anatol bereute es, dass er das Meeting nicht gänzlich verschlafen hatte. Als allerdings Zachy ein Beurteilungstool für Eltern zu skizzieren begann, das ein Ranking der besten Lehrer erstellte, war Anatol mit einem Mal hellwach. Kai begeisterte sich sofort für Zachys Idee, meinte, insbesondere im Volksschulbereich sei sie bahnbrechend. Er wischte Anatols Einwand, Eltern besäßen allerdings selten die Expertise zur Beurteilung der Lehrkräfte, beiseite und ließ seinen Vorschlag, stattdessen regelmäßige externe Evaluationen durchführen zu lassen, einfach abblitzen. Abschließend pries Kai lieber erneut Zachys Idee eines Lehrer-Rankings. Er erachtete es gleichwohl für vernünftiger, mit diesem Vorstoß noch ein wenig zu warten, bis sich die KREIDE im Unterricht bewährt habe. Trotzdem hielt er jetzt schon begeistert seine Hand ans Ohr – heute nicht manikürt, fiel Anatol auf – und tat kund: »Die Zukunftsmusik der KREIDE!«

»Zukunftsmusik!«, wiederholte Anatol beim Verlassen der Teamsitzung und lachte auf.

»In der Bildung kann nicht ewig die Steinzeit vorherrschen«, entgegnete Zachy: »Und was die Willkür der Lehrer angeht –«

»Wenn's so weitergeht, krieg' ich auch einen Tinnitus«, murmelte Anatol bloß.

»Ich kann nur Schwimmen empfehlen – das entspannt«, riet Zachy darauf.

»Du warst doch derjenige mit dem Tinnitus!«, erinnerte ihn Anatol.

»Wer weiß, was erst ohne Schwimmen passiert wäre!«, antwortete Zachy und meinte, Anatol solle es zumindest einmal ausprobieren. Der winkte bloß ab.

Er hatte sich damals aus jeglichen sportlichen Aktivitäten verabschiedet, sobald ihnen klar geworden war, dass es sich bei Giselas Krankheit um einen veritablen Feind handelte, der unter allen Umständen bezwungen werden musste. Einer, der nicht leichthin in die Knie ging. Allerdings war Gisela dann wie nebenbei vom Krebs besiegt worden. Niemals würde er vergessen, wie er sich gefühlt hatte, als sich ihre

Diagnose hin zu einer tödlichen verschoben hatte – es war mehr ein meteorologischer als ein menschlicher Zustand gewesen: ein Druck in seiner Brust, Bewölkung im Kopf, Temperaturabfall der Gedanken, Hagelkörner der Angst.

Anatol war versucht, Zachy von diesem Zustand zu erzählen. Vielleicht würde er so erkennen, dass nicht alles, was nicht in Zahlen messbar war, notwendig aus dem vergangenen Jahrhundert stammte. Dass das eigentlich Rückständige doch die KREIDE mit ihrem Punktesammeln, gegenseitigen Ausstechen und ihrer Filmerei war. Dass die Schule Kindern vielmehr einen Weltzugang schaffen sollte, einen, der zwingend über sie selbst hinausging – denn der Wind konnte sich drehen und einen aus der Welt blasen.

A m selben Abend noch beklagte sich Anatol am Telefon bei Hanna über Zachy, der ihr mittlerweile ein Begriff war. Auf Dauer würde alles abgeschafft werden, was für eine Rangliste unbedeutend war, meinte Anatol, selbst Zachys geliebte Bewegung – außer es handelte sich freilich um Leistungssport.

Ihr Vater käme sie übrigens dieses Jahr zu Weihnachten besuchen, erzählte da Hanna und Anatol vergaß alles, was er gerade zu ihr gesagt hatte. »Als Nächstes bist dann aber du mit Costa Rica dran«, meinte sie.

Nach dem Auflegen verspürte er ein nagendes Gefühl und erinnerte sich plötzlich, wie er auf dem Begräbnis, zu dem Hannas Vater auch gekommen war, vielleicht zum ersten Mal Eifersucht auf ihn empfunden hatte – ausgelöst durch den Arm, den er Hanna tröstend um die Schulter gelegt hatte. *Seht her, ich bin der echte Vater und beherrsche das Trösten besser als jeder andere*, war es Anatol durch den Kopf geschossen, und er war über sich selbst erschrocken: Vielmehr froh sollte er um dessen Unterstützung sein! Als Hannas Vater später Erde in Giselas Grab warf und dabei ebenso zu weinen begann, konnte Anatol einen weiteren Gedanken nicht unterdrücken: *Warum weint er denn?* Anatol fand das Weinen des Ex-Mannes unangebracht, und wiewohl er wusste, dass es ihm nicht zustand, jemandem das Weinen zu verbieten – schon gar nicht an einem so traurigen Anlass wie diesem –, hätte er es am liebsten getan. Anatol selbst weinte nicht, obgleich er das Gefühl hatte, kaum noch Luft zu bekommen, doch er war für den Ablauf des Begräbnisses verantwortlich. Hanna weinte auf eine bestürzende Weise. Sie war zwar schon erwachsen, allerdings noch nicht lange genug, um ihrer Schutzlosigkeit nicht ausgeliefert zu sein. Ihr fehlte ihre Mutter auf eine so umfassende Art, dass Anatol sich überflüssig fühlte. *Aber auch an dir*, dachte er mit Blick zu Hannas Vater, *erkenne ich noch deutlicher als die Tränen das Überflüssige.* Er schämte sich sogleich für seinen Gedanken, der so etwas Erleichterndes hatte.

Anatol bekam eine E-Mail von Kai Schneeberger mit dem Auftrag, die neueste Fassung der KREIDE-Präsentation bitte bis spätestens Mitte Dezember noch einmal durchzugehen; er schob hinterher: »Konstruktive Anmerkungen wünschenswert.« Anatols Nacken versteifte sich. Konstruktive Anmerkungen, ha! Zu allem Überfluss erschien eine Nachricht von Martha Kopetzky auf seinem Bildschirm. Sie sei überrascht, dass sie nach wie vor keine befriedigende Antwort erhalten habe, schrieb sie, immerhin handele es sich um den äußerst heiklen Bereich der Privatsphäre von Kindern. Sie bitte daher um eine Antwort jenseits von Beteuerungen, was die KREIDE nicht alles für das Kindeswohl tue. Anatol holte tief Luft. *Soll doch die Agentur dieser Martha Kopetzky Geschichten erzählen*, dachte er und leitete Zachy die E-Mail mit den Worten weiter: »Übernimm du bitte Martha Kopetzky, sie hat zusätzliche Fragen. Ich bin mit der Überarbeitung der letzten Fassung der KREIDE-Präsentation beschäftigt.«

Zachy schrieb sofort zurück: »Noch immer dieselbe Lehrerin?«

Was soll das schon wieder heißen, dachte Anatol, schrieb: »Sie hat ihre Einwände.«

»Die schaffe ich im Nu aus der Welt«, war Zachy überzeugt. »Viel Spaß beim Überarbeiten!«

Anatol fing an, das Dokument abermals durchzugehen. Dass seine letzten, kritischen Kommentare nicht in die neueste Fassung miteingeflossen waren, durfte ihn nicht überraschen, war er doch von Kai dafür gerügt worden. Und ebenso hätte er es vorhersehen müssen, dass der einzige seiner Gedanken, der Niederschlag im neuen Entwurf gefunden hatten, zum Hervorheben des Talents eines jeden Schülers geführt hatte. Hätte er nur nicht eingeflochten, dass im herkömmlichen Unterricht allein durch die im Lehrplan vorgegebenen Aufgaben kaum Zeit bliebe, den individuellen Interessen und Begabungen nachzugehen. Anatol seufzte.

Eine erneute Nachricht von Zachy schien auf: »Martha Kopetzky habe ich bereits abgewimmelt.«

M ein neuer Ansprechpartner heißt jetzt Zacharias Reisinger«, sagte Martha zu Lynn am Telefon: »Genauso gut könnten sie mir gar keine Antwort geben!« »Das können sie sich nur erlauben, weil sie das Sagen haben«, empörte sich Lynn mit. Und Frederika rief gegen den Lärm der Baustelle, die sie mit einem Schutzhelm auf ihrem Kopf gerade durchquerte: »Alles Ignoranten!«

Martha stand schon vor dem Gebäude des Altersheimes, dessen Tür sich automatisch öffnete. Sie steckte beim Eintreten das Telefon weg, ging am Speisesaal zu ihrer Rechten und der Bibliothek zur Linken vorbei und nahm schließlich den Lift in den zweiten Stock. Eine Betreuungsperson kam ihr entgegen und sagte im Vorbeigehen, ihre Mutter sei im Computerraum. Martha bedankte sich und ging, ohne an der Wohneinheit der Mutter stehen zu bleiben, die Teeküche für das Personal passierend, Richtung Computerraum, dessen Tür offen stand. Eine Frau in Marthas Alter beugte sich gerade über den Bildschirm, vor dem Marthas Mutter mit einer Lesebrille saß. Martha wartete unbemerkt in der Tür. Wenig später verkündete die Kursleiterin lächelnd, dass sie sich in der folgenden Woche wiedersehen würden. Summend packte sie ihre Unterlagen ein und verabschiedete sich von jedem Einzelnen mit Händedruck. Zu einer Seniorin meinte sie, dass sie beim nächsten Mal hoffentlich wieder dabei sei. »Wenn ich nicht tot bin«, war die Antwort. »Der Computerkurs wird vorher noch absolviert«, sagte die Kursleiterin mit gespielt strenger Miene, verabschiedete sich noch einmal von der Gruppe und meinte zu Martha, die sie nun in der Tür bemerkt hatte: »Mit achtzig will ich genauso gut in Form sein!«

Martha betrat den Raum, grüßte in die Runde und ging zu ihrer Mutter, die ihr entgegenlächelte. Martha half ihr auf und reichte ihr den Stock. Die Dame, die vielleicht nächste Woche gestorben sein würde, blickte interessiert hinüber. Auch alle Übrigen beobachteten jeden Handgriff. Martha verließ neben ihrer Mutter, die den anderen wie eine Königin zuwinkte, den Computerraum.

Der Gang war leer und still. Nur das regelmäßige Aufsetzen des Stockes war zu hören, gleichmäßig wie das Ticken einer Uhr, das Vergehen der Zeit.

»Schön, dich zu sehen«, sagte die Mutter: »Die anderen ermüden mich immer öfter.«

»Das kenne ich«, erwiderte Martha. Sie gingen wortlos ein paar Schritte, bis Martha meinte: »Mit dem Computer scheinst du dich dafür richtig angefreundet zu haben. Bist du schnell zurechtgekommen?«

»Babyleicht«, erwiderte die Mutter. »Aber gefilmt haben sie uns nicht.«

»Das kommt vielleicht erst«, murmelte Martha, fügte an, die Kursleiterin würde sicher nicht lockerlassen, es ihnen schmackhaft zu machen.

Die Mutter nickte, kommentierte: »Sie spricht zu uns wie mit Kindern, dabei ist sie zu jung, um vom Alter eine Ahnung zu haben.«

»Sie ist sicher fünfzig«, entgegnete Martha, dachte, *So wie ich bald.*

»Das ist doch kein Alter!«, winkte die Mutter ab: »Mit fünfzig hat man noch alle Möglichkeiten.« *Na ja*, dachte Martha. Die Mutter hatte bereits den Wohnungsschlüssel, den sie an einem Band um den Hals trug, in der Hand. Martha nahm ihn entgegen, öffnete die Tür und hielt sie auf.

»Willst du dich ein wenig ausruhen?«, fragte Martha. Die Mutter nickte und Martha führte sie am Arm zum Bett. *Ihr*

Körper ist wieder schmächtiger geworden, dachte Martha und erschrak sogar ein wenig. Sie deckte ihre Mutter zu und zog ihr die Bettdecke bis zu den Schultern. »Gut so?«

»Gut so«, sagte die Mutter und lächelte sie an. Martha rückte sich einen Stuhl heran. Die Mutter sagte noch etwas von einem Computerprogramm, murmelte allerdings auf Marthas Nachfrage hin bloß mehr und schließlich nickte sie ein. Nur als der Stock wegrutschte und auf den Boden fiel, schreckte sie kurz hoch, dann sank sie wieder zurück. Martha blickte auf ihre schlafende Mutter. Die Vorstellung, irgendwann ohne ihre Mutter auf der Welt zu sein, ängstigte sie, als wäre sie noch ein Kind.

Es klopfte sachte gegen die Tür und eine Betreuerin steckte den Kopf herein. Martha legte den Zeigefinger auf den Mund. Die Betreuerin deutete auf das Tablett mit Kaffee und Kuchen in ihrer anderen Hand. Martha erhob sich, um es entgegenzunehmen, und stellte es auf den Tisch. Sie deckte die Kaffeetasse mit der Untertasse ab, das beigelegte Schokoladenstück – ein Nikolaus war darauf gedruckt – gab sie auf den Kuchenteller. Dann setzte sie sich zurück ans Bett; und blieb daneben sitzen, so wie ihre Mutter einst wohl an ihrem gesessen hatte. *Wer wird einmal bei mir wachen?,* dachte Martha. Früher hätte sie gesagt: Frederika, aber Frederika war ja auch sterblich geworden. Die Mutter atmete mit geöffnetem Mund tief ein und aus, ihr Stock war wieder an seinem Platz, der Kaffee noch heiß.

Anatol stieg verschlafen die Treppe hinunter und trat vors Haus. Auf dem Weg zur Arbeit sah er plötzlich einen purpurroten Mantel in der Ferne leuchten. Er wurde von einer Hand über der Brust zugehalten, während die andere immer wieder nach dem weißen Bart griff, der – gelupft vom Wind – sofort verriet, dass er aufgeklebt war. Im Schnellschritt kam der Nikolaus näher und streifte Anatol im Vorbeigehen mit dem Ärmel des voluminösen roten Gewandes. Anatol schaute dem Nikolaus versonnen nach, als hätte ihn vielmehr eine Erinnerung gestreift. Schon war er um die Ecke gebogen, aber Anatols Erinnerung wich nicht von ihm: Ein Nikolaus, der bei der U-Bahn-Station Friedensbrücke Schokolade verteilte. Anatol lehnte gerade die Gratisschokolade ab, da hörte er eine Frau neben sich sagen: »Dann nehme ich seine gerne auch.«

»Für meine Tochter«, hatte Gisela hinzugefügt und Anatol angelächelt.

Die Erinnerung bewirkte eine Art Sättigungs- und Hungergefühl zugleich – *Zucker ganz ähnlich*, dachte Anatol, im Bildungsministerium angekommen. Eine Nachricht von Zachy erschien auf seinem Bildschirm. *Der kann mir seine Agentur nicht als harmloses Zuckerlgeschäft verkaufen*, dachte Anatol. Zachy erkundigte sich, wie weit die Endfassung der KREIDE-Präsentation gediehen sei. Martha Kopetzky dürfte er übrigens erfolgreich abgeschüttelt haben. *Abgespeist mit deinen Süßigkeiten*, dachte Anatol.

Bereits letztes Mal hatte sich Anatol an Zachys Ausdrucksweise gestoßen, als es um die Lehrerin ging, obwohl doch er selbst Martha Kopetzkys E-Mail an Zachy weitergeleitet hatte. Anatol vermied den Blick zur Schneekugel und konzentrierte sich auf seine Antwort, schrieb, dass er im Zeitplan sei, erwähnte aber zum Schluss, dass er an einem sechsten Dezember vor siebzehn Jahren Gisela kennengelernt hatte; er verlor sogar ein paar Zeilen über die Umstände. Fast so, als wollte er beweisen, dass er zweifellos das Wichtige vom Unwichtigen unterscheiden konnte – und damit verschleiern, dass er die meiste Zeit mit dem Unwichtigen verbrachte; auch wenn das Wichtigste ohnehin abhandengekommen war.

Zachy musste beim Lesen von Anatols Zeilen lächeln. Nicht jeder würde in der Erinnerung an eine Gratisverteilaktion schwelgen. Zachy verband mit seinen Liaisons im Allgemeinen weder ein spezifisches Datum noch einen besonderen Ort. Gleichzeitig bemerkte er in seinem Freundeskreis selbst bei Paaren eine gewisse Veränderung in der Art und Weise, wie sie von ihrem Kennenlernen erzählten.

Gestern etwa, als der neue Freund einer Freundin gemeint hatte, dass sie sich ohne Internet nie begegnet wären, und dabei um Beiläufigkeit bemüht gewesen war. Da man sich dort nicht einfach über den Weg lief, hatte Zachy wissen wollen, welche App denn er nutzte. Als ob er ertappt worden wäre, dass er weiterhin durch seinen Account scrollte, hatte der Freund, am Hals eine Rötung, schnell weitererzählt, in dem Moment, in dem er sie hereinkommen gesehen habe, habe er gewusst, dass es für immer sei. »Das Internet ist für immer«, hatte Zachy darauf gemurmelt.

»Nimm dir sofort den Tag frei, Anatol!«, antwortete er jedoch auf dessen E-Mail. »Und iss viel Schokolade!« Nach dem Abschicken der Antwort fragte er sich, ob er vielleicht deswegen keinen Wert auf das Zusammensein legte, weil die Erinnerung daran schon seit seiner Kindheit mit einer Enttäuschung verbunden war.

Als Anatol schließlich an diesem sechsten Dezember das Bildungsministerium verließ, ging er in einen Supermarkt und legte zuerst einen Nikolaus aus Schokolade in den Einkaufskorb, dann nahm er zwei weitere dazu. Im Wegdrehen streifte sein Blick die Krampusse im Regal. *Alle für Zachy*, dachte er.

Auch Lynn kaufte gerade einen, als Frederika sie anrief. »Und Joshua?«, erkundigte sich Frederika am Telefon. »Der kriegt Mandarinen – Vitamine kann er gebrauchen.«

Unterdessen teilte Martha ihren Schülern, die in einem Sitzkreis auf dem Boden saßen, Lebkuchen und Nüsse aus. Dann durfte jeder aus einem Jutesack ein kleines Geschenk ziehen.

V

Desserts

Ein paar Wochen später saß Zachy beim Warten auf seine Verabredung in der Bar eines Kinos und warf einen Blick in die abermals von Anatol kommentierte finale Fassung der KREIDE-Präsentation. Zur selben Zeit betrat Martha in einem anderen Bezirk das Restaurant *Los Tacos* und begrüßte ihre Freundinnen.

Anatol saß unterdessen als einziger Gast im asiatischen Imbiss. Eine Weihnachtsgirlande schmückte jetzt den Ausschank, das Gesicht der Kellnerin wurde nun von ihrem Blinken und den brennenden Lämpchen in den verstaubten roten Lampions über der Theke beleuchtet. Sie kam kurz dahinter hervor, um seine Bestellung aufzunehmen. Da Anatol einfiel, dass er Zachy noch etwas mitzuteilen hatte, rief er ihn kurzerhand an, erreichte ihn aber nicht. In der Zwischenzeit hatte die Kellnerin den Getränkekühlschrank geöffnet. In welchem Stadium der Annäherung sich Zachy wohl in diesem Augenblick befand, dachte Anatol beim Auflegen, ohne zu ahnen, dass Zachy gerade durch den Präsentationsentwurf blätterte und nach Kommentaren von Anatol suchte. Anatol nahm einen Schluck *Cola light*. Er wollte sich nichts ausmalen – nicht, weil er Zachy um seine für den heutigen Abend geplante, am Nachmittag angedeutete geschlechtliche Aktivität beneidete, sondern vielmehr ging sie ihm in Verbindung mit Zachy auf die Nerven; und Zachy schaffte das ja schon ohne sie. Auf alle Fälle erschien Anatol ein Abend, dem Zachy entgegenfieberte, wie ein riesengroßer Eiswürfel.

Eiswürfel klackerten auch in den Cocktails, die Martha, Lynn und Frederika im *Los Tacos* schlürften. »Mit zwanzig hat man mich beschwipst noch witzig gefunden«, sagte Frederika, die einen alkoholfreien bestellt hatte.

»Die Kinokarten habe ich bereits«, sagte unterdessen Zachy zur Begrüßung und legte die Präsentation auf die Seite. Was er da gelesen habe, fragte seine Verabredung zum Einstieg. Er erzählte darauf von der KREIDE und darüber kamen sie auf ihre jeweilige Schulzeit zu sprechen. Dass er oft gehänselt worden sei, erinnerte sich Zachy, »mit dem Wegzug in die Stadt hat sich das jedoch geändert.« Seine Gesprächspartnerin meinte, schon als Kind habe sie sich an der Peripherie am wohlsten gefühlt. Sein Telefon klingelte erneut, Zachy dachte, *Sicher wieder Anatol*, sah aber, dass es sein Vater war. Er könne ruhig das Gespräch annehmen, sagte sie, die sein Schwanken bemerkt hatte. »Nicht dringend«, murmelte Zachy und bestellte ein Achtel Rotwein und für sich ein stilles Wasser.

Anatol nahm im asiatischen Imbiss einen weiteren Schluck von seinem Getränk, als Martha im *Los Tacos* sagte: »Die Einführung der KREIDE kommt mir wie das Aufstellen von Cola-Automaten in Volksschulen vor.«

»Joshua hat mir erzählt –«, begann Lynn.

»Wie geht's ihm denn?«, unterbrach Martha.

»Die Arbeit im Kindergarten ist ein Segen – ändert allerdings nichts an der Packung pro Tag«, war Lynns Antwort darauf, bevor sie von vorne ansetzte: »Er hat mir erzählt, dass Kindergartenkinder nun mithilfe einer überdimensionierten Plastikbiene Programmieren lernen sollen«, und sie rollte mit den Augen, während sie sagte: »Den Programmierern gehört schließlich die Zukunft.«

»Den Bienen sicher nicht«, warf Frederika ein.

»Dem Altersheim meiner Mutter fehlen in Zukunft Pfleger, nicht Programmierer«, sagte Martha.

»Viele Kindergärten könnten schon jetzt von einer weiteren Betreuungsperson profitieren – und damit meine ich auch keine Programmierer«, schloss sich Lynn an.

»Aber Hauptsache man liest von nichts öfter als der notwendigen Digitalisierung«, meinte Frederika.

»Ja genau – wie wär's mal mit Umverteilung als Notwendigkeit«, erwiderte Martha.

»Vorhandenes Geld wird eben lieber in die Digitalisierung gepumpt«, sagte Frederika und spielte dabei mit ihrem goldenen Cocktailschirmchen, »nur so kommt es verdreifacht zurück.«

Lynn antwortete: »Bleibt bloß zu hoffen, dass ein paar Kinder einmal, statt Plastikbienen zu programmieren, den Stachel suchen werden.«

»Ein Getränk geht sich noch aus«, meinte Zachys Gegenüber, »ich übernehme die nächste Runde«, und ob er jetzt ebenfalls ein Achtel wolle. »Lieber ein zweites Mineralwasser«, sagte Zachy und entschuldigte sich kurz, nachdem sein Vater wiederholt versucht hatte, ihn zu erreichen. Während er draußen am Telefon sprach, sah er durch das Fenster, dass sie zu den Getränken eine Packung Gummibärchen bestellt hatte. Als er zurückkam, hielt sie ihm die offene Tüte hin: »Vielleicht Bedarf?«, und Zachy griff hinein. Das Gummibärchen im Mund dachte er daran, dass sein Vater ihn als Kind immer so genannt hatte. Gebirge tauchte auf, Zachy schluckte es hinunter.

In der Zwischenzeit hatte Anatol im asiatischen Imbiss sein Nudelgericht serviert bekommen und eine zweite *Cola light* bestellt.

Zachys Telefon klingelte erneut. Er seufzte und entschuldigte sich abermals. »Ich wollte sowieso vor dem Film noch eine rauchen«, sagte sie, steckte die Gummibärchen-Packung in die Tasche ihres schwarzen Herrensakkos, klemmte sich eine Zigarette hinter das linke gepiercte Ohr, strich sich über die kurzgeschorenen Haare und mit großen Schritten ging sie neben Zachy vor das Lokal, der schon das Telefon herausgezogen hatte und dabei sah, dass auch Kai gerade eine Nachricht hinterlassen hatte. Sie zog die Kapuze ihres Pullovers über den Kopf, zündete sich ihre Zigarette an, nahm einen Aschenbecher in die Hand und stellte sich ein wenig abseits. Einmal drehte sie sich zu Zachy und winkte ihm, die Zigarette zwischen den Fingern der linken Hand, die Nägel im Grün der Gummibärchen lackiert.

Anatol blickte von den Fingernägeln hoch, als sich die Kellnerin erkundigte, ob er vielleicht noch eine Nachspeise wünschte. Überrascht von der Frage bestellte er gebackene Bananen.

»*Flan de dulce de leche*«, las Lynn von der Karte und bestellte eine Portion mit drei Löffeln.

Zachy saß nun schon im Kinosaal, neben ihm raschelte die Packung, die bald leer sein musste. Aus der Vorschau für einen Liebesfilm schickte er noch rasch Anatol eine Nachricht, dann stellte er sein Telefon auf lautlos.

Im asiatischen Imbiss hatte Anatol unterdessen seine gebackenen Bananen aufgegessen und schaute zur Theke, um die Rechnung zu verlangen, aber die Kellnerin mit der silbernen Haarsträhne schickte gerade eine Nachricht. Anatol sah sie mit ihren Fingernägeln schnell auf das Telefon tippen. Als sie hochblickte, gab er ihr ein Zeichen. Sie kam herüber und legte den mit Kugelschreiber beschriebenen Zettel auf den Tisch. Mit einem Nicken bedankte sie sich für das Trinkgeld, entschwand darauf hinter den Schnurvorhang. Als er aufstand und seine Jacke von der Stuhllehne nehmen wollte, blieb diese hängen; er zog so ungeschickt an ihr, dass der Stuhl laut krachend zu Boden fiel. Der Kopf der Kellnerin tauchte hinter dem Schnurvorhang auf, die silberne Strähne wie eine der Perlenschnüre. Anatol hob den Stuhl schnell auf, rückte ihn an den Tisch, verabschiedete sich hastig und verließ den Imbiss. Beim Hinausgehen vibrierte das Telefon in seiner Hosentasche. Zachy hatte ihm eine Nachricht geschickt. »Kai hat sich gerade gemeldet: Er ist ausgesprochen glücklich mit deinen Anmerkungen in der Endfassung.« *Weil es kaum welche gibt*, dachte Anatol und ließ sein Telefon zurück in die Hosentasche gleiten.

Im *Los Tacos* kratzten Lynn und Frederika mit den Dessertlöffeln den letzten Rest Flan vom Teller, während Martha nun ihr Cocktailschirmchen in der Hand drehte und dabei meinte: »Diese Zukunft hängt mir schon jetzt zum Hals heraus.«

Anatol erhielt am nächsten Tag eine E-Mail von Kai Schneeberger persönlich, in der er sich für Anatols diesmal äußerst konstruktives Vorgehen bedankte. Die Arbeit an der KREIDE-Präsentation dürfte somit vorerst abgeschlossen sein. Anatol starrte einen Moment auf den Bildschirm. Reflexartig widmete er sich darauf Meldungen aus aller Welt, bevor er sich erneut seinen Aufgaben widmete. Kais Nachricht blieb unbeantwortet.

Auch den restlichen Tag über verdrängte Anatol jeden Gedanken an die Präsentation, selbst abends verschwendete er keinen an sie. Die aktuellen politischen Schlagzeilen hatte er mittlerweile mehrmals geprüft, sogar den Wetterbericht. Für die kommende Woche war ein Absinken der Temperatur unter null Grad vorausgesagt.

Beim Aufwachen aber erinnerte er sich wieder an Kais Lob. *Das Bildungsziel »Anpassungsfähigkeit« habe ich hiermit schon einmal erreicht*, dachte Anatol, seufzte beim Gedanken, dass er es angeführt hatte, erhob sich und zog sich an.

Als er auf die Toilette ging und dabei durch die halb offene Tür in den Flur blickte, tauchte sie plötzlich auf. Gisela schaute durch den Türspalt und winkte, wie sie es früher so oft gemacht hatte. Sie mochte besonders gerne den Moment, in dem er seinen Penis abschüttelte, das hatte sie ihm zu seinem Erstaunen einmal verraten. Für den Hinterbliebenen war es schwer, beim Abschütteln zu bleiben, als er seine Frau vor der Tür entdeckte und gleichzeitig wusste, dass sie dort nicht stand.

Dass sich etwas ändere in der Gesellschaft, in der sich ja genug ändern müsse, kommentierte sie wie eh und je das Weltgeschehen vom Spalt in der Tür aus, aber wirkliche Änderungen seien nirgends in Sicht. Es sei eine allgemeine Anspannung, die sich mit jedem Tag mehr bemerkbar mache, und sie meinte, dass es unheimlich sei, dass man dies so unmittelbar wahrnehmen könne. *Unheimlich, dich so unmittelbar wahrzunehmen*, dachte er. Es sei, als ob man einen Wetterumschwung spürte: »Du bist doch wetterfühlig.« Anatol erhob sich, zog Unterhose und Hose hinauf. In das Rauschen der Spülung hinein sagte er: »Das Wetter spinnt.« Und lauter: »Bleib noch ein bisschen!«

Auch Zachy holte andernorts seinen Penis hervor und auch Zachy sah vor sich eine Frau in einem Türspalt auftauchen. Im Gegensatz zu Anatols war diese nackt. Und sie blieb nur, solange er das Gerät eingeschaltet ließ.

Anatol überraschte nach so einer Frühe nicht, dass er den ganzen Vormittag über im Büro daran denken musste, wie er im Krankenhaus Giselas Hand gehalten hatte.

Zachy, frei von jeder Erinnerung an den Morgen, jedoch erfrischt von seinem Akt der Selbstfürsorge, rief Anatol an, um die letzten Details für die Einführungsveranstaltung zur KREIDE zu besprechen. Dazwischen bescheinigte er Anatol: »Martha Kopetzky ist tatsächlich hartnäckig«, und zum Schluss meinte er: »Sollte es dir entgangen sein, weil die Jalousie noch immer nicht repariert ist: Es schneit«, fügte hinzu: »Aber du kannst natürlich auch deine Schneekugel schütteln.« Damit beendete er das Gespräch, nicht ohne vorher noch einmal betont zu haben, wie zufrieden Kai jetzt mit der Präsentation sei. Anatol blickte zur Schneekugel auf dem Schreibtisch: Er mit Gisela – Hand in Hand. Er wandte sich zum Fenster und starrte auf die gerissene Lamelle. Schlussendlich erhob er sich, quälte sich aber nicht mit der Zugschnur, sondern öffnete gleich das Fenster. Flocken wirbelten gewichtslos durch die Luft. Anatol streckte kurz seine Hand hinaus, zog sie schnell zurück, blieb am offenen Fenster stehen und schaute dem Schneien zu.

Erst nachdem er sich unwillkürlich über die Hemdärmel

gestrichen hatte, schloss er das Fenster und nahm wieder in seinem Bürosessel Platz, um seine Arbeit fortzusetzen. Die Erinnerung an das Händehalten war in seinem Kopf wie in einer Schneekugel der Schnee.

Als er am späten Nachmittag das Büro verließ, schneite es noch immer. Mit knirschenden Schritten ging er in der Winterdämmerung zu Fuß nach Hause. Die Straßenbeleuchtung sprang im selben Moment an, in dem er die Haustür erreicht hatte. Er sperrte auf, ließ die schwere Tür hinter sich ins Schloss krachen. Anatol klopfte seine Schuhe über dem im Boden eingelassenen Eisengitter ab, tastete im Hochsteigen nach dem Wohnungsschlüssel am Schlüsselbund und schloss schließlich die Wohnungstür auf. Er warf die Schlüssel auf den Küchentisch, beutelte seinen Mantel aus, knüllte Zeitungspapier zusammen und stopfte es in seine durchnässten Schuhe. Er spülte sich in der Küche ein Glas ab, holte eine Dose aus dem Kühlschrank, schloss die Tür mit einem Stups seiner Schulter, rückte den Stuhl weg, stellte beides auf den Tisch und nahm seufzend Platz. Nachdem er die Dose mit einem Zischen geöffnet hatte, schenkte er die Cola ins tropfnasse Glas ein und hob es an den Mund. In dem Moment war es so still, dass er die Bläschen der *Cola light* hören konnte. Auf dem Fensterbrett stand ein Schokoladen-Nikolaus neben dem anderen. Und da saß Anatol nun in seiner Küche, unfähig, einen Schluck zu nehmen – und er begann zu weinen, lautlos wie der Schnee, angestrahlt von der Straßenbeleuchtung.

Während in der Nacht der Schnee weiter fiel, träumte Anatol, dass er zu Zachys Präsentation der KREIDE in die Schule mitgekommen war. Sie standen in einem vollen Turnsaal. Lehrer hingen sogar an den Sprossenleitern. »Dabei gibt's gar keine Schokolade gratis«, sagte Zachy zu Anatol und ging mit seinem Tablet zu einem Rednerpult. Anatol setzte sich in der ersten Reihe auf eine Turnbank. Hinter Zachys Rednerpult wurde der Schriftzug KREIDE auf die Turnsaalwand projiziert. *Anatol Penzel* las Anatol groß darunter und blickte hinab auf seine manikürten Hände. Die Direktorin sagte ein paar Worte zur Begrüßung, darauf übergab sie an Zachy. »Die KREIDE«, begann er, wiederholte: »Die KREIDE«, machte dazu nun Schwimmübungen und bewegte sich so auf Anatol in der ersten Reihe zu, er sagte Schwimmzüge mit den Armen vollführend immer wieder »Die KREIDE«, nicht mehr, blickte Anatol schließlich hilfesuchend an. Anatol sprang sofort auf und sprach von Messungen der Augenbewegungen, sah Zachy mit seinen Armen jetzt rudern, redete von Begabungsprofilen, sagte »haarscharf« – mehrmals schnell hintereinander, als würde er einen Basketball dribbeln. Eine Lehrerin mit einer Brille grün wie der Zopfgummi ihres Pferdeschwanzes, zu dem die ergrauten Haare gebunden waren, schwang an den Ringen, während sie in ein Luftholen Anatols hinein fragte, was denn mit den Lerndaten der Kinder sei. »Lerndaten!«, rief Zachy, seinen Hänger vergessen, und zwinkerte Anatol zu. Und warum, sagte die Lehrerin mit fester Stimme, niemand darüber sprach, dass ein Kind durch den zufälligen Bildungshintergrund seiner Eltern dazu geboren werden konnte, für alle Zukunft hinterherzuhinken. Alle brachen daraufhin in Gelächter aus. Die Lehrerin nahm neuen An-

lauf, die Brille rutschte ihr dabei von der Nase, der Pferde-
schwanz wippte hin und her. Zachy machte Anstalten, zu
ihr hinüberzuschwimmen. »Nachhilfe für die Kopetzky,
Nachhilfe für die Kopetzky!«, wurde er von den anderen
angefeuert. Anatol bereitete sich unterdessen einen Kaffee
mit Kais Espressomaschine zu, drückte gerade den Hebel
hinunter, da wurde er wach.

Er setzte sich im Bett auf, schüttelte mehrfach den Kopf
und rieb sich die Augen. Er griff nach seiner Uhr am Nachtkästchen. Erst in einer halben Stunde würde der Wecker
klingeln. Anatol schlug die Decke zurück, erhob sich und
ging auf die Toilette. Er ließ die Tür extra einen Spalt offen –
doch umsonst.

Beim Betreten von Schulen überkam Zachy immer ein
Gefühl der Beklemmung. Allein der mit Zeichnungen
voller Kinderträume behängte Gang – alles nur Dekoration;
dazu die Weihnachtsbasteleien mit Wünschen für die Welt,
die ihn in ihrer Gottergebenheit bedrängten. Wie ungelen-
kig die Gesellschaft war, wenn es um die Organisation ihrer
Beziehungen ging, war schon in den Schulen erkennbar,
dachte Zachy. Er klopfte an eine Tür, auf deren Schild nüch-
terne Druckschrift statt eines Schnörkels klarmachte, dass
von hier aus der Täuschung, dass alle Möglichkeiten offen-
stehen würden, Vorschub geleistet wurde.

Die Direktorin begrüßte Zachy. Während Frau Blecha auf
dem Weg zur Aula ohne Unterlass davon sprach, wie glücklich die Kinder sich schätzen müssten, dass ihre Schule die

erste sei, an der die KREIDE eingeführt wurde, dachte Zachy: *Ist Frau Blecha nicht ideal dafür, Frohsinn zu verordnen?* Schließlich zeigte sie ihm, der noch immer nichts gesagt hatte, das Rednerpult. Bald würde sich die Aula füllen. »Die Anmeldungen versprechen einen enormen Zulauf«, sagte Frau Blecha, zahlreiche Direktoren und Lehrerinnen auch aus anderen Schulen hätten sich angekündigt, nahm sie ihn weiter in Beschlag, bis er vorgab, seinen Beitrag nochmals durchgehen zu wollen.

Unterdessen schwoll der Lärmpegel immer mehr an. Die hinteren Reihen waren schon längst besetzt, selbst die vorderen Sitzplätze wenig später fast alle vergeben, sodass freie Plätze knapp vor Beginn bereits gesucht werden mussten.

Um Punkt achtzehn Uhr hieß Frau Blecha die Anwesenden willkommen. Zachy dachte mit Blick ins Auditorium: *Die sind voreingenommen und leicht gelangweilt.* Wahrscheinlich bekamen sie nicht zum ersten Mal etwas über den Einsatz neuer Technologien im Unterricht zu hören. Geduldig ließen sie die einleitenden Worte der Direktorin über sich ergehen. Endlich erhielt er das Wort.

»Die KREIDE – *Kreative Intelligenz durch E-Learning* – misst präzise wie niemals zuvor die Ausführung von Schulaufgaben«, begann Zachy ohne Umschweife. »Neben Geschwindigkeit und individuellen Fehlerquellen wird der Grad der Aufmerksamkeit der Lernenden durch das Auswerten ihrer Augenbewegungen aufgezeichnet und analysiert.«

Es war sehr ruhig für eine volle Schule. »Die Messungen ermöglichen es, ein haarscharfes Begabungsprofil jedes einzelnen Schülers anzulegen. Es gibt kein besseres Instrument der Talentförderung als die KREIDE – und jedes Kind verdient sie, denn jedes Kind ist talentiert.«

Und je länger Zachy Anatols Argumentationslinie folgte, desto interessierter blickten die Anwesenden – einige nickten zustimmend. Als Zachy schließlich schloss, dass sich dank der KREIDE ein ganzheitliches Bild einer Schülerperformance ergebe, spürte er, dass er die Mehrheit von ihnen gewonnen hatte. In Kürze könnte er zusammenpacken und seine Abendgestaltung in Angriff nehmen. Lediglich eine Person zeigte auf und hatte offenbar noch Fragen. Er nickte der Frau zu, die ihren Arm kerzengerade hochgestreckt hielt. Sie stellte sich als Martha Kopetzky vor, und Zachy dachte, *Darauf hätte ich wetten sollen!*, während sie in die bereits entstehende Unruhe, die das Ende der Veranstaltung vorwegnahm, fragte, ob sie dafür wirklich die ganze Privatsphäre von Kindern opfern und sie unter die totale Kontrolle stellen sollten. Zunächst reagierte niemand auf ihre Frage, stattdessen packten alle weiter ihre Sachen zusammen. Erst als Martha aufstand und laut über die Köpfe hinweg wiederholte: »Dafür soll die ganze Privatsphäre von Kindern geopfert und sie unter die totale Kontrolle gestellt werden?«, hoben die Anwesenden ihre Köpfe. Einen Moment lang war es absolut still.

Mit gekonnt unterdrücktem Unmut entgegnete Zachy der Lehrerin, die so unerwartet den Erfolg seiner Präsentation gestört hatte: »Natürlich sind sämtliche Daten der Kinder geschützt!« Aber keiner rührte sich, niemand sprach, und Zachy ärgerte sich darüber, dass es jetzt sogar noch stiller im Saal war als bei seinem Vortrag. Lächelnd sagte er, solange das Lernen Privatsache der Kinder sei, könne von gleichen Chancen keine Rede sein. Dass die KREIDE eine objektive und effektive Maßnahme der Förderung sei, könne vor diesem Hintergrund nicht genug betont werden. Marthas Wangen färbten sich rot. Noch bevor sie etwas erwidern konnte, unterstrich Zachy: »Die KREIDE hat schließlich nur das eine Ziel: jedem Kind, wirklich jedem Kind den Lernerfolg zu garantieren.« *So leicht kommst du mir nicht davon,* dachte Martha. Was denn die Instandsetzung und Betreuung der KREIDE kosten solle, fragte sie in die wieder zunehmende Geräuschkulisse. »Kosten?«, fragte Zachy. »Es geht um nichts Geringeres als eine Investition in die Zukunft!« *Das habe ich ihr doch schon alles schriftlich beantwortet,* dachte er. »Und wir hier Anwesenden«, Zachy machte ein Geste in das Auditorium, »sind uns wohl einig darin, dass für Kinder die Kosten nie zu hoch sein können.« Zufrieden bemerkte er, dass ein abermaliges Nicken durch die Reihen ging, und mit einem letzten Lächeln verkündete er nun das Ende der Informationsveranstaltung, nicht ohne vorher allen frohe Weihnachten gewünscht zu haben. Martha Kopetzky würdigte er keines Blickes mehr.

Im Vorgarten des Altersheimes war kaum noch Schnee von letzter Woche übrig, als Martha am darauffolgenden Tag ihre Mutter besuchte.

»Niemand interessiert sich für meine Einwände«, meinte Martha missmutig und wehrte das Kirschkompott ab, das die Mutter ihr über den Tisch schieben wollte.

»Sie glauben, ich hätte was gegen Technologie«, sprach Martha weiter. »Sie halten mich für alt.«

»So geht es mir immer«, antwortete die Mutter, langte nun selbst nach der Glasschale mit dem Kompott.

»Kinder überwachen!«, Martha schüttelte den Kopf.

»Ja, wir werden hier auch überwacht«, sagte die Mutter mit Blick in die Glasschale.

»Dagegen habe ich was«, sagte Martha trotzig wie ein Teenager. »Dann musst du sie mit ihren eigenen Waffen schlagen«, meinte die Mutter und nahm einen Löffel vom Kirschkompott.

Martha schaute auf, als ihre Mutter gerade einen Kirschkern ausspuckte.

»Da beiß' ich mir ja die Zähne aus!«, rief sie und schob das Kompott weg.

Als Martha später das Gebäude verließ, drehte sie sich nach ein paar Schritten zum flacheren Anbau um und schaute hinauf zu ihrer Mutter, die am Fenster stand. Die automatische Eingangstür des Altersheimes öffnete und schloss sich unterdessen, als würde sie mit den Besuchern Blut durch das Gebäude pumpen. Martha hob ihre Hand und die Mutter winkte zurück, im selben Moment schloss sich wieder die Eingangstür. Etwas daran stimmte Martha traurig; auf und zu würde die automatische Eingangstür gehen, auf und zu – auch dann, wenn das Herz ihrer Mutter nicht mehr schlüge. Da riss die Mutter das Fenster auf und rief lachend: »Wenn sie übrigens dort« – und sie zeigte hinüber zum Altersheim – »die Leute überreden wollen, ihre Medikamente zu schlucken, versprechen sie ihnen ein zweites Dessert!«

Ein munterer Zachy erzählte Anatol am Telefon, die Präsentation der KREIDE gestern in der Schule sei ein Traum gewesen. »Schade, dass du nicht dabei warst!« *Mein eigener hat mir gereicht*, dachte Anatol an seinen Traum zurück.

»Sogar diese Lehrerin hat passen müssen.«

»Martha Kopetzky heißt sie«, sagte Anatol, selbst erstaunt über seinen Ton.

Zachy ging nicht weiter darauf ein und meinte nur: »Weihnachten steht nun nichts mehr im Weg.«

Anatol wünschte ihm einen schönen Skiurlaub.

»Skiurlaub«, murmelte Zachy und eine kurze Pause entstand, sodass Anatol sich fragte, ob er etwas falsch erinnert hatte.

»Hoffentlich gibt es Neuschnee«, meinte Zachy da geschwind und wünschte Anatol frohe Weihnachten – er müsse nun los, noch einmal zur HNO-Ärztin, eine Kontrolle. Er sei schon spät dran, und er fügte an: »Aber mit dem Fahrrad bin ich ja blitzschnell.«

»Blitzschnell kann man auch überfahren werden«, erwiderte Anatol.

»Freu dich endlich über die gelungene Präsentation und hör auf, alle nahe einem Unglück zu sehen!«, antwortete Zachy.

Einen Moment war es so ruhig am anderen Ende der Leitung, dass Zachy fürchtete, Anatol habe gar einen Herzstillstand erlitten, was der Konversation eine unnötige Pointe verliehen hätte. Doch dann hörte er Anatol matt sagen: »Frohe Weihnachten«, und es rutschte ihm geradezu heraus: »Brich dir nichts beim Skifahren!«

»Solange es nicht das Genick ist!«, antwortete Zachy fröhlich, bevor er auflegte.

Auch im Bildungsministerium wurden Anatol von allen Seiten schöne Feiertage gewünscht, was er stets erwiderte. Vielleicht waren solche Routinen ja ein Mittel, so zu tun, als könnte einen ein Unglück nicht jederzeit treffen, dachte Anatol mit Zachys Ermahnung im Ohr. Über die gelungene Präsentation konnte er sich trotzdem nicht freuen; dafür über die Nachricht, die ihm Hanna geschickt hatte.

Ihr Vater muss doch vor zwei Tagen angekommen sein, dachte Anatol, *und trotzdem hat sie mich nicht vergessen.* Er schrieb ihr direkt zurück. Eigentlich hatte er sich vorgenommen, Vater und Tochter nicht zu stören, aber nachdem sie sich selbst gemeldet hatte, hatte er nicht mit einer Antwort gezögert.

Anatol war schließlich einer der letzten Mitarbeiter, der aus dem Tor des Bildungsministeriums kam. Auch Martha war am Nachmittag eine der Letzten gewesen, die die Schule nach Unterrichtsschluss verlassen hatten.

Vor beiden lagen vierzehn Tage zu Hause. Martha freute sich schon auf Treffen mit Freunden, die sie schon länger nicht mehr gesehen hatte, und natürlich mit Frederika und Lynn. Die Feiertage würde sie mit ihrer Mutter verbringen. Sogar die Weihnachtsfeier im Altersheim würde sie in Kauf nehmen, obgleich die Mutter sie aufs Neue davor gewarnt hatte.

Anatol würde viel spazieren gehen. Er kannte diese Art Weihnachten jetzt schon. Die Leerstelle verursachte einen Schmerz, gegen den er allein in die Kälte hinausging. Er glaubte, dass ihm das mehr half, als die Feiertage in Gesellschaft zu verbringen. An Angeboten seiner Freunde hatte es ihm auch dieses Jahr nicht gefehlt, aber er hatte wie beim ersten Weihnachten ohne Gisela alle Einladungen abgelehnt.

Stattdessen stieg er regelmäßig in die Buslinie 38A, die ihn auf den Kahlenberg brachte. Am Busfenster zogen geschmückte Fenster und bunte Lichter vorbei. Gisela hatte einmal – gegen Ende war es gewesen – zu ihm gesagt, dass sie sich als Schwerkranke isoliert fühle: »Wer gesund ist, wirft nur einen kurzen Blick auf meine Seite.« Anatol hatte sich darauf nicht zu sagen getraut, dass er sich ebenfalls ausgeschlossen fühlte.

Als der Bus die Häuser hinter sich ließ und vorbei an Weinbergen mit zurückgeschnittenen Weinstöcken die Kurven der Höhenstraße hochfuhr, wich seine Bedrücktheit. Anatol stieg bei der Endstation aus und spazierte lange durch den Wienerwald. Auf seinen Ausflügen in die Kälte begegnete er kaum jemandem. Wenn er dann frierend im grauen Winterlicht nach Hause kam, hielt die Betäubung seines Schmerzes auch in der Wärme noch ein wenig an.

Am Weihnachtstag nahm er allerdings nicht den Bus 38A, sondern die Straßenbahn 71. Er stieg beim Zweiten Tor aus und als es zu schneien begann, konnte er sich sogar darüber freuen. Schon in der Nacht hatte es das leicht getan, sodass seine Schritte knirschten. Auch der Wind pfiff, schnitt ihm allerdings so ins Gesicht, dass er sich mit seinem neuen Schal vermummen musste. *Genau das richtige Weihnachtsgeschenk, Hanna*, dachte er, der es bereits in der Früh geöffnet hatte. Dick eingepackt ging er den Weg entlang, während auf den Gräbern die Flocken tanzten.

Hinter der Wasserentnahmestelle, die im Winter abgedreht wurde, bog Anatol nach rechts ab zu ihrer Reihe. Beim Näherkommen sah er, dass das Nebengrab ausgehoben war. *You are my candy girl.* Es schneite in die Grube. Eine Decke dünn wie ein Zuckerguss lag über Giselas Grab.

VI

Talente

Zachy verstaute seinen Rucksack und die längliche Skitasche im Zug, der am Stefanitag fast gänzlich ausreserviert war. Die ganze Strecke über tippte er auf seinem Tablet, unterdessen zog die Landschaft an ihm vorbei. In Salzburg hob er kurz den Kopf vom Bildschirm, beantwortete beim Verlassen des Bahnhofs eine weitere E-Mail, während Touristen aus dem Zugfenster ein Foto von der Festung machten. Als die Bahn bereits Landeck hinter sich gelassen hatte, bekam Zachy eine E-Mail von Kai, in der er ihm mitteilte, in welchem Hotel er den Skiurlaub mit seiner Familie verbrachte. In der Agentur hatte Kai gemeint, dass sie sich auf ein Getränk treffen sollten, wenn sie schon im jeweiligen Nachbarort weilten; sich dabei, wie so oft, die Augen gerieben. Kais Nachricht war voller Fehler und Zachy dachte, *Der braucht eine Pause, keinen Skiurlaub.*

Es war Nachmittag, als Zachy schließlich in St. Anton am Arlberg ausstieg. Der Schnee lag meterhoch. Er ging in einer Menschentraube hinaus vor das Bahnhofsgebäude und während sie sich auflöste, wartete er auf seinen Bus, der wenig später um die Ecke bog.

Zwanzig Minuten später leerte sich am Hauptplatz von Pettneu der gelbe Postbus. Nur noch zwei Familien saßen mit Zachy im Fahrzeug, ihre Skiausrüstung im Gepäckfach, und Zachy half ihnen ein paar Stationen weiter beim Ausladen. Er schloss schließlich die Schnalle seines Rucksackes über der Brust, griff nach dem Schulterträger der

Skitasche und ging den geräumten Gehsteig an einem Schneewall entlang, der ab und an von vorbeifahrenden Autos beleuchtet wurde, die Scheinwerfer schon eingeschaltet, die Schneeketten auf den Reifen. Der Schnee dämpfte ihre Geräusche. Als er sich umdrehte, sah er, wie die zwei Familien, die zurückgefallen waren, zum Hotel *Schwarzer Adler* abgebogen waren, dessen Eingang ein großzügig behängter Tannenbaum zierte. Auch die Tannenbäume vor den anderen Hotels in der Straße blitzten silbern. Er nahm die nächste Seitenstraße, die sich nun den Berg hochwand. Die Häuser dort waren allesamt geschmückt. In den Fenstern hingen leuchtende Sterne und um Balkongeländer schlängelten sich Lichterketten. In einem Garten warfen Kinder Schneebälle. Ihr Lachen und die hellen Stimmen in der Dämmerung lösten etwas in Zachy aus. Er blieb kurz stehen, als könnte ihre Unbeschwertheit ihn von der Schwere befreien. Er blickte abermals zu den Kindern. Ihre von der Kälte geröteten Wangen leuchteten wie rote Christbaumkugeln. Schließlich überquerte er die Straße. Um die halbhohe Türe zum dunklen Vorgarten öffnen zu können, zog er einen Handschuh aus. Im Vorgarten sank er im Schnee ein. Beim Garageneingang lag eine Schneeschaufel halb darunter begraben, nur der orangefarbene Stiel ragte hervor. Kurz vor der Haustür wechselte er die Skitasche von der einen in die andere Hand, als hätte er noch einen weiten Weg vor sich.

Wenig später stand er im Flur und wurde schon begrüßt. »Willkommen!«, rief sein Vater aus dem Wohnzimmer.

Zachy hörte es immer sofort. Er legte den Schlüssel auf das Ablagebrett neben dem Eingang, stellte die Skitasche ab und wuchtete seinen Rucksack auf den Boden.

»Wo bleibst du denn!«

Hatte er ihm nicht am Telefon beteuert, die Finger davon zu lassen? Zachy zog die Mütze vom Kopf, ehe er ihn durch die offene Wohnzimmertür streckte: »Frohe Weihnachten!«

»Schön, dass du da bist, Zacharias!«, rief sein Vater, und noch bevor Zachy antworten konnte, fügte er hinzu: »Hol dir aus der Küche ein Glas, damit wir anstoßen können!«

Er hatte also wieder damit angefangen.

Geht es dir gut?«, fragte Kai Zachy am nächsten Tag im *Hotel Post.* Selbst sah er noch erschöpfter aus als sonst.

»Ich habe gestern etwas zu viel erwischt«, schützte Zachy vor und schaute in sein stilles Wasser. Kai nahm einen großen Schluck von seinem Bier. Kais Frau Eva meinte unterdessen zu Zachy, dass sie das erste Mal in dieser Gegend seien, und rühmte: »Das reinste Skiparadies.« Sie wippte dabei den Kinderwagen, in dem die Tochter schlief, und behielt gleichzeitig den Sohn in der Spielecke des Hotels im Auge.

»Ich bin ja teils in dieser Gegend aufgewachsen«, erwiderte Zachy. Eva setzte an, eine Frage zu stellen, wurde aber von Kai unterbrochen, der wissen wollte, ob Zachy schon die E-Mail vom Bildungsministerium gesehen habe.

»Mein Kai«, schnaubte seine Frau, »kann ohne Arbeit nicht sein – dabei gibt's mit Kindern beileibe genug zu tun.« In dem Moment riss der Sohn einem anderen Kind das Spielzeug aus der Hand. Das Kind versetzte dem Sohn darauf einen Schubs, er wiederum biss zu.

»Worauf wartest du noch!«, zischte Eva und wippte den Kinderwagen etwas stärker. Kai, der nichts mitbekommen hatte, weil er auf seinem Telefon die E-Mail des Bildungsministeriums gesucht hatte, sprang auf und hastete zu den Kindern.

Zachy, der mit Eva zurückgeblieben war, zupfte am Etikett der Mineralwasserflasche. Sie wandte sich wieder an ihn und fragte mit freundlichem Gesichtsausdruck, aber starr in die Spielecke gerichtetem Blick, wie lange er denn hier gelebt habe.

»Bis zur Scheidung meiner Eltern«, erwiderte Zachy, sah ebenfalls zu Kai, der seinen Sohn gerade anschrie. Kais Frau seufzte und lief mit raschen Schritten in die Spielecke. Als hätte die Tochter eine Antenne, fing jetzt auch sie zu weinen an. Zachy rutschte auf Evas Stuhl und wippte den Kinderwagen. Aus der Spielecke drang Kindergeschrei herüber, die Eltern gestikulierten heftig. *Nein,* dachte Zachy erleichtert, *ich muss mich erst wieder am Abend kümmern,* während sich das Baby zu beruhigen begann.

Zachy glitt zurück auf seinen eigenen Stuhl, als Eva ihren Sohn an der Hand aus der Spielecke zog, woraufhin er wild um sich schlug. Kai nahm mit zerknirschtem Gesicht schließlich ihnen gegenüber Platz und griff nach dem Glas. Eva sagte ihrem Sohn, um ihn zu beruhigen, sein Skikurs werde bald beginnen. Der Sohn schrie darauf: »Ich hasse Skifahren!«

»Der Skikurs war nicht meine Idee«, murmelte Kai ins Bierglas. Eva warf ihm einen vernichtenden Blick zu und hob die Tochter, die erneut zu weinen angefangen hatte, aus dem Kinderwagen.

»Komm, ich zeig' dir was!«, sagte da Zachy zu Kais Sohn,

stand auf, streckte ihm die Hand entgegen und ging mit ihm hinaus, vom folgenden Wortgefecht zwischen Kai und seiner Frau eine Ahnung mitnehmend.

Als Zachy wenig später mit Kais Sohn wieder die Hotellobby betrat, sah er nur mehr Kai dasitzen, der auf seinem Telefon herumtippte, nun eine Kaffeetasse neben sich. Erst als sein Sohn ihn anstupste, hob er den Kopf, scheinbar erstaunt, dass er sich wieder in einem Leben mit Familie befand. Seine Frau habe eine Runde mit dem Kinderwagen gedreht, erklärte er Zachy. *Hat sie einen Bogen um mich und ihren Sohn gemacht?*, wunderte sich Zachy, der Eva draußen nicht gesehen hatte. *Oder hat sie sich im Hotelzimmer einfach die Decke über den Kopf gezogen?* Der Sohn erklärte seinem Vater jetzt, dass er doch Skifahren lernen wolle, sogar unbedingt, und Kai warf Zachy einen dankbaren Blick zu, in den sich gleichzeitig das Bewusstsein einer Niederlage mischte. Als hätte seine Frau ihren Triumph gewittert, schob sie den Kinderwagen durch die sich automatisch öffnende Eingangstür des Hotels. Der Sohn, der sie gerade noch geboxt hatte, lief ihr entgegen, umarmte sie, zeigte auf Zachy und sagte etwas. Sie lächelte Zachy herzlich an, Kais Blick wich sie jedoch hartnäckig aus. Zachy verabschiedete sich rasch, bevor jemand auf die Idee kommen konnte, dass er sich erneut setzen sollte. Er hörte im Gehen noch, wie Eva laut lobte, sein Arbeitskollege könnte aber gut mit Kindern umgehen, zwinkerte dem Sohn noch einmal zu, und trat in den Skiort hinaus. *Wenigstens waren sie so damit beschäftigt gewesen, einander gegenseitig abzustoßen, dass sie sonst keine Fragen gestellt haben*, dachte Zachy, während er an Läden mit Dirndln, Kuhglocken und Gläsern mit aufgedruckten Tirolerhüten entlangging. Aus genau so einem Glas hatte er gestern getrunken. Touristen in Skischuhen stapften an ihm vorbei, da und dort schlug eine noch offene Schnalle gegen den schweren Schuh. Er horchte dem Geräusch nach als einem Echo seiner Kindheit. Schließlich stieg er beim Bahnhof von St. Anton in den Bus, der ihn zurück nach Pettneu brachte, dachte bei der Fahrt: *Dass Kai ein zweites Kind gezeugt hat,* Zachy schüttelte unwillkürlich den Kopf, *als würde man beim gleichen Multiple Choice Test erneut die falsche Antwort ankreuzen,* unterdessen überholte der Bus eine rote Schneeraupe.

»Ist das *Hotel Post* noch immer so versnobt?«, wollte der Vater von Zachy beim Heimkommen wissen und schaltete den Fernseher aus. Zachy setzte sich zu ihm ins Wohnzimmer.

»Erzähl mir was von deinen Freunden!«, bat ihn der Vater von seinem Fernsehsessel aus.

»Na ja, Freunde«, relativierte Zachy, begann lieber von der Arbeit zu sprechen und kam so auf die Lernplattform.

»Lernplattform?«, sagte der Vater, rieb sich die Augen. Während Zachy umriss, worum es bei der KREIDE ging, nickte der Vater kurz weg. Er schrak auf, als die Fernbedienung hinunterfiel; Zachy bückte sich, um sie aufzuheben.

Der Vater richtete sich ein wenig auf und murmelte: »Gut, dass du das Richtige für dich gefunden hast.«

Zachy zuckte mit den Schultern, reichte ihm die Fernbedienung.

»Ich stehe immer auf deiner Seite«, war es seinem Vater ein Bedürfnis festzuhalten. »Mein eigener Vater hat das nie getan« sagte er, murmelte, Zachys Großvater sei zu nichts anderem als Schreien und Prügeln imstande gewesen, und fügte, wie immer, hinzu: »Mein Herz hat er mir aber nicht nehmen können.« Er drückte auf die Fernbedienung: »Vielleicht wird ein Skirennen übertragen.«

Nach einer Weile hörte Zachy seinen Vater schnarchen, obwohl die Kuhglocken bei der Skiabfahrt laut genug waren. Er schlief nun so tief und fest in seinem zurückgeklappten Stuhl, dass Zachy das Gerät unbemerkt ausschalten konnte. Er ging eine Decke aus dem Schlafzimmer des Vaters holen, legte sie über ihn. Kurz riss der Vater seine geröteten Augen auf. Zachy strich ihm über die Hand, darauf schloss er einem Kind gleich die Lider und schlief weiter. »Gummibärchen«, flüsterte Zachy, zog die Decke über dem Bauch zurecht.

Zachy selbst ging erst spät ins Bett. Lange blieb er im Wohnzimmer neben dem schlummernden Vater sitzen, tauschte Nachrichten mit Freunden aus – Kai war nicht darunter –, arrangierte Treffen für seine Rückkehr, schrieb kurz seiner Mutter, ohne zu erwähnen, wo er war, trank wieder aus dem Glas mit dem aufgedruckten Tirolerhut. Das Wasser war genauso klar wie der Schnaps, den er gestern bei seiner Ankunft abgelehnt, der sich aber heute früh nicht mehr in der Flasche befunden hatte – dabei hatte er sie abends extra verräumt. Dann suchte er sein ehemaliges Zimmer unter der Dachschräge auf, in dem schon lange keine Kindersachen mehr vorhanden waren. Es kam ihm gänzlich fremd vor, bis er die Schneekristalle leise gegen die Dachfenster klopfen hörte.

Stand Zachy während der nächsten Vormittage auf der Piste, war er der hellen Seite seiner Kindheit nahe. Er setzte seine Skibrille auf, sog die kalte Luft tief ein und glitt in Schwüngen, die ihm einst sein Vater beigebracht hatte, den Hang hinunter. Er fragte sich, ob es einen Punkt im Leben gab, von dem an es unweigerlich bergab ging, oder ob das Abwärts wie beim Skifahren bereits im Aufwärts angelegt war. Gestern hatte er ein Foto entdeckt, auf dem ein lächelnder ungefähr Zwanzigjähriger abgebildet war, den er nicht sofort als seinen Vater erkannt hatte – im Gegensatz zu dem Haus im Hintergrund; es war dasselbe wie das, in dem Zachy heute früh leere Wodkaflaschen versteckt hinter der Spüle gefunden hatte. Zachy hatte das Foto dicht an seine Augen gehalten. Zu finden war kein Hinweis auf den Verfall viel später, aber vielleicht hätte er seinen Vater damals nur erleben müssen, so wie Kai mit seiner Familie im *Hotel Post* – und das Abwärts wäre bereits im Aufwärts unübersehbar gewesen. Zachy musste an sich als Kind denken, an Kais Kinder – und erst die Kinder, die noch ganz anderen Umständen ausgeliefert waren. Und er dachte, dass Kinder von der Kamera der KREIDE sogar geschützt werden konnten. Was war schon Datenschutz dagegen, dachte er. Das sollte mal eine Martha Kopetzky beherzigen.

Die Nachmittage nutzte Zachy, um die Wäsche zu waschen und das Haus zu putzen, nachdem er direkt nach seiner Ankunft den Weg zwischen Haus und Vorgarten freigeschaufelt hatte. Er rechnete jeden Moment mit der Rückkehr seines Tinnitus.

Als er an einem Nachmittag im kleinen Garten im meterhohen Schnee stand, um einen Meisenknödel an einen Ast zu hängen, sah er, wie ihm sein Vater durch die Terrassentür dabei zuschaute. Der Vater hatte ihn um das Anbringen des Vogelfutters gebeten. Zachy hatte es überrascht, dass gerade er, der von der Fürsorge anderer dermaßen abhängig war, selbst etwas Ähnliches empfinden konnte; und sogleich hatte er sich für diesen Gedanken geschämt. Er blickte zum Haus, schirmte sein Gesicht mit dem Arm gegen die Sonne ab, dachte: *Vater hinter Glas.* Der Vater winkte ihm zu, indem er die Hand öffnete und schloss; oder war es ein sos?

»Hast du dir schon etwas gebrochen?«, fragte Anatol Zachy am nächsten Morgen am Telefon, nachdem dieser ihm ein Dokument weitergeleitet hatte.

»Bis jetzt davongekommen«, meinte Zachy.

Er sei letzte Woche mehrmals fast ausgerutscht, zeigte sich Anatol gesprächig. Und Zachy, der seinen Vater aus dem Augenwinkel gegen einen Türstock stoßen sah, antwortete: »Beinahe auszurutschen ist eine gute Übung für das Fallen«, und fügte hinzu: »Im Schnee landet man immerhin weich.«

»In Wien liegt inzwischen nur noch Matsch«, erwiderte Anatol und Zachy – mit dem Blick aus dem Wohnzimmerfenster in den verschneiten, unter der Sonne glitzernden Garten, in dem ein Vogel Futter pickte – hätte fast geantwortet: *Hier auch.*

»Ich bin wirklich stolz auf dich«, sagte der Vater ein paar Tage später zum Abschied zu Zachy. »Immerhin bist du für die« – und er machte eine ausufernde Geste – »Bildung des Landes maßgeblich!«

Als Zachy schließlich zurück im Zug Richtung Osten saß, war er niedergeschlagen. Es war nicht der erste Besuch dieser Art und würde wohl nicht der letzte gewesen sein. Zachy seufzte. Es war ausweglos. Aber – und sein Gesicht erhellte sich ein wenig – er war froh, da gewesen zu sein.

Zachy, der seit ein paar Tagen wieder zurück in Wien war, wollte endlich die Ski in den Keller hinunterbringen, als er von Anatol verspätete Neujahrswünsche zugeschickt bekam. Selbst hatte er Anatol noch im alten Jahr welche zugesandt. Anatol hatte in die E-Mail ein Link zu einem Bericht eingefügt mit dem Kommentar: »Verlangen im neuen Jahr dieses Jahrhunderts«. Zachy klickte es an. »Ich treffe gerne Leute und ich würde gerne mit dir Liebe machen«, sagte Harmony, ein täuschend echt wirkender Roboter in Menschengestalt. *Anatol Penzel*, dachte Zachy, schüttelte den Kopf und griff nach seinen Skiern.

Auf dem Weg in den Keller musste Zachy allerdings unwillkürlich an seine Silvesternacht zurückdenken. Er dachte an das Entlangstreichen an aufgestellten Härchen, das Berühren der weichen Lippen, die Seufzer des Hinauszögerns. Sehnsucht nach der Person hatte sich daraus nicht entwickelt. War er gerade noch gierig nach deren Körperflüssigkeit gewesen, wurde die Person kurz danach nicht nur fremd, sondern sogar zur Last. Er hatte vorgetäuscht, gleich eingeschlafen zu sein, davor noch das eine oder andere Zeichen von sich gegeben. Obwohl es nur Laute gewesen waren, hatte die Frau neben ihm weiterhin mit Zärtlichkeit reagiert. Und es hatte ihn gerührt, wie stark das Sehnen nach Liebe bei anderen war, trotz allem. Ja, es bewegte Zachy, und er empfand sich als nicht adäquat.

Er drückte mit seiner Schulter die Kabinentür des Aufzugs auf und musste daran denken, wie er Anatol einmal von seinen Schwierigkeiten erzählt hatte, neben jemand anderem zu schlafen. Er war Anatol gegenüber bei Andeutungen geblieben und hatte trotzdem das Gefühl bekommen, zu sehr ins Detail gegangen zu sein. Seltsamerweise sprach Anatol von den beinahe zwei Jahrzehnten, in denen er mit ein und derselben Person das Bett geteilt hatte, so, als ob gerade das gemeinsame Einschlafen etwas ganz Besonderes gewesen wäre. Kurz hatte Zachy den ketzerischen Gedanken gehabt, dass Anatol die Fremdheit und die Last des Nebeneinanderliegens genauso kannte wie er, sie bloß nicht ansprechen konnte, schon gar nicht, nachdem seine Frau gestorben war. Doch dann hatte Anatol gesagt, dass er Zachy darum beneide, dass er so allein sein könne. »Das wird dir einmal beim Sterben helfen.«

Als Zachy den Kellergang entlangging, dachte er darüber nach, ob das wirklich beneidenswert sei. Und in das Ticken des Zeitschalters seines Kellerabteils dachte er, in Wahrheit war es nur ein Auf und Davon.

Und ein kläglicher Versuch, sich nie mehr um jemanden kümmern zu müssen. Kurz stand er im Dunkeln, bevor er erneut nach dem Lichtschalter tastete.

Zurück in der Wohnung antwortete er Anatol, er werde vielleicht noch einen Neujahrsvorsatz fassen; auf Anatols sei er ebenfalls gespannt. In einer Woche würden sie sich ja im Kasino am Schwarzenbergplatz bei dem vom *Institut für Technologie und Mensch* organisierten Vortrag von Jeff Koerner sehen. Und er setzte in Klammern den Titel *Thought leader* neben Koerners Namen. *Happy New Year!*

H ätte Zachy in seiner Antwort den Vortrag nicht erwähnt, hätte Anatol ihn versäumt. Jetzt bereute er, dass er sich von Kai überhaupt dazu hatte drängen lassen.

»Jeff Koerner darf man nicht verpassen«, hatte Kai erklärt, er sei eine bedeutende Referenz für ihr Projekt und ein brillanter Redner, er selbst habe ihn einmal bei einem TED *Talk* erlebt.

Wer hat Angst vorm eigenen Talent?, las Anatol den Titel des Vortrages groß auf der Anzeigetafel des Gebäudes am Schwarzenbergplatz angekündigt. Zachy wartete bereits im Foyer im ersten Stock auf Anatol, übersah ihn aber. Anatol sagte statt einer Begrüßung: »Hältst du nach mir Ausschau?«

Zachy drehte sich jählings zur Seite und begrüßte ihn mit: »Bist du es oder ein Roboter?«

»Würde man mich nicht auch auf *Harmony* taufen?«

»Ein Roboter unter Umständen«, antwortete Zachy.

»Meinst du damit einen Programmierfehler?«

Zachy lächelte vielsagend, drückte Anatol ein Informationsblatt zum Vortrag in die Hand und meinte: »Jedenfalls wird Harmony, ehe man sichs versieht, sogar *thought leader* überflügeln.«

»Das ist auch mein Neujahrsvorsatz«, sagte Anatol, »gleich nach: nie wieder Talent.« Er blickte sich um: »Versteckt sich Kai hier irgendwo?«

»Er hat abgesagt – er soll mehr Zeit mit seinen Kindern verbringen«, antwortete Zachy.

Koerner saß unterdessen mit geschlossenen Augen hinter der Bühne. Er hatte im ersten Teil zwanzig Minuten zur Verfügung, im zweiten knapp fünfzehn. Er spreizte seine Finger, atmete tief ein und aus.

Anatol, der nun neben Zachy im Saal saß, wetzte ungeduldig die Beine am Boden. Die Bühne war hell erleuchtet, rechts und links außen waren Scheinwerfer angebracht, oben zwei weitere Strahler. Die runden Beleuchtungskörper erschienen ihm wie riesige Oktopusaugen. »*Jeff Koerner hat in Bangladesch unzählige Projekte entwickelt, die Kindern in Slums das Lernen ermöglichen*«, las Zachy vom ausgehändigten Zettel vor. Anatol sagte: »Wo bleibt er denn?«

Koerner spreizte ein letztes Mal seine Finger, dann trat er auf die Bühne. Statt einer Begrüßung sagte er als Erstes, alle in diesem Raum seien talentiert. Anatol seufzte.

»Kommt mir bekannt vor«, meinte Zachy und grinste.

»Aber die wenigsten wissen davon«, fuhr Koerner mit einem bedeutungsvollen Blick fort. Bevor er weitersprach, machte er eine Pause, um die Stille zu prüfen. Im ausverkauften Raum war kaum ein Laut zu hören. Der Mensch war für Schmeicheleien zu offen, wusste Koerner. Das war seine Schwachstelle, denn keinem Tier konnte man schmeicheln. Die Sprache war Liane und Fallstrick zugleich – so hatte es Koerner schließlich nicht umsonst in einem seiner Bestseller genannt.

»Unsere Schulen«, sagte Koerner, »lassen leider systematisch Talente verkümmern.« An der Bewegung der Köpfe vieler konnte man die Zustimmung ablesen.

»Ich weiß nichts von einem verkümmerten Talent bei mir«, brummte Anatol.

»Würde die Schule hingegen von der bestmöglichen Förderung jedes Einzelnen abhängen – und damit meine ich, tatsächlich in ihrem Fortbestehen abhängen –, würde automatisch der Einzelne in den Mittelpunkt rücken.« Es seien nämlich nicht alle Kinder gleich – und Koerner blickte einen Moment in die Gesichter, er genoss die Irritation, die er bei manchen ausgelöst hatte – nein, nicht alle Kinder seien gleich, denn –, und er machte eine erneute Pause: »Alle Kinder sind einzigartig!« Es folgte Beifall.

»Mein Fuß ist eingeschlafen«, stöhnte Anatol.

»Wer von Ihnen hat schon einmal Erfahrung mit schlechten Lehrern gemacht?«, fragte Koerner, wohl wissend, dass die Mehrzahl der Leute im Saal aufzeigen würde. »Willst du gar nicht die Hand heben?«, flüsterte Zachy. »Ich bin gerade mit dem Kreisen meines Fußes beschäftigt«, erwiderte Anatol. Koerner verlangte nun: »Hände in die Höhe, wenn solche Lehrer ausgemustert gehören!« »Beim Militär hätt' sich der Koerner auch nicht schlecht gemacht«, murmelte Anatol. Koerner blickte unterdessen zufrieden auf die eifrig hochgestreckten Arme im Saal, während Anatol sich noch immer abmühte, seinen eigenen Fuß aufzuwecken. »So viel darf ich Ihnen vor der Pause verraten«, schloss Koerner: »Das Lernen der Zukunft ist eines mit guten Lehrern.«

»Das darf als Zitat in unserer Präsentation nicht fehlen!«, flüsterte Zachy und Anatol hörte den Kugelschreiber klicken. Nach einem weiteren bedeutsamen Blick erinnerte Koerner die Anwesenden nochmals daran, was in ihnen alles schlummerte, und damit schloss er seinen ersten Teil. »Geschafft«, seufzte Anatol. Die Leute klatschten laut. Anatol blickte angeödet zur Decke und Zachy zupfte sich einen Fussel vom Pullover. *Was wäre wohl aus mir geworden, wäre ich gefördert worden wie der*, dachte er und grämte sich insgeheim. Koerner deutete eine Verbeugung an, dann ging er von der Bühne.

Während Zachy sich im Foyer vor dem Getränkebuffet anstellte, peilte Anatol den Ausgang an, um zu rauchen. Auf dem Weg dorthin hörte er immer wieder die gleichen Gesprächsfetzen. Koerner sei getrieben von Mitgefühl; sein innerer Motor sei sein Gerechtigkeitssinn; »Kinder in

Slums«. »Eine Stärkung gefällig?«, fragte eine junge Frau mit ungarischem Akzent und hielt Anatol ein silbernes Tablett mit Canapés hin. An Sponsoren fehlt es dem *Institut für Technologie und Mensch* offensichtlich nicht, dachte er, lehnte dankend ab, nahm die Treppe hinab, stieß die Doppeltür auf und trat in die kalte Januarluft hinaus.

Nicht einmal als Raucher war er ungestört. »Koerner rüttelt wach«, erklärte gerade ein Mann einer Frau in Hannas Alter. »Oder was meinen Sie?«, wandte er sich unvermittelt an Anatol. »Mein Fuß ist eingeschlafen«, sagte Anatol, es hätte ein Witz sein sollen. Der Mann runzelte kurz die Stirn, bevor er sich umdrehte und der jungen Frau Feuer gab. Anatol suchte die Taschen ab, seine Streichhölzer mussten im Mantel geblieben sein, den er an der Garderobe abgegeben hatte, was er hier draußen bereute. Mit der Bitte nach Feuer wandte nun er sich an den Mann, der ihm wortlos das Feuerzeug reichte. Während Anatol den Zeigefinger am Reibrad drehte, hörte er ihn zur Frau sagen, Koerner sei eben glaubhaft. Das Feuerzeug flammte auf. *Glaubhafter als ich*, durchfuhr es da Anatol. Er starrte einen Moment in die Flamme und vergaß den Finger vom Reibrad zu nehmen, sodass das Metall unangenehm heiß wurde. Rasch zündete er seine Zigarette an. Er gab das Feuerzeug zurück, sog den Rauch tief ein, rieb sich über die Daumenkuppe. Nach Scherzen war ihm nicht mehr zumute.

Alle liegen diesem Koerner zu Füßen, dachte unterdessen Zachy mit Blick auf das Pausengeschehen. Ja, obwohl er in Anatols Alter war, flogen ihm sämtliche Herzen zu, dachte er, was Anatol sicher entgangen war. Anatol legte auch keinen Wert auf so etwas, aber er, Zachy, wäre gern ein Jeff.

Denn er ahnte, dass ein »Zac« allein bald nicht mehr ausreichen würde. Mit seinem Mineralwasser stellte er sich an einen der Stehtische und sah zu, wie die Schlange von Zuhörerinnen, die allesamt Koerner um Selfies baten, länger und länger wurde; wie Koerner jedes Mal bereitwillig in den Bildausschnitt rückte und selbstgefällig in die Kameralinse lächelte.

In dem Augenblick, in dem Zachy die Schulungsassistentin Ada Mazur in der Schlange entdeckte – ihre Wange mit dem Leberfleck zu ihm gekehrt –, in dem Moment wurde er von hinten leicht angerempelt, sodass er sein Glas ausschüttete. Er drehte sich verärgert um und bekam umgehend eine Entschuldigung. *Die Stimme kommt mir doch bekannt vor*, dachte Zachy und kniff die Augen zusammen, aber die Person ging schnell weiter. Als er ihr mit dem Blick folgte, dämmerte es ihm und er wunderte sich: *Tatsächlich sie? Hier?*

»Kennt ihr euch von irgendwoher?«, fragte Anatol, der den Zusammenstoß beim Zurückkommen beobachtet hatte.

»Warum erinnert sich bloß die Schulungsassistentin nicht an mich«, war Zachy schon wieder abgelenkt, versuchte deren umherschweifenden Blick einzufangen.

»Schulungsassistentin?«, fragte Anatol.

»Ja, Ada Mazur«, erklärte Zachy und reckte nervös den Kopf. Kurz schaute sie ihn an, blickte jedoch durch ihn hindurch. *Die HNO-Ärztin wird wohl bald wieder vonnöten sein*, dachte Anatol bei sich. Im nächsten Augenblick kam Mazur in der Schlange an die Reihe, stellte sich neben Koerner und lächelte mit ihm in ihre Kamera. Zachy seufzte. Anatol wies mit dem Kinn in Richtung Koerner, der etwas zu ihr sagte, was sie offenkundig zum Lachen brachte, und meinte: »Koerner in seinem Element!«

Zachy sah ihr nach, verlor sie schließlich aus den Augen. Anatol fiel unterdessen auf, dass die Frau, die an Zachy angerempelt war, wieder herüberblickte, und zwar nicht besonders freundlich.

»Drei Mal darfst du raten, wer das ist«, sagte Zachy frustriert, als Anatol ihn darauf aufmerksam machte.

Anatol zuckte mit den Schultern.

»Diese Lehrerin«, sagte Zachy abfällig.

»Martha Kopetzky?«, fragte Anatol, der sie sich ganz anders vorgestellt hatte.

Zachy nickte und seufzte. »Ein Paradebeispiel für Technophobie«, sagte er und nahm einen Schluck von seinem Mineralwasser.

»Na ja«, meinte Anatol und schaute zu, wie sie gerade ein Foto von sich und ihrer Bekannten vor einem Bild des Vortragenden schoss.

»Das macht sie nur, um sich über Koerner lustig zu machen«, kommentierte Zachy, »und seine Fans«, dachte betrübt an Ada Mazur, sprach weiter zu Anatol: »Du kannst aber gerne bei der nächsten Informationsveranstaltung an der Schule dabei sein.«

»Ich will dir doch nicht die Show stehlen«, erwiderte Anatol und musste an seinen Albtraum vor der Präsentation denken, in dem er brilliert hatte.

»Es hat keinen Sinn, hier eine Diskussion zu starten, Martha!«, meinte unterdessen Lynn, die Martha bereits mit einem Foto abzulenken versucht hatte.

»Ich gehe jetzt trotzdem hin«, entschied Martha, drückte Lynn ihr Glas in die Hand und schritt direkt auf Zachy zu.

»Das ist übrigens Anatol Penzel vom Bildungsministerium!«, stellte Zachy seinen Begleiter wie aus einem Reflex heraus vor. »Martha Kopetzky mein Name«, sagte Martha knapp zu Anatol, setzte im selben Atemzug fort: »Weder Ihr Kollege noch Sie haben jemals etwas anderes getan, als mich auf meine Nachfragen hin zu vertrösten.«

Anatol blickte auf seine Schuhspitzen – müsste die Pause nicht jeden Moment zu Ende sein?

»Wie lange soll ich noch warten, bis Sie es für wert befinden, mir eine ernsthafte Antwort auf meine Bedenken zu geben?« Der Pausengong erklang.

»Lassen wir doch Koerner antworten«, meinte Zachy, während Lynn nach Martha rief. Sie drehte sich wortlos um und ging davon. Anatol rieb sich über seine Daumenkuppe.

»Tja«, sagte Zachy, schnappte sich flugs ein letztes Canapé vom silbernen Tablett, schluckte es mit dem Rest seines Getränks hinunter und folgte Anatol, gänzlich ins Schweigen verfallen, zurück in das sich schnell füllende Auditorium.

Koerner betrat neuerlich die Bühne. Ja, wirklich jeder sei talentiert, schloss er an seine beliebteste Botschaft vor der Pause an. *Koerner versteht auch etwas von silbernen Tabletts und Canapés*, dachte Anatol, und: *Das ist wohl kaum die Antwort, auf die Martha Kopetzky wartet.*

Ist das fünf Reihen vor uns nicht Ada Mazur?, fragte sich wiederum Zachy, setzte sich ein wenig auf.

»Von elementarer Bedeutung ist also nicht nur ein guter Lehrer für alle, sondern ein Lehrer, der für einen persönlich der beste ist«, sagte Koerner auf der Bühne.

»Dazu hätte er auch schneller kommen können«, murmelte Anatol. *Warum tut Anatol so, als hätte er kein Gefühl für den Aufbau einer Rede?*, dachte Zachy, der seinen Erfolg bei der Präsentation gerade ihm zu verdanken hatte.

»Stellen Sie sich alle kurz den für Ihre Bedürfnisse bestmöglichen Lehrer vor – schließen Sie nur die Augen!«, forderte Koerner das Publikum auf und tatsächlich schlossen die meisten die Augen. *Sie vertrauen mir*, dachte Koerner zufrieden. Vertrauen aufzubauen war für die Einführung neuer Technologien essenziell, wusste er. Denn der Mensch des beginnenden 21. Jahrhunderts beargwöhnte sie mit dem letzten Rest seines Steinzeitinstinkts. »Vorher haben Sie gesagt, Sie hatten zur Genüge Erfahrung mit schlechten Lehrern, meine Frage nun: Sind Sie dem Lehrer, den sie sich soeben vorgestellt haben, tatsächlich jemals schon begegnet?«, und Koerner gab sogleich die Antwort: »Wahrscheinlich nicht.«

»Will er jetzt etwa auch noch die Lehrer abschaffen?«, fragte Martha mit offenen Augen.

»Pst!«, kam es von der Seite.

»Es gibt also dringenden Handlungsbedarf«, stellte Koerner fest – »Lassen Sie ruhig Ihre Augen geschlossen!« – und er forderte die Zuhörer auf, sich jetzt zu überlegen, wie den Lehrern geholfen wäre, damit sie den Schülern helfen könnten, sich selbst zu helfen.

»Hilfe!«, entfuhr es Anatol.

Zachy machte die Augen auf – so konnte er sich nicht konzentrieren.

»Ja, von wem könnte ein Lehrer unterstützt werden?«, fragte Koerner.

»Wie wär's mit einem anderen Lehrer«, sagte Martha.

»Ahnen Sie es schon?«, Koerners Stimme wurde feierlich: »Öffnen Sie die Augen«, und er hob seine Hände: »Von der digitalen Technologie und der künstlichen Intelligenz!«

»Seit wann ist das eine Person?«, fragte Martha. Einige Köpfe in den Sitzreihen vor ihr drehten sich mit einem unwirschen Gesichtsausdruck um.

»Digitale Technologien sind vor allem sekundenschnell!« Anatol musste daran denken, dass er selbst in der Präsentation die Geschwindigkeit hervorgehoben hatte. Prompt raunte Zachy in Anatols Ohr, dass auch die KREIDE besonders schnell sei, und notierte sich erneut etwas.

Koerner lächelte. »Ich weiß, für manche ist die Vorstellung befremdlich, Kinder, die voller Talente stecken, ausgerechnet von einem Computer begleiten zu lassen.«

»Dieser Mann steht auf unserer Seite«, flüsterte Zachy Anatol zu.

»Die bestimmt zahlreichen Lehrerinnen unter Ihnen fühlen sich gar in Ihrer Expertise bedroht.« Martha nickte.

»Aber digitale Technologien bringen auf wundervolle Weise drei Dinge zueinander – das Individuum, das Talent und die Förderung! Das ist im Sinne eines jeden Lehrers.«

»Hoffentlich!«, hörte man aus der hinteren Reihe.

»Mithilfe der neuen Technologien können unsere Kleinen«, Koerner pausierte kurz vor dem Gipfelpunkt, »zu ganz Großen werden – großen Erfindern, großen Erneuerern, großen Vorbildern!«

Es erklang begeisterter Schlussapplaus.

»Koerners Vortrag hättest auch du geschrieben haben können«, meinte Zachy in sein Klatschen. Anatol schluckte und seine Schultern fielen herab. Während der Applaus um ihn tobte, wurde es in ihm still.

In der Reihe, in der Ada Mazur saß, erhoben sich mehrere Zuhörerinnen klatschend und verdeckten so Marthas Hand, die aufzeigte. Immer mehr Menschen im Saal standen auf, während Anatol tiefer in den Sitz sank, sich dabei wieder über die Daumenkuppe rieb.

Koerner machte Anstalten, die Bühne zu verlassen, doch der Beifall hielt ihn auf. Er trat noch einmal vor, verbeugte sich abermals, winkte ab. In siebenunddreißig Ländern weltweit hatte er Vorträge gehalten, in keinem davon war es anders verlaufen: Auf das Abwinken folgte immer noch eine Steigerung des Zuspruches. Sie hallte in Koerner besonders lange nach.

Anatol dachte – besorgt um den Zuspruch, den er zur KREIDE erhalten könnte –, dass er es doch gewesen war, ja, er, der darauf gepocht hatte, dass in der Präsentation der KREIDE hervorgehoben wurde, dass alle Kinder den gleichen Zugang zur Bildung haben sollten.

Jetzt ist es aber an der Zeit, von der Bühne zu gehen, dachte Koerner. Er bedankte sich noch einmal, dann stieg er in seinen bunten Socken von Applaus begleitet die Treppe hinab.

Martha war eine der Ersten, die mit Lynn den Saal verließ. Anatol verabschiedete sich, weil Zachy nach dem Vortrag noch beim Bücherstand verweilen wollte. Obwohl es zu Fuß mehr als eine halbe Stunde war, stieg er nicht in die Straßenbahn.

Anatol ging durch das januarverhangene Wien. Der Wind, der die Temperatur noch kälter empfinden ließ, blies ihm ins Gesicht, doch er wickelte sich nicht in den Schal von Hanna ein. Er fror und er wollte frieren. Während Zachy im warmen Foyer ein Buch von Koerner erwarb, trieb die Kälte Anatol Tränen in die Augen.

Zachy holte schließlich seinen Mantel von der Garderobe, das Buch *Über Erfinder und Erneuerer* in der Hand.

Anatol knöpfte im Gehen seinen Mantel auf. »Du hättest Koerners Vortrag geschrieben haben können«, schien es ihm aus allen Fenstern entgegenzuschallen.

Zachy bemerkte plötzlich Ada Mazur vor sich. Sie setzte gerade ihre Mütze auf, zog den Reißverschluss ihrer Jacke zu. *Anschreiben ist leichter*, dachte er. Sie war im Begriff zu gehen, da trat er einen Schritt auf sie zu. Sie sei doch Ada Mazur, die bei der KREIDE-Schulung assistiert habe. Sie runzelte die Stirn.

»Ich bin der, der sich so verschluckt hat«, versuchte er ihrer Erinnerung auf die Sprünge zu helfen.

»Verschluckt?«

Zachy nickte und dann wies er mit seinem Buch auf das Exemplar in ihrer Hand. »Ich habe es auch gekauft.«

Der Erfinder und Erneuerer Anatol wischte sich unterdessen mit dem Handrücken über die Augen.

Dieser Koerner überschätzt sich maßlos«, sagte Martha verärgert beim Verlassen des Gebäudes: »Und dieser Anatol Penzel hat nicht einmal ein Wort herausgebracht!«

»Das ist zumindest sympathischer«, befand Lynn, die nur froh war, dass der Pausengong rechtzeitig erfolgt war: »Der neben ihm ist sicher nie um Ausreden verlegen, habe ich mir aus der Ferne gedacht.«

»Ja«, gab ihr Martha recht, »Zacharias Reisinger hält sich für den Größten.«

»Wahrscheinlich hat er schon als Kind jeden Wunsch erfüllt bekommen«, mutmaßte Lynn, hielt inne, meinte:

»Dann steht mir ja auch etwas bevor, wenn Damian älter wird!«

Martha hakte sich bei Lynn unter. »Keine Sorge«, beruhigte sie sie, und gemeinsam gingen sie vor zur Oper. Dort angekommen, fragte Martha, ob sie nicht noch ein Stückchen durch die Stadt gehen sollten.

Lynn nickte, meinte: »Damian hat sich sowieso in seinem Zimmer verbarrikadiert und Joshua ist bei einer Versammlung im Kindergarten.«

Und so gingen die beiden Freundinnen untergehakt zuerst die verwaiste Kärntner Straße entlang, überquerten das von Straßenlaternen beleuchtete Innenstadtpflaster vorm Stephansdom, bis sie zum Schwedenplatz kamen, rückten wegen der Kälte dabei immer näher zusammen, nahmen aber trotzdem noch die Treppe hinunter zum Donaukanal.

»Frederika hat auf alle Fälle«, sagte Martha und wies auf die andere Seite, wo diese wohnte, »heute nichts verpasst.« Sie spazierten unter einer violett angestrahlten Brücke hindurch, vorbei an mit Graffiti besprühten Wänden. *Fight back* stand in grellgelben Buchstaben auf einer davon. »Stell dich mal dorthin«, bestimmte Lynn, zückte das Telefon und machte ein paar Schritte zurück. Ein Fahrradfahrer klingelte. Lynn wich hastig aus, drückte schließlich auf den Auslöser, es blitzte, während das Rücklicht in der Dunkelheit verschwand. »Soll ich's Anatol Penzel schicken?«, fragte sie und lachte, der Atem gefror.

Ein eng umschlungenes Paar blieb ein paar Meter vor ihnen stehen und küsste sich.

»Das wird doch nicht Frederika sein«, sagte Martha.

»Oder Joshua«, murmelte Lynn mit Seitenblick auf den breiten Rücken.

»Am ehesten noch Damian«, meinte Martha und mit einem Lachen: »Am Ende ist es meine Mutter!«

Anatol lutschte ein *Neo-Angin*, als er am nächsten Tag den Anruf entgegennahm. Zachy war auffallend gut gelaunt, während er Anatol die weiteren Schritte bis zur Einführung der KREIDE mitteilte. Sobald er damit fertig war, forderte er Anatol lachend auf zu raten, mit wem er gestern noch auf ein Getränk gegangen sei.

»Mit dem *thought leader*«, erwiderte Anatol matt.

»Ada Mazur!«, rief Zachy ins Telefon.

»Ada Mazur?«

»Die Assistentin der KREIDE-Schulung!«

Anatol musste niesen.

Sie sei wie ausgewechselt gewesen, ganz anders als während der Schulung, sagte Zachy und sah darin ihre Professionalität, dass sie Arbeit über Sympathie stellte.

»Sympathie?«, fragte Anatol – sie hatte einfach durch Zachy hindurchgesehen.

Zachy erwiderte welpenhaft: »Ich habe sie an meinen Hustenanfall erinnert.« Darauf erkundigte er sich, wie Anatol seinen restlichen Abend verbracht habe.

»Mit meinen Talenten«, antwortete Anatol, dachte an seine Verkühlung. Und als er auflegte, reifte ein Gedanke heran, dessen Keim er gestern schon in sich getragen hatte: Dass er den Abend damit verbracht hatte zu vergessen, wobei er eigentlich gerade mitspielte – und dass vielleicht genau das sein Talent war.

Während Ada in der Bar mit Zachy über Koerner und Dhaka gesprochen hatte, waren auf ihrem Telefon drei Nachrichten hintereinander aufgeleuchtet. Sie hatte einen Schluck von ihrem Bier genommen, weitergeredet, als wieder eine Nachricht erschienen war. »Wirst du etwa von jemandem vermisst?«, fragte Zachy.

Sie ging nicht darauf ein und drehte das Display in Richtung Tischplatte.

Er sagte: »Ich vermisse nie jemanden.«

Sie erwiderte nur, dass Koerners Engagement ein Förderzentrum in einem Slum in Dhaka zu verdanken sei.

»Ich hätte doch auch ein Foto mit Koerner machen sollen«, antwortete Zachy darauf, schenkte sich Mineralwasser nach.

»Ein Foto?«, fragte sie, entsann sich und murmelte, es werde für ihren Antrag auf Förderung nützlich sein.

»Was für eine Förderung?«, erkundigte sich Zachy. Die Tischplatte wurde unter dem Display beleuchtet.

Anstelle einer Antwort sprach Ada weiter über Koerners Engagement.

»Die KREIDE würde dem Koerner gefallen«, meinte Zachy.

»In Dhaka hat man andere Probleme«, erwiderte Ada.

»Das klingt aber nicht nach Schulungslinie«, bemerkte Zachy.

»Diese Schulung!«, sagte sie widerwillig. Wenn sie endlich im Sommer ihren Studienabschluss habe, werde sie hoffentlich in Dhaka in der Entwicklungszusammenarbeit tätig werden. Der Kellner brachte ihr ein weiteres kleines Bier. Das Telefon leuchtete erneut auf. Sie griff danach, warf einen kurzen Blick auf die Nachrichten, legte es wieder hin, trank einen Schluck und nahm das Gespräch über Dhaka und die Slums wieder auf.

»Der Koerner hat heute kein einziges Wort über Slums verloren«, stellte Zachy fest, und nachdem das Telefon zum wiederholten Mal vibrierte: »Bin ich froh, dass ich niemandem fehle.«

Auf dem Heimweg dachte Ada: *Jeff Koerner ist von Dhakas Slums inzwischen weit entfernt.* Und was Zachy anbelangte, fragte sie sich, ob er wirklich niemandem fehlen wollte.

VII

Schnurvorhang

Als die Kellnerin mit der silbernen Haarsträhne und den cola-schwarzen Augen Anatol das Getränk brachte, öffnete sich die Tür. Hätte die Kellnerin Anatol nicht gerade mit ihrem Rücken verdeckt, hätte Martha gar nicht erst Platz genommen, noch dazu am Nebentisch. Anatol wollte eben sein Glas heben, als auch er sie bemerkte. Jetzt konnte sie unmöglich wieder aufstehen, ohne dass es wie eine Flucht wirken würde, dachte Martha, während sich ihr Blick kreuzte und die Kellnerin ihr im Vorbeigehen die in Plastik eingeschweißte Karte gab. Martha grüßte knapp, Anatol nickte zurück, nahm einen hastigen Schluck, murmelte: »Die Kohlensäure saniert mich eine Spur« und weil er ihre hochgezogenen Augenbrauen bemerkte, erklärte er: »Ich komme gerade vom Zentralfriedhof.« Nun runzelte Martha die Stirn. Anatol tippte auf das verpackte Ladegerät vor sich: »Dem *MediaMarkt* habe ich ebenso einen Besuch abgestattet«, er lachte halbherzig auf, »aber das bringt mich auch nicht auf andere Gedanken«, und mehr zu sich selbst: »Nichts hilft.« »Vielleicht hilft ja die KREIDE«, hatte Martha schon sagen wollen, doch sie biss sich auf die Lippen. Die Kellnerin mit den blauen Fingernägeln verschwand in dem Moment durch den Schnurvorhang. Sachte schlugen die Perlenschnüre aneinander, sodass ein feines Geräusch entstand, das beide auf merkwürdige Weise verband. Anatol trank schnell einen weiteren Schluck Cola. Für einen Augenblick war es ganz still, bis die Kellnerin wieder durch den

Schnurvorhang trat und mit Anatols Nudelgericht und den Stäbchen in ihrer Hand die Blase zerplatzte. Die Kellnerin servierte die Speise und wandte sich darauf an Martha, die das erstbeste Getränk auf der Karte – Litschisaft – bestellte, obwohl sie beim Betreten des Imbisses an einen grünen Tee gedacht hatte. »Und zum Essen?«, fragte die Kellnerin. Martha lehnte ab, sie müsse gleich los, dachte: *Wer kommt schon hierher, um schnell einen Litschisaft hinunterzukippen*; und fragte sich, warum sie sich ausgerechnet heute dafür entschieden hatte, einzukehren – sonst hatte es ein Takeaway doch genauso getan. Anatol begann unterdessen, sein Nudelgericht zu essen, obwohl er keinerlei Hunger mehr verspürte. Die Kellnerin brachte den Litschisaft, öffnete die Dose mit einem ihrer langen Fingernägel und schenkte Martha ein. Martha trank den Inhalt in drei Zügen leer. Sie gab gerade ein Zeichen für die Rechnung, als Anatol sich zu ihr drehte und meinte, es tue ihm leid, dass man ihr Antworten schuldig geblieben war. Und er fügte hinzu: »Die Jeff Koerners werden auch einmal ausgedient haben.« »Und was ist«, antwortete Martha, »mit den Zacharias Reisingers und –« Anatol vervollständigte ihren Satz: »– und den Anatol Penzels?« Martha blickte ihn an, musste plötzlich lachen. Da lachte Anatol selbst. In diesem Moment brachte die Kellnerin die verlangte Rechnung. Nachdem sie gleich das leere Glas samt Dose mitgenommen hatte, konnte Martha unschwer am Tisch sitzen bleiben. Von der Theke registrierte die Kellnerin, dass Martha nur langsam aufbrach, wiewohl sie es anfangs so eilig gehabt zu haben schien. Martha hatte schließlich ihren Mantel an, wünschte Anatol einen schönen Nachmittag und öffnete die Tür des asiatischen Imbisses. Sie war schon fast draußen, drehte sich aber noch einmal um und sagte zu Anatol: »Die KREIDE liegt mir einfach im Magen«, dann ging sie hinaus.

Zu Hause tippte Martha in ihr Telefon: »Du wirst nicht glauben, wem ich gerade gegenübergesessen bin!«

Lynn antwortete mit einem Fragezeichen. »Anatol Penzel«, schrieb Martha, fügte hinzu, »der aus dem Bildungsministerium.«

»Hast du ihm dieses Mal die Meinung gesagt?«

»In die Richtung«, schrieb Martha zurück.

Obwohl Martha Frederika noch heute sehen würde, erfuhr Letztere ebenfalls bereits am Telefon vom zufälligen Zusammentreffen mit Anatol Penzel.

»Er sollte dich doch kennenlernen!«, antwortete Frederika lachend darauf, ergänzte ernst: »Dein Erzfeind.«

»Na ja, Erzfeind«, sagte Martha.

»Na ja?«, kam es von Frederika, sie hatte sich wahrhaftig genug über Lernplattformen anhören müssen.

»Er schien irgendwie traurig«, antwortete Martha.

»Ich werde gleich traurig!«, erwiderte Frederika.

Mich hat er zum Lachen gebracht, dachte Martha.

Als Anatol wenig später seine Wohnung betrat, sprang ihn die Stille geradezu an. Hier hatte schon lange niemand mehr gelacht, und er empfand mit besonderer Wucht, dass alles fehlte. *Mitten im Nichts*, dachte Anatol – und: *Hätt' ich das nur geübt*. Er legte das Ladegerät auf den Küchentisch, setzte sich nieder und sagte mitten in die Stille: »Die KREIDE liegt mir auch im Magen.«

Das kann doch nicht wahr sein, dachte Anatol, als Zachy ihm am nächsten Tag nach der Teamsitzung – früher beendet als gedacht – vorschlug, gemeinsam eine Kleinigkeit zu essen und meinte, Anatol hätte doch einmal einen asiatischen Imbiss erwähnt: *zuerst Martha Kopetzky, dann Zachy*. Und er machte sofort einen Gegenvorschlag, vielleicht auch wegen Martha Kopetzky.

»Der Imbiss ist zu weit entfernt«, sagte er.

»Mit dir gehe ich bis ans Ende der Welt«, ließ Zachy den Einwand nicht gelten.

Da trat obendrein Kai Schneeberger aus der Tür und fragte, ob sie mit ihm mittagessen gehen wollten. Zachy wechselte einen Blick mit Anatol, bemühte jetzt selbst das Argument der Entfernung, um Kai abzuwimmeln, von dem er wusste, dass er wenig später noch eine Besprechung hatte. Anatol sagte »Schade« und sah Zachy dankbar an.

Als sie den asiatischen Imbiss schließlich gemeinsam betraten, hob die Kellnerin den Kopf. Zachy grüßte und wollte sich an einen Tisch in der Mitte setzen, während Anatol gleich zum Tisch in der Ecke neben den bodentiefen Fenstern ging. Zachy wechselte zu Anatol, nahm die Karte von der Kellnerin entgegen, bestellte nach Anatol sein Getränk. Aus dem Kühlschrank hinter der Theke holte die Kellnerin ein Mineralwasser und eine *Cola light*, schloss mit ihrem Bein die Tür aus Doppelglas, brachte die Getränke an den Tisch und notierte die Essensbestellungen. Zachy schenkte sich das stille Wasser ein, griff nach seinem Telefon und tippte eine Nachricht.

»Ich muss etwas für meinen Vater regeln«, murmelte er.

Dann hätte ich gleich alleine essen gehen können, dachte Anatol, der es als unhöflich empfand, obwohl er sich gar nicht pausenlos mit Zachy unterhalten wollte.

Als die Kellnerin mit den Speisen kam, schob Anatol Zachy den Besteckkasten hin. Zu seiner Überraschung griff dieser zu Gabel und Messer. Anatol nahm sich beschwingt eine Stäbchenpackung und brach sie auseinander.

»Zu Hause benütze ich auch Stäbchen«, sagte Zachy, »Wegwerfprodukte versuche ich aber zu vermeiden.«

Anatol schaute auf seine Stäbchen.

»Gar nicht schlecht«, hatte Zachy in der Zwischenzeit probiert. *Gar nicht schlecht*, dachte Anatol, begann mit seinen Stäbchen zu essen. Eine Weile aßen sie wortlos, bis Zachy im gleichen Tonfall, in dem er das Essen beurteilt hatte, meinte: »Diese Lehrerin habe ich übrigens noch immer nicht los.«

»Martha Kopetzky heißt sie«, sagte Anatol mit Nachdruck.

»Willst du dich wieder um sie kümmern?«, fragte Zachy, Sojasprossen auf seiner Gabel.

Anatol schwieg, biss auf seiner Unterlippe herum. »Sie bombardiert mich weiter mit den immer gleichen Fragen«, beschwerte sich Zachy.

»Könnte an den immer gleichen Antworten liegen«, verteidigte Anatol sie plötzlich.

Zachy zuckte mit den Schultern, sagte bloß: »Sie hat sowieso keine Chance.«

In dem Moment ging die Kellnerin durch den Schnurvorhang. Vielleicht, weil Anatol Zachys Plumpheit etwas Feines entgegensetzen wollte, vielleicht aber auch, weil er an Martha Kopetzky dachte, sagte er: »Dieses Geräusch mag ich.«

»Geräusch?«, fragte Zachy, es lag nur knapp über seiner Wahrnehmungsschwelle; und lachend fügte Zachy hinzu: »Die KREIDE arbeitet auch im Stillen«, und er nahm einen Schluck von seinem Wasser ohne Kohlensäure.

»Dafür kommt sie allerdings recht laut daher«, versetzte Anatol darauf.

Zachy legte seinen Kopf schief. *Zachy wird doch nicht etwa mich für das Marktschreierische der Präsentation verantwortlich machen*, dachte Anatol und spürte in sich eine Aufwallung.

»Ungehört soll sie ja nicht bleiben«, sagte Zachy und zwinkerte.

»Ich kann sie schon nicht mehr hören!«, platzte es da aus Anatol heraus. Nun schaute Zachy doch überrascht. »Diese gesamte Lernplattform ist absolut entbehrlich«, legte Anatol nach.

»Entbehrlich ist das meiste heutzutage«, versuchte ihn Zachy zu beruhigen. Es hatte ihn von Anfang an gewundert, dass ausgerechnet Anatol aus dem Bildungsministerium mit der Zusammenarbeit betraut worden war.

»Es macht aber einen Unterschied«, brauste Anatol auf, »sobald das Überflüssige auf Kosten von Notwendigem geht!« Die Kellnerin hinter dem Tresen hob ihren Kopf. Anatol atmete durch, bevor er versuchte, ruhiger zu sagen: »Die KREIDE wird den Kindern nichts bringen, eine Zusatzlehrerin hingegen schon.«

»Ich habe gar nichts gegen eine Zusatzlehrerin«, stimmte Zachy zu, die KREIDE bereite indes Kinder auf ihr zukünftiges Leben vor, und er fügte hinzu: »Das hab' ich irgendwo gelesen.«

»Ihr zukünftiges Leben!«, lachte Anatol über einen der Sätze, die er im ersten Entwurf noch gestrichen hatte. Die Kellnerin blickte erneut herüber. »Soll Schule Kinder wirklich darauf vorbereiten, dass ihre Daten von Kindesbeinen an nicht nur gesammelt, sondern überdies verwendet werden dürfen – im Zweifelsfall gegen sie selbst?«, schnaubte Anatol jetzt.

»Du klingst ja schon wie – Martha Kopetzky«, lachte Zachy, fügte beschwichtigend an: »Nicht das Kind mit dem Bad ausschütten!«

»Aber«, rief Anatol, »die Kinder müssen es ausbaden!«

Zachy meinte, dass doch gerade Anatol durch sein Mitwirken bei der KREIDE das verhindern könne, und er wischte sich den Mund mit der dünnen Serviette ab. Anatol sah direkt in Zachys Augen. Er hatte Giselas Tod nicht zu verhindern vermocht, er allein würde auch nichts gegen Wetterumschwünge ausrichten können, und ebenso wenig würde er die Investition von Millionen in den Ausbau der KREIDE abwenden können. *Ich hab' genug vom Ich*, dachte Anatol, *zur Abwechslung würd' ich nämlich mal gerne etwas verändert sehen.* Anatol legte stumm seine Stäbchen auf den Tellerrand. Die Kellnerin kam an den Tisch und räumte mit einem Seitenblick auf Anatol die Teller ab. Dass sie zahlen sollten, meinte Anatol, murmelte, er müsse noch etwas besorgen.

»Ich übernehme die Rechnung«, sagte nun Zachy, »das nächste Mal bist du an der Reihe.«

Nächstes Mal, dachte Anatol. Sie verließen den Imbiss und durch die Fensterscheibe konnte Anatol seine silberne Dose und Zachys grüne Flasche stehen sehen, unweit vom Tisch, an dem beim letzten Mal Martha Kopetzky gesessen hatte.

Wortlos gingen sie nebeneinander her, bis Anatol vor einem indischen Supermarkt stehen blieb und im Begriff war, sich zu verabschieden. »Hier finde ich bestimmt eine Köstlichkeit!«, freute sich Zachy und begleitete Anatol ungefragt in das Geschäft.

Das Licht war kalt, die Farben ausgeprägt. Zachy blieb

gleich beim Eingang in der Gewürzabteilung hängen, versuchte Schriftzüge zu entziffern. »Urlaubsgefühle!«, tat er Anatol kund, der von solchen meilenweit entfernt war.

Sie gingen zu zweit die vom weißen Licht bestrahlten Regale entlang. Zachy blickte zur Leuchtstoffröhre empor. »So eine Beleuchtung schlag' ich dem Kai vor«, meinte er. »Die reinste Lichttherapie!« *Allerdings schaut man dabei schlechter aus*, dachte er mit Blick auf Anatols gräulichen Teint.

»Eine noch bessere Stimmung in der Agentur kann nur tödlich sein«, erwiderte Anatol.

Zachy zeigte auf ein Regal vor ihnen: »Ein Schnurvorhang für dich, Anatol!«, sagte er. »Mochtest du nicht das Geräusch so?«

Anatol winkte ab.

»Die haben sie in allen möglichen Farben da!«, warb Zachy, aber Anatol war schon ein Regal weiter.

Zachy steuerte stattdessen einen Kühlschrank an: »Willst du ebenfalls ein *Ginger Beer*?«

Beim Verlassen des Supermarktes sagte Zachy: »Solltest du es dir noch einmal mit dem Schnurvorhang überlegen – ich helfe gerne beim Aufhängen!«

Nicht auszudenken – Zachy auch noch in der Wohnung zu haben, dachte Anatol, als ob es noch schlimmer kommen konnte als Totenstille.

»Warum kaufst du nicht einen für die Agentur«, erwiderte Anatol, sagte: »Am Montag muss ich eh wieder zum Schneeberger.«

»Der Kai ist genau der Richtige für so was«, sagte Zachy.

»Oder ich hänge dem Leguan einen ins Terrarium – der weiß es vielleicht mehr zu schätzen.«

Zachy lachte und gab Anatol zum Abschied eine Dose *Ginger Beer* mit dem Hinweis: »Erweckt die Lebensgeister!« Bevor er gänzlich aus dem Blickfeld verschwunden war, rief er Anatol noch einmal zu: »Und nicht das Kind mit dem Bad ausschütten!« Damit war Anatol neuerlich allein.

Das *Ginger Beer* in der Hand, fragte er sich, was er jetzt tun sollte. Nach Hause wollte er nicht, im asiatischen Imbiss war er bereits gewesen. Er blickte auf die Uhr: Bis die Tore geschlossen wurden, wäre noch genug Zeit. Obwohl er erst am Dienstag dort gewesen war, weil eine Besprechung entfallen war, fuhr er mit der U4 zum Karlsplatz und stieg dann gegenüber der Oper in den 71er ein; beim Zweiten Tor stieg er aus.

Auf dem Weg zu ihrem Grab begegneten ihm ein paar wenige Menschen, meistens gebückt und alleine. In der Ferne sah er eine Gruppe in Schwarz gekleidete Rücken. Wieder kam ihm das Bild der an der Seite ihres Vaters zusammengekrümmten Hanna in den Sinn. Beim Nachfolgen des Sarges hatte sie sich seltsam aus dem Gleichgewicht fallend, um Balance ringend fortbewegt. Er war damals ebenfalls – vielleicht nicht getorkelt, aber anders als sonst gegangen. Einem Sarg wurde immer eigen gefolgt, dachte er, egal welchem, selbst wenn ein nervenaufreibender Kollege darin läge – *Zachy zum Beispiel.*

Anatol bog ab. Eine Familie kreuzte den Weg und blieb auf seiner Höhe stehen. »*Exit?*«, erkundigte sich der Vater.

»*Here*«, sagte Anatol und hielt es für einen gelungenen Scherz, der Vater sagte gleichwohl nur: »*Thank you*«, als glaubte er, Anatol habe ihn nicht verstanden. Dabei verstand in Österreich jeder das Wort *Exit;* erst recht er, der doch im vom Englisch durchzogenen Sektor der digitalen Bildung arbeitete, dachte Anatol voller Selbstironie, ja, für

Kinder im Alter des Sohnes sogar innovative Lernplattformen mitentwarf. Die Frau suchte nun offenbar mithilfe ihres Telefons den Ausgang. Ein Wien-Führer schaute aus ihrem Parka, während das Jüngste der Familie, ein Mädchen, im Kinderwagen auf einem Spielzeugtelefon Knöpfe mit lachenden Gesichtern drückte. »*Hello, my friend*«, sagte daraufhin eine Stimme.

Die Mutter hatte scheinbar herausgefunden, wohin sie gehen mussten, und langsam, wie sich Familien für gewöhnlich in Gang setzen, führten sie ihren Weg fort. Anatol blickte ihnen hinterher. Sie gingen in die falsche Richtung, dachte er, rief es ihnen auf Englisch nach, sie schienen ihn jedoch nicht mehr zu hören, lediglich der Junge drehte sich noch einmal kurz um.

»*Hello, my friend*«, hörte Anatol es nachhallen, dachte an die von Zachy aufs Tapet gebrachte, letztendlich von Anatol – *Was hätte er denn tun sollen?* – abgesegnete Aussage, Technologie bereite Kinder besonders gut auf das zukünftige Leben vor. »*Hello, my friend*!« Selbst ein Friedhof war heutzutage nicht mehr so still wie Zachys Wasserglas.

Anatol kam nun an den Anfang von Giselas Reihe und legte einen Schritt zu, als könnte er zu spät kommen. Er stoppte am Ende und sagte: »Hallo« – in seiner Stimme lag, was dem *Hello, my friend* gefehlt hatte: die leicht beschleunigte Atmung, Wärme und die leise Spur der Verlassenheit.

Er ließ sich auf der Umrandung nieder, stellte den Rucksack mit dem *Ginger Beer* in der Seitentasche vor sich ab. »Das hast du dem Zachy zu verdanken, dass ich schon wieder da bin«, sagte er, rollte mit der Schuhspitze einen Kieselstein hin und her und meinte: »Wenn ich hier bald einzieh', beklag dich bei ihm!«

Anatol blickte auf der Rückfahrt aus dem Straßenbahnfenster, den Rucksack auf seinem Schoß. Während die alte Straßenbahngarnitur über die Gleise ratterte, dachte er an das Foto in dem ovalen Rahmen am Grabstein. Dachte, dass er ahnungslos gewesen war, als er damals auf den Auslöser gedrückt hatte. Ahnungslos, dass dieses Bild einmal auf eine Weise an sie erinnern sollte, die ein Gedenken war. Sie hatte damals nicht bemerkt, dass sie fotografiert worden war. Der Seidenschal war von einer Schulter gerutscht, ihr Gesichtsausdruck geistesabwesend – was jetzt, nachdem ihre Person beiseitegelegt war, ihre Anwesenheit seltsam unterstrich.

Im Gegensatz zu ihm hatte Gisela von jeher einen Sinn im Tod erkannt. Deswegen gab es auch keinen Grund, sich davor zu fürchten, war sie überzeugt gewesen. Denn Sinn verursache keine Furcht. Anatol dachte wie so oft, dass Gisela mit seinem Tod besser hätte umgehen können, als er es mit ihrem tat.

Die Straßenbahn ließ den elften Bezirk, in dem der Zentralfriedhof lag, hinter sich und fuhr durch den dritten. Als wäre Anatol selbst eine Straßenbahn, die sich seinen inneren Bezirken näherte, musste er daran zurückdenken, wie er bei jedem Krankenhausbesuch mehr das Schwächerwerden ihres Körpers registriert hatte. Für Anatol war das Warten auf den Tod ein Entzweireißen in Zeitlupe gewesen. Diese Trödelei des Todes hatte ihm lange zu denken gegeben. Er wusste nicht, ob es besser war, im Sterben zu liegen oder vom Sterben überrumpelt zu werden.

An diesen Tagen, an denen Anatol am Abend nach Hause zurückgekehrt war, hatte das Gemeinsame ihrer Wohnung ihn nahezu geblendet. Anatol war zwar alt genug, um schon Erfahrung mit dem Tod gemacht zu haben, aber diese Erfahrung hatte ihm nichts genützt. Seine beiden Elternteile waren früh verstorben, aber keiner dieser Tode hatte ihn mitgenommen. *Vielleicht rächt sich der Tod nun an mir*, hatte er gedacht und sich auf den Bettrand gesetzt. Auch bei ihm sank die Matratze ein. Ohne sich auszuziehen, legte er sich ins Bett. Er dachte wieder an seine Eltern, die in gegenseitiger Abneigung bis an ihr vorzeitiges Lebensende verharrt hatten, als hätte es kein Entkommen vor dem jeweils anderen gegeben, ja, als wäre der andere bereits der Tod. Anatol schloss die Augen und streckte die Hand aus.

»Der Abschied ist ein Prozess«, sagte ihm eine Krankenschwester kurze Zeit darauf am Gang. »Stimmt genau!« – hätte das seine Antwort sein sollen? »Es hört sich wahr an«, antwortete er.

An einem jener Spitalstage des Wartens hatte die Einsicht darin, dass das Ende unausweichlich war, jedoch etwas an seiner Unerträglichkeit verändert. Es wohnte ihr plötzlich ein beruhigendes Moment inne und Anatol war erstaunt gewesen, dass Panik und Beruhigung derart nah beieinanderliegen konnten. Indem Gisela das Sterben ausgehalten hatte, dachte er, hatte er dazugelernt.

Es musste einer der letzten Tage gewesen sein, an denen Gisela noch ansprechbar gewesen war, als sie gesagt hatte, sie würde ihre Tochter nicht älter werden sehen und dass sie das um eine Erfahrung brachte, die sie unbedingt hatte machen wollen, die Zukunft ihres Kindes zu erleben. Aber dass sie andererseits froh sei, dass ihre Tochter im Gegensatz zu ihr eine Zukunft habe. Und als sie das gesagt hatte, hatte sie für einen Moment glücklich geschienen, und Anatol hatte ihr nur mit Mühe in die Augen blicken können, ohne zu weinen.

Eine Kurve drückte Anatol an das Straßenbahnfenster, er presste den Rucksack an sich.

»Steig' aus, Anatol!«, unterbrach Gisela da seine Gedanken. Er stand auf und drückte den Türöffner. Sie mischte sich wieder ein.

Doch keinen Schnurvorhang dabei?«, begrüßte Zachy Anatol, den er am Montagmorgen vor dem Lift wartend antraf; er selbst steuerte schon die Stufen an. Kurz vor dem oberen Treppenabsatz drehte er sich noch einmal um und rief dem noch immer wartenden Anatol zu: »Vielleicht besorg' ich mir auch einen!«, lachte und nahm die letzten zwei Stufen auf einmal. Die Aufzugstür ging auf. Anatol hörte noch, auch er solle seine Schritte täglich zählen lassen, dann ging die Aufzugstür zu.

Als Anatol auf die Vier drückte, musste er an die Knöpfe auf dem Spielzeugtelefon des Mädchens am Zentralfriedhof denken. Wahrscheinlich würden in der Zukunft jegliche Knöpfe mit einem lachenden Gesicht bedruckt werden. Und überall würde *Hello, my friend* ertönen. Das Lämpchen, das die Stockwerkszahl beleuchten sollte, war kaputt. Anatols Blick streifte den Liftspiegel. *Hello, my friend.* Ob das überhaupt sein Spiegelbild war? Alles so defekt.

Auf dem Weg zum Meetingraum machte er beim Terrarium halt. »Na, wie viele Schritte hast du heute schon zurückgelegt?«, fragte er den Leguan. Er ging weiter und nahm als Erster im Meetingraum Platz. Während er auf Kai Schneeberger wartete, blätterte er durch die Tageszeitung, die frisch gefaltet über der Ausgabe von gestern auf einer Ablage gelegen hatte. Für wen die Zeitung abonniert wurde, fragte er sich. *Extra für mich?* An einem Ort wie diesem wurde doch, wenn überhaupt, online gelesen. *Vielleicht wird das Papier zum Reinigen der Glasflächen verwendet,* dachte er und blätterte die nächste Seite um.

Zweihundert Unterstützungslehrerinnen waren gestrichen worden, las er da. Und ein Gefühl der Ohnmacht, wie es Anatol aus dem Kampf gegen Giselas Krankheit kannte, überkam ihn. Die Berührungspunkte zwischen Politik und Krankheit überraschten ihn immer wieder. Er fand aber, dass im Falle der Krankheit alles Mögliche unternommen wurde. Zweihundert Unterstützungslehrerinnen zu streichen war jedoch, als ob man die Behandlung mitten in der Bestrahlung abbräche, dachte Anatol. »Das Interesse an der KREIDE übertrifft unsere Erwartungen«, kam es da vom Eingang, Kai schloss die Glastür hinter sich: »Zuerst aber Kaffee, den brauche ich nach so einer Nacht dringend!« Er ging schon zur Espressomaschine und in das Erhitzen des Wassers murmelte er: »Und das ist erst der dritte Zahn.«

Martha hatte sich gut auf den Elternabend vorbereitet. Sie hatte alle wesentlichen Aspekte der Lernplattform KREIDE auf einem Blatt zusammengefasst, dieses mehrfach kopiert und drückte den Eltern nun beim Betreten des Klassenzimmers jeweils ein Exemplar in die Hand, bevor sie sie auf den Stühlen ihrer Kinder Platz nehmen ließ. Von ein paar waren sogar beide Elternteile gekommen, von vielen die

Mutter, von Sümeyye war der Vater da, von Gerry und Dunja niemand. Lisas Mutter, hochschwanger und außer Atem, betrat den Raum, als Martha gerade alle willkommen hieß.

Martha blickte dabei in Gesichter, die mit denjenigen, die sie am Vormittag angeblickt hatten, Gemeinsamkeiten besaßen, aber nicht ident waren, und Martha faszinierte, wie aus dieser Unvollständigkeit das Vollständige der Ähnlichkeit entstand.

Nachdem Martha alle begrüßt hatte, gab sie erst einen kurzen Überblick über die Funktionen der KREIDE und führte dann jeden einzelnen Aspekt weiter aus. Sie versuchte, die Eltern zu informieren, dabei aber durchaus ihre Einwände deutlich zu machen.

Sie hatte den Eindruck, alle hörten ihr zu. Ab und an sah Lisas Mutter auf ihr Telefon. Nils' Vater flüsterte seiner Frau gelegentlich etwas zu, während Sümeyyes Vater die Stirn in tiefe Falten legte, sodass Martha versuchte, deutlicher zu sprechen.

Nachdem sie geschlossen und sich nach Fragen erkundigte hatte, meinte sogleich Nils' Vater, die KREIDE sei kategorisch abzulehnen, blickte dabei seine Frau an, die bekräftigend nickte. »Kinder überwachen, wo kommen wir denn da hin!«

In die lautstarke Zustimmung der anderen Eltern zeigte Sümeyyes Vater auf. Er wollte wissen, ob sie für die Tablets etwas zahlen müssten. Nils' Mutter warf ihrem Mann einen Blick zu, der aufs Neue die Hand hob, während Lisas Mutter auf die Uhr schaute. Nachdem Martha ihm erneut das Wort erteilt hatte, führte Nils' Vater an den von Sümeyye gewandt eingehend aus, warum die KREIDE derart problematisch sei. *Genau das Gegenteil von seinem schüchternen Sohn*, dachte Martha. Sümeyyes Vater lächelte freundlich, nickte, während er daran dachte, dass sein Wecker morgen um vier Uhr dreißig klingeln würde. Lisas Mutter strich sich über ihren Bauch, ließ ihren Blick aus dem Fenster schweifen. Martha dankte Nils' Vater für die Ausführungen, der dabei war, noch weiter auszuholen, während sich Sümeyyes Vater die Augen rieb und Lisas Mutter auf ihrem Telefon eine Nachricht tippte.

»Wir werden als Eltern Druck machen«, meldete sich jetzt kurzzeitig Nils' Mutter zu Wort, bevor ihr Mann abermals das Sagen übernahm: »Wir brauchen die Namen der Verantwortlichen der KREIDE und die E-Mail-Adresse der Direktorin.«

Er war es nicht nur gewohnt, dass man ihm zuhörte, sondern auch, dass andere seine Aufträge ausführten, dachte Martha, die Kontaktdaten auf die Tafel schreibend. Lisas Mutter entschuldigte sich kurz und verließ den Raum.

Die Eltern notierten die Mailadresse mit, von Nils gleich beide Elternteile. »Je mehr Anfragen an Frau Blecha erfolgen, desto besser!«, unterstrich Nils' Vater, steckte seinen Stift ins Jackett.

Sümeyyes Vater erschrak: Direktorin, Anfrage – von ihm?

»Wir dürfen nicht lockerlassen!«, beschwor Nils' Mutter die Klasseneltern. »Als Eltern müssen wir alle an einem Strang ziehen!«, schloss Nils' Vater ein womögliches Abweichen von seinem Vorhaben vorweg aus.

Martha nickte zustimmend, leisen Widerwillen spürend, und in ihre Abschlussworte setzte sich Lisas Mutter zurück auf ihren Platz, beugte sich vor und fragte: »Habe ich etwas versäumt?« Sümeyyes Vater zuckte mit den Schultern, zeigte auf die E-Mail-Adresse auf der Tafel, die Mutter rechts von ihm tat beschäftigt.

Martha dankte schließlich allen für ihr Kommen. Lisas Mutter war die Erste, die ihren Mantel, aus dem ihr Bauch hervorschaute, überzog und sich verabschiedete. Nils' Eltern unterhielten sich noch mit anderen Eltern, während Sümeyyes Vater bei Martha stand, sich entschuldigte, dass er nicht ganz verstanden hatte, und leise fragte, ob man tatsächlich nichts für die Computer zahlen müsste.

Als Martha nach dem Elternabend Izzy durch ihre Wohnungstür schnuppern hörte, obwohl sie noch nicht einmal ihr Stockwerk erreicht hatte, dachte sie: *Manche Gerüche kriegt man nicht aus der Nase,* und dabei dachte sie an das Parfüm von Nils' Vater und nicht an den dumpfen Geruch der Jacke von Sümeyyes Vater. Martha drehte den Schlüssel im Schloss und der Hund, der schon an der Tür gekratzt hatte, warf sich auf den Rücken. »Man kann sich nicht jeden seiner Unterstützer aussuchen«, murmelte sie und beugte sich hinunter. Dabei spürte sie das erste Mal seit der Operation einen Schmerz im Rücken.

Ein paar Eltern machen Ärger«, erklärte Kai der Sitzungsrunde mit seiner Kaffeetasse in der Hand. »Frau Blecha hat mich über eine Welle von Anfragen besorgter Eltern informiert. Eine Klassenlehrerin hat sie wohl aufgestachelt.«

Martha Kopetzky!, durchfuhr es Anatol – und Zachy, der das Gleiche gedacht hatte, warf ihm einen Blick zu, aber er sagte nichts.

Kai wandte sich sogleich an Zachy: »Deine Aufgabe wird

es sein, diese Eltern zu überzeugen.« Zachy wippte mit seinem Stuhl und nickte.

»Und wenn das nicht gelingt?«, wollte Anatol wissen.

Zachy unterbrach sein Wippen und meinte: »In meinem Leben habe ich schon mit schwierigeren als beunruhigten Eltern zu tun gehabt.«

»Zum Beispiel?«, fragte Anatol und schaute ihn an.

»Mit beruhigten«, erwiderte Zachy, dachte an den Fernsehsessel, und begann wieder zu wippen.

»Die Eltern werden die KREIDE lieben, wenn wir nur hinreichend die Vorteile für ihre Kinder hervorheben«, zeigte sich Kai überzeugt, dass es keine wirklichen Hindernisse für die KREIDE gab.

Wahrscheinlich hat er sogar recht, dachte Anatol, der immer froh gewesen war, ein Vater in der Zwischenzone der Stiefelternschaft zu sein. Denn wenn er sich erinnerte, dann rückte vor allem die Atmosphäre in den Vordergrund, die entstand, wenn etwas ständig bewertet wurde. Und ganz gleich, ob Eltern ein Urteil zu fällen überhaupt vermochten, das eigene hatte Gültigkeit. Mehr als einmal hatte das ihn an die Arbeit einer Behörde denken lassen – gerade weil er selbst in einer saß. Und Anatol hatte noch etwas beobachtet: Es kamen permanent neue Ängste unter den Eltern auf. Dazu schien der Aggressionspegel überall zu steigen. Es kostete schließlich auch immer größere Mühe, in der Welt zu sein, und sich auszuruhen war im Alltag einfach nicht vorgesehen. Weil sich niemand mehr über die eigene Familie hinaus zusammenschloss – so Anatols Theorie –, begann sich der Unmut zu stauen.

Da und dort brach davon etwas hervor, bei seinem Freund etwa, mit dem er in ihrer damaligen Wohngemeinschaft oft bis in die Morgenstunden gefeiert hatte, und der Jahre später plötzlich gesagt hatte, in der Schule ums Eck würden alle möglichen Sprachen gesprochen werden, nur kein Deutsch mehr. Als Anatol darauf die Nachteile zu erörtern begann, die Kindern mit anderen Sprachen als Muttersprache daraus erwachsen konnten, hatte der Freund wortlos das über das ganze Wohnzimmer der neuen Wohnung verstreute Kinderspielzeug aufgelesen. Zum Abschied hatte der Freund gesagt: »Nicht jeder wohnt in einem Innenstadtbezirk.« *Dafür habe ich keine Dachwohnung*, hatte Anatol beim Einsteigen in den Lift gedacht. Eine andere Freundin, die bei ihren WG-Festen immer unter den letzten Gästen gewesen war, hatte zu ihm gemeint, ihre Kinder sollten natürlich nicht in einer Blase heranwachsen, aber wenn Anatols gerühmte soziale Durchmischung nichts anderes bedeute, als dass wertvolle Lernzeit verloren gehe, sei ihr eine Privatschule lieber. Anatol hatte sie stumm angesehen – gespenstisch, wie bei seinen Freunden Gesellschaft als Bezugspunkt einfach verschwand und dafür nur die eigene Familie zählte, als ob das im Sinne ihrer Kinder wäre. Alles zerrann und stand gleichzeitig still, so kam es Anatol vor. Noch während er der Freundin antwortete, dass man doch gerade im Umgang mit verschiedenen Welten etwas lernen könne, bereute er die ungeschickte Formulierung. Die Freundin rief prompt: »Verschiedene Welten? Es gibt die Welt der Gewinner und die Welt der Verlierer, die keine schöne ist, Anatol – auch wenn von ihnen erwartet wird, dass sie gefälligst lächeln sollen!« Anatol hatte nichts mehr darauf gesagt, er hatte gedacht: *Stimmt ja, wer aussortiert wurde, für den gibt's fortan nur noch das Verdikt ›selbst schuld‹.* Und hatten sie bei Hanna nicht ebenso alles dafür getan, dass ihr kein Nachteil erwuchs?

Trotzdem hatte sich der Kontakt zu diesen früheren Freunden gelockert, denn selbst wenn sie alle unter Druck standen, war da ein Kern, steinhart: die Angst, dass das eigene Kind ausgerechnet durch andere Kinder in seinem Potenzial beschnitten werden könnte. Nun, in der Agentur sitzend, dachte Anatol, die KREIDE würde wohl über anfängliche Bedenken seiner Freunde genauso siegen – solange man ihnen weismachen konnte, dass besonders ihr Kind profitierte.

Später auf der Terrasse fragte Anatol Zachy, sich eine Zigarette ansteckend, ob es ihm nichts ausmache, für Kai Eltern aus dem Weg zu schaffen.

»Dir habe ich doch auch« – Zachy betonte den Namen – »Martha Kopetzky vom Halse geschafft«, und Anatol musste schlucken.

Zachy murmelte: »Hoffentlich stoße ich bei den Eltern auf weniger Widerstand.«

Vor ihnen ging die Sonne über Wien unter. »Und deine Eltern – gehörten also zu den Beruhigten?«, fragte unvermittelt Anatol, blies Rauch aus und blickte Zachy von der Seite an.

Zachy hielt den Kopf starr geradeaus, sagte: »Familie gehört längst durch Netzwerke ersetzt« und schlug den Mantelkragen hoch.

Anatol tat einen Zug von seiner Zigarette.

Da sagte Zachy: »Aber mit dir, Anatol«, und er blickte ihn an, »hat deine Tochter Glück gehabt.«

Die Stadt lag vor ihnen im orange-rosa Winterlicht.

Nils' Vater hielt Martha auf dem Laufenden. Anfangs war er voller Zuversicht, diese brach allerdings bald ein. Er beklagte sich, viele Eltern, die sich ihrem Vorhaben zu Beginn angeschlossen hätten, reagierten plötzlich zurückhaltend. Dabei sei man sich doch am Elternabend einig gewesen, beschwerte er sich. Es sei zudem unmissverständlich klargemacht worden, wie wichtig Geschlossenheit in diesem Punkt sei. *Sieht da jemand seine Autorität untergraben?*, dachte Martha. Und er tat seinen Ärger darüber kund, dass Sümeyyes Eltern es wiederholt nicht für wert befunden hätten, auf seine Nachfrage zu antworten. Es bleibe zu befürchten, dass ihr Versuch, als Klassenverband bei der Direktorin Druck zu machen, scheitern werde. »Wir werden aber nicht kapitulieren!«, schloss er die letzte Nachricht.

In ihrer Antwort dankte Martha ihm ausgiebig für seinen Einsatz – *Nicht, dass er jetzt noch abspringt*, dachte sie – und beruhigte ihn mit dem Hinweis, dass sie bereits mit vielen Lehrerinnen im Gespräch sei und daher auf Druck auch von dieser Seite hoffe.

»Ich habe etwas übertrieben«, gestand Martha Frederika zu Mittag bei einem Kaffee. Auf die WhatsApp-Gruppe hin, die sie nach der Informationsveranstaltung in den Weihnachtsferien für die Kolleginnen an ihrer Schule erstellt hatte – inspiriert durch den Rat ihrer Mutter, sie solle die Agentur und die KREIDE mit ihren eigenen Waffen schlagen –, hatte sich bis dato kaum etwas getan; bis auf Spott im Lehrerzimmer: »Ausgerechnet Martha Kopetzky!« oder: »Spaß beiseite! Wann ist der Lesekreis?«

Als sie zu Beginn mehrere Links zu Artikeln verschickt hatte, in denen das Einsickern privatwirtschaftlicher Interessen in den öffentlichen Bildungsbereich über das Forcieren von Technologien aufgezeigt worden war, hatte überhaupt niemand darauf reagiert. Eine Woche später war es ein Link zu einem Interview mit einem Datenschützer gewesen und ein zweiter zu einem Artikel, in dem es um die Höhe der Ausgaben für das Umsetzen und Betreuen digitaler Lernplattformen gegangen war. Von einer Lehrerin hatte sie darauf ein »Daumen hoch« bekommen. Auf den Hinweis auf eine Sendung hin, in der es um den beträchtlichen CO_2-Fußabdruck ging, den die Speicherung der anwachsenden Datenmenge hinterließ, schickte ihr eine andere Lehrerin ein GIF, in dem eine Frau in einer Dauerschleife bitterlich weinte. Als sie zehn Tage später eine Studie genannt hatte, in welcher der Anstieg der Motivation bei Schülern dem Neuheitseffekt der Lernplattformen zugeschrieben worden war, hatte sie selbst von diesen beiden Kolleginnen keine Rückmeldung mehr erhalten.

»Ich habe gestern etwas Interessantes gelesen«, sagte da Frederika, Milchschaum an ihrer Lippe, und tippte schon auf ihrem Telefon herum, um Martha das Statement von Vertretern der Medienwirkungsforschung weiterzuleiten. *Keinerlei Vorteil für Schüler unter zehn im Einsatz von Bildschirmmedien*, las Martha die Überschrift und sogleich das Statement – und ohne sich wirklich viel zu erwarten, teilte sie es auf der WhatsApp-Gruppe.

Am späten Nachmittag schrieb sie dann Frederika: »Du hast eine Diskussion ins Rollen gebracht!« Martha folgte staunend den hereinprasselnden Benachrichtigungen.

»Mehr eine Lawine!«, präzisierte sie am Abend. Und mit dem immer noch anhaltenden Schwung des Triumphes besuchte sie am nächsten Tag ihre Mutter.

Die Straßenbahnanzeige gab an, dass der 71er in zwei Minuten kommen sollte. Anatol blickte unterdessen auf die gegenüberliegende Plakatwand. Vor Kurzem hatte ihm Hanna erzählt, dass man im Durchschnitt Tausende digital nachbearbeitete Körperbilder pro Woche sah. Er dachte daran, dass Gisela die Konsequenz des Körpers, sich zu verändern, fast bewundert hatte. Sie zu beklagen erschien ihr in jedem Fall dumm. Mit dem Älterwerden war sie runder geworden und ihr Gesicht hatte an Kontur verloren. Das Bindegewebe um die Kinnlinie hatte nachgelassen, auch um die Lippen, die etwas von einer flauschigen Hundelefze bekommen hatten, wie Anatol befand. Anatol wäre gerne weiter mit ihr gealtert. Zusammen zu altern empfand er als verbindend. Es war wie ein gemeinsames Sehen: ein Auge von ihm, eines von ihr. Es konnte ruhig auch ein Schielen sein.

Als er wenig später an der Friedhofsmauer entlangfuhr, erinnerte er sich, die Werbeplakate hinter sich lassend, daran, dass er diesen Gedanken einmal Zachy gegenüber erwähnt und darauf etwas in Zachys Gesicht gesehen hatte, was nicht zu dessen alberner Antwort passen wollte: Es war Angst gewesen. Zachy wusste vielleicht selbst nicht, wie ausgeprägt sie war, hatte Anatol gedacht, der es für sich behalten hatte.

Bei dieser Gelegenheit, daran erinnerte sich Anatol ebenso, hatte er sich gleich noch dazu bekannt, dass er die Vorstellung mochte, neben Gisela begraben zu werden. Es hatte für ihn etwas von Nähe; wiewohl nebeneinander beerdigt zu sein nur mehr eine Andeutung von Nähe sein konnte. Zachy hatte es abwegig gefunden, sich so etwas vorzustellen. Er hatte zugegeben, dass er ein Problem mit Nähe hatte, aber angedeutet, dass Anatol ebenfalls eines hatte – bloß in der umgekehrten Richtung.

Anatols Telefon vibrierte kurz in der Hosentasche. Er fischte es heraus – prompt hatte ihm Zachy eine Nachricht geschickt: »Das 21. Jahrhundert setzt sich langsam in den Köpfen durch.« Er hätte die Bedenken der meisten Eltern ausräumen können.

Anatol seufzte. »Wer kann den Schülern jetzt noch helfen?«, schrieb er zurück.

»Das Bildungsministerium«, antwortete Zachy und setzte ein lachendes Gesicht daneben, fügte an: »Martha Kopetzky wird es nicht sein.« Anatol steckte mit finsterer Miene sein Telefon in die Manteltasche.

Beinahe hätte er auch noch die Station Simmering verpasst. Während er aus der Straßenbahn stieg, sah er einen Mann mit verfilztem Haar, einer zerlumpten Hose und aufgerissenen Schuhen den Mülleimer an der Straßenbahnhaltestelle durchforsten. Der lächelnde Mund mit strahlend weißen Zähnen auf dem Plakat hinter ihm war ein wenig geöffnet, als wollte er gleich in den Obdachlosen beißen. *Das wird wohl nicht das ganze 21. Jahrhundert gewesen sein,* dachte Anatol und überquerte die Straße zur U3-Station, um in Wien Mitte auszusteigen und das Ladegerät endlich gegen das richtige Modell umzutauschen.

Als er auf der Rolltreppe zum *Media Markt* stand, vibrierte sein Telefon abermals.

»Mein Fahrrad hat einen Platten«, schrieb nun Zachy: »Es wird doch nicht Martha Kopetzky meinen Reifen aufgeschlitzt haben?«

Während Anatol im *Media Markt* umherirrte, schob Zachy sein Fahrrad in die U-Bahn-Garnitur. Erst in einer halben Stunde wäre die Fahrradmitnahme offiziell erlaubt, aber es erfolgte keine Durchsage. Ein Mann mit einem Akkordeon um den Hals stieg mit ihm zu und begann, sobald sich die U-Bahn in Bewegung gesetzt hatte, »Bella Ciao« zu spielen. Die meisten saßen mit Kopfhörer in den Ohren da.

»Nicht schon wieder«, kommentierte eine Frau in der Nähe von Zachy, die auf einem der Klappsitze im geräumigen Teil des Zugendes saß. Zachy hatte eine Hand an der gelben Halteschlaufe, die andere am Lenker. Die U-Bahn machte plötzlich eine Bremsung und Zachy suchte nach Gleichgewicht, während der Akkordeonspieler mit beiden Händen weiterspielte, als hätte er das Instrument auf hoher See gelernt. Zachy, der beinahe mit dem Reifen das Bein der Frau berührt hatte, murmelte eine Entschuldigung. Die Frau blickte ihn ausdruckslos an, den Mund leicht geöffnet. Er erahnte hinter der Lücke zwischen den Schneidezähnen den Hohlraum der Gereiztheit.

Der Akkordeonspieler näherte sich nun mit einem verbeulten Kaffeebecher den Klappsitzen. Die Frau schaute aus dem Fenster in den U-Bahn-Tunnel. Sie begann ihre Haare zu richten, hübsch zur Feindseligkeit. Zachy kramte mit der Hand in der Gesäßtasche seiner Jeans und ließ eine Münze in den leeren Becher fallen. Als hätte er damit durch den Schlitz ihrer Zähne Geld in die Frau hineingeworfen und sie so zum Leben erweckt, drehte sich der Kopf zu ihm. Ihre Augen hoben sich und sahen Zachy an.

»Danke, Danke«, sagte der Akkordeonspieler hastig, als fürchtete er, mit dem Euro würde sich die Frau in Gang setzen. Im selben Moment läutete sein Telefon und kaum hatte er es aus der Hosentasche gezogen, öffnete sich der Mund der Frau, sagte zwei Worte: »Gesindel« und »Smartphone«. Auf einem der Klappsitze der anderen Seite nickte ein Mann, eine Strähne fiel ihm dabei ins Gesicht.

»Herr Gesundheit«, bedankte sich der Spieler noch einmal, bevor er in das Telefon sprach, das Akkordeon geschultert und den Plastikbecher mit Zachys Münze in der Hand. Die Frau drehte den Kopf missbilligend zu ihm, blieb dabei mit dem Blick an ihrer Seidenstrumpfhose hängen. »Jetzt auch noch eine Laufmasche«, murmelte sie, hob das Bein mit dem gefütterten Winterstiefel und begutachtete die nach unten geglittene Masche. Der Zug fuhr in die Station ein und der Akkordeonspieler stieg aus.

Als die Frau anhob zu »Der soll lieber in seinem eigenen Land –«, betätigte Zachy seine Fahrradklingel und übertönte schrill ihr Nachzischen. Dann schob er in das rot blinkende Türsignal sein Fahrrad auf den Bahnsteig.

VIII

Kreide fressen

Anatol bekam seine Registrierung per E-Mail zugeschickt mit der Bitte, die Daten zu überprüfen und einem Dank dafür, dass er neuartige Ideen teilen wolle. BETT – die *British Educational Training and Technology Show* – werde eine Erkundungstour in die Zukunft der Bildung sein. Er solle unbedingt seine E-Mail-Updates beachten, in denen aufregende Vorhaben, die in London auf ihn warteten, mit ihm geteilt würden. *Über kein Teilen sonst hört man mehr*, dachte Anatol, *höchstens, dass sich eine ganze Schule eine einzige Unterstützungslehrerin teilen muss;* und ihm kam wieder Martha Kopetzky in den Sinn. Ob sie sich wohl inzwischen geschlagen gegeben hatte? Unwillkürlich blickte er zur Schneekugel. »Du bist ihr noch Antworten schuldig«, sagten Giselas Augen. »Ich habe gesagt, dass es mir leidtut«, murmelte Anatol. »Ich spreche von Antworten«, entgegneten ihre Augen.

Anatol seufzte. Gedämpfter Stimmung klickte er auf die Registrierung. *Anatol Penzel, Curriculum Consultant,* KREIDE – auf solch einer Messe war er natürlich nicht einfach einer der Verantwortlichen für Lehrpläne, sondern ein *Curriculum Consultant.*

Ein paar Tage später bekam er eine E-Mail mit seinem elektronischen Ausweis zugeschickt, der ihm Zutritt zum »*weltweit größten EdTech-Event*« verschaffen sollte. Und ab jetzt bekam Anatol jeden Tag neue Informationen von der BETT-Messe.

Wenn er von dem »*Gewinn weltverändernder Gedanken durch inspirierende Weltklasseredner*« las, saß er für Minuten bewegungslos da, hörte Koerners Stimme und starrte auf den Bildschirm.

Mit Gisela wäre er für all das gewappnet gewesen, dachte Anatol traurig mit seinem Blick zur Schneekugel und erinnerte sich an ihr Lachen und ihren Scharfsinn. Egal, wie zermürbt er von seiner Arbeit nach Hause gekommen war, sie hatte es jedes Mal vermocht, ihm eine neue Richtung aufzuzeigen. Und im Gegensatz zu vielen, mit denen er den Tag über zu tun gehabt hatte, hatte sie als Schlüssel, um Kinder zu begeistern, die Neugierde angeführt – »Frag eine Bibliothekarin!«, hatte sie lachend gesagt, hinzugefügt: »Einfach nur Neugierde«, und nicht, wie sie es nannte, das »ganze künstliche Brimborium!« Stets war sie ihm beigesprungen, etwa wenn er mit Leuten zu tun hatte, die den Schlüssel vorsätzlich versteckten; und das waren keine Kinder mehr.

Und jetzt?, dachte Anatol. Mit jedem neuen Tag schien sich sein Handlungsspielraum zu verringern. Früher hatte er allen Widerständen zum Trotz noch das Gefühl gehabt, in seiner Abteilung des Bildungsministeriums da und dort, im Kleinen, aber immerhin, etwas verbessern zu können. Nun drohte ihm dieses Gefühl gänzlich abhandenzukommen, obwohl die Agentur – und erst recht die BETT – ohne Unterlass von Fortschritt sprach.

Gerade gestern hatte Kai Schneeberger ihn wissen lassen, die KREIDE werde eine ganze Generation von Schülern prägen. Und er hatte hinzugefügt, dass das Bildungsministerium durch die Zusammenarbeit mit der Agentur größeren Einfluss als je zuvor haben werde. »Die Agenda des Staatlichen wird durch den Privatsektor vorangetrieben«, hatte

Kai fröhlich gemeint, mit dem Nachsatz: »Bei aller Liebe für das Träge«, und Anatol hatte an seinem Daumennagel herumgebissen.

Es war, als würde sich die Agentur mit einer Lösung brüsten, für die sie aber erst das Problem suchen musste, dachte Anatol; und er war dabei gezwungen, sein Problem damit auszublenden.

Und während ihn andere im Bildungsministerium um seine Reise nach London beneideten, empfand er bloß Ödnis, wenn es galt den Blick für das große Ganze zu gewinnen – wie es Kai Schneeberger gestern auch ausgedrückt hatte. Denn schließlich könne nur Neues schaffen, wer über den eigenen Tellerrand schaue. Darauf hatte Kai Anatol in die Seite geknufft. Ebendarum werde eine Partnerschaft zwischen der Agentur, dem Bildungsministerium und einem schwedischen Start-up, das auf der Londoner Messe eine der KREIDE ähnliche Lernplattform präsentieren wolle, angestrebt. Termine waren schon fixiert worden.

Anatol ächzte bei dem Gedanken daran.

»Ist alles mit dir in Ordnung?«, fragte da Zachy, der im Türrahmen von Anatols Büro stand.

Anatol sah Zachy einen Moment an. Dann stieß er bloß einen weiteren Seufzer aus – und für einen kurzen Augenblick war das Gesicht mit der hochgezogenen Augenbraue wie eingefroren.

Dass sie doch für heute einen Termin ausgemacht hätten, vergewisserte sich Zachy.

»Die Sprache der BETT-Messe –« und Anatol griff sich an den Kopf.

»Coca-Cola spricht nicht anders«, erwiderte Zachy: »Ein gewisser Anatol Penzel trinkt sie mit großem Genuss!«; und nach einer Pause legte er ihm eine Mappe auf den Tisch. Das habe er ihm gleich mitgenommen, zum Aufarbeiten, die Ergebnisse des *Programms für internationale Schülerbewertung*.

»Wie bitte?«, Anatol war nicht bei der Sache gewesen.

»Nicht an eine Cola denken!«, rügte Zachy, »Hier – die PISA-Studie!«

»PISA-Studie? Kinder unter zehn bleiben doch noch davon verschont«, sagte Anatol schwach.

»Wir können trotzdem einhaken«, erwiderte Zachy: »Schlechte Ergebnisse sind auch unser Markt«, und er zwinkerte Anatol zu.

Als Martha das Gebäude betrat, hing noch immer Essensgeruch in den Gängen, obwohl das Altersheim bereits aus dem Mittagsschlaf erwachte. Aus dem Speisesaal drang leises Geklimper von Besteck. In der Bibliothek, an deren offener Tür Martha vorbeikam, sah sie eine Frau mit dem Gesicht dicht an den Bücherrücken stehen. Als Martha schließlich um die Ecke bog, kam im selben Augenblick ein Mann mit einem Rollator aus der anderen Richtung. Beinahe hätte er ihn in sie hineingeschoben. Sie wich aus und entschuldigte sich. Der Mann schob sich weiter, den Kopf gesenkt. Vielleicht war er auf dem Weg zum Aufenthaltsraum, dachte Martha, sie hatte einen kurzen Blick hineingeworfen, manchmal saß ihre Mutter dort. Sie kam jetzt zum Lift, stieg im zweiten Stock aus und klopfte an der Tür der Mutter, die verschlossen blieb. Sie steuerte darauf den

Computerraum an, der allerdings unbesetzt war, sodass sie beschloss, zurück ins Erdgeschoss zu fahren, um nochmal genauer im Aufenthaltsraum nachzusehen. Im Erdgeschoss angekommen begegnete ihr erneut der Mann mit dem Rollator. Martha ging aus der Bahn wie zuvor, blickte ihm nach. Als Martha kurz vorm Aufenthaltsraum über die Schulter blickte und den Mann schon wieder aufkreuzen sah, schüttelte sie den Kopf und bog schnell in den Raum.

Sie ließ ihren Blick über die Lehnstühle mit den hohen Rückenlehnen in kräftigen Farben und den dazwischen verstreuten leichteren Korbstühlen schweifen. Martha erkannte ihre Mutter letztendlich an den Pantoffeln unter den vielen weggestreckten Beinen. Sie ging zum Lehnstuhl und erst, als sie kurz davorstand, erblickte sie deren Kopf hinter der Rückenlehne. Sie begrüßte sie, strich mit der Hand über ihre Wange. Die Mutter zuckte leicht zurück. »Auch für nächste Woche ist Frost angesagt«, meinte Martha und zog einen Korbsessel herbei, der in der Mitte des Raumes stand.

»Den habe ich weggeschoben«, kam es prompt aus der Nähe, so als sollte jegliche Gruppierung unterbunden bleiben. Die Mutter winkte ab. »Ist ja Gott sei Dank leicht«, antwortete Martha und nahm Platz.

Einen Moment war es ganz still. Martha betrachtete die verschiedenen aus den Sesseln ragenden weggestreckten Beine, da und dort ein angelehnter Stock wie der ihrer Mutter, neben dem Sessel gegenüber war eine Gehhilfe aus Aluminium abgestellt. Sie zog ihren Mantel aus und legte ihn sich über den Schoß.

»War's schön in der Schule?«, fragte die Mutter. Noch bevor Martha antwortete, beugte sich jemand aus einem grünen Polstersessel, sagte: »Die Schüler von heute schneiden ganz miserabel ab!« und hielt eine Zeitung zum Beweis hoch.

»Die Schüler meiner Tochter würden jeden Test bestehen!«, kam es wie aus der Pistole geschossen von Marthas Mutter. Martha machte eine beschwichtigende Geste.

»Miserabel«, wiederholte die alte Dame im grünen Polstersessel, raschelte mit der Zeitung, »Österreich liegt abermals hinter den Deutschen!«

Die Mutter flüsterte: »Soll ich deinen Kampf gegen den Lerncomputer ins Spiel bringen?«

»Nur ja nicht!«, beschwor Martha sie.

»Nicht alles, was gedruckt wird, stimmt«, schaltete sich die Frau ein, die moniert hatte, dass Martha den Korbsessel herangerückt hatte.

»Das ist eine Studie!«, drehte sich die Frau im grünen Polstersessel in ihre Richtung.

»PISA«, pflichtete eine sorgfältig gekleidete Seniorin bei, schaute von ihrem Telefon mit extra großen Tasten auf.

»Japan ist ja ganz vorne dabei«, ertönte es nun aus einer Ecke, ein Mann ließ sein Sudoku-Heft sinken und schaute über den Rand seiner Lesebrille.

»Ich hab' bis vor zwei Jahren einen Toyota gefahren«, war von einer Frau, die sich aus ihrem blauen Polstersessel lehnte, zu vernehmen.

»Ganz vorne ist Japan dabei«, erschallte es aufs Neue von dem Mann aus der Ecke.

»Beim Selbstmord unter Schülern«, sagte jetzt doch Martha. Einen Moment fiel kein Wort, stumm wurde Martha angestarrt. Marthas Mutter lächelte.

»In Mathematik«, verbesserte sie der Mann mit dem Sudoku, »ganz vorne in Mathematik!«

»Die jungen Leute tun mir leid«, mischte sich eine Frau mit zittriger Stimme und gekrümmten Rücken ein.

»In Ihrem hohen Alter ist sicher auch nicht alles leicht«, sagte die Pensionistin, die bis vor zwei Jahren noch Auto gefahren war.

»Nicht jeder wird über neunzig!«, erwiderte die Frau mit der zittrigen Stimme, lehnte sich zurück.

»Manche können nicht einmal bis hundert rechnen«, meinte darauf die alte Dame im grünen Polstersessel.

»Mag jemand ein Schlückchen?«, kam es in dem Moment vom Türrahmen. *Der Mann mit dem Rollator!*, dachte Martha. Er zog eine bauchige Flasche und Becher aus dem Korb seines Rollators.

»Mozartlikör!«, war die über Neunzigjährige erfreut.

»Mozart war ein Genie!«, rief die Frau im grünen Polstersessel.

»PISA schreibt man mit langem i«, sagte da Marthas Mutter und pochte mit ihrem Stock auf den Boden. Martha hielt die Luft an. Die Frau im grünen Polstersessel musterte kurz die Mutter, dann streckte sie ihre Hand nach einem Pappbecher aus.

»Unser Gast zuerst«, wandte sich der Herr mit dem Rollator an Martha, die ausatmete, schnell abwehrte: »Ich muss noch Aufsätze korrigieren« und dachte: *Frederika und Lynn werden mir kein Wort glauben.*

A m Abend vor seinem Flug ging Anatol noch einmal in den asiatischen Imbiss. Der Fernseher, sonst vergessen in der Ecke, war heute eingeschaltet. Die Kellnerin folgte aufmerksam dem Bericht, während sie Gläser mit einem Tuch abtrocknete: In Norditalien war ein erster Fall des neuartigen Coronavirus nachgewiesen worden.

Anatol sollte nun endlich einen Blick in die Mappe mit den Ergebnissen der PISA-Studie werfen. Er öffnete sie und zwang sich, bei der Studie zu bleiben, selbst beim Essen legte er sie nicht weg. Erst bei der Hälfte hob er erneut den Kopf Richtung Fernseher, dem die Kellnerin längst den Rücken zugekehrt hatte. Auf dem Bildschirm wurden jetzt Pappschilder von Menschen in den USA in die Höhe gehalten, auf die mit weißer Farbe gepinselt stand: *Climate change is fiction.* Anatol seufzte und sah nach draußen zur Autokolonne, die auf Grün wartete. *Die Fahrzeuge werden immer größer*, dachte er, und in keinem davon saß mehr als eine Person. Und er selbst würde morgen mit dem Flugzeug für eine Messe nach London fliegen. Was war auf seinem Pappschild zu lesen? *Wie wäre es mit: Der eigene Wahnsinn ist immer der unsichtbarste.* Anatol seufzte erneut, wollte gerade wieder den Kopf wenden, da sah er Martha Kopetzky den Gehsteig entlangkommen. Schon fast war sie auf seiner Höhe, eilig klopfte er gegen die Glasscheibe. Erstaunt hob sie den Kopf, ihr Schritt verlangsamte sich. Er hob die Hand, und sie winkte zurück. Ihre Gesichter waren einen Augenblick nur durch die Glasscheibe getrennt. Sie strich sich mit ihrem Fäustling eine Locke aus dem Gesicht. Dann bewegten sich ihre Lippen. Anatol hielt seine Hand ans Ohr. Sie hob ihre Hände, bildete einen Trichter und wiederholte es lauter. Anatol zog die Augenbrauen hoch. Noch ein Lächeln im Weitergehen, und schon war sie aus seinem Blickfeld verschwunden. Er schüttelte den Kopf und beugte sich vor zur Scheibe, glaubte, noch ihren Rücken auszumachen, bevor er ihn aus den Augen verloren hatte. Er lehnte sich wieder zurück. Was hatte sie gesagt? *Fight back*? Er musste sich geirrt haben. Schnell trank er aus und verlangte die Rechnung. Als er auf den Gehsteig trat, blickte er unwillkürlich in die Richtung, in die sie gegangen war. Er sah vor sich ihre Hände abermals einen Trichter bilden, die Lippen sich bewegen: *Fight back*. Außer Zweifel. Noch einmal blickte er nach links die Straße hinunter. Ob sie aufs Neue auftauchen würde – ob sie vielleicht sogar in der Nähe wohnte?

Zu Hause holte er dann seinen Koffer hervor. Er wusste nicht, wann er ihn das letzte Mal gepackt hatte, aber zuletzt musste Gisela ihn benutzt haben, denn er fand ihren roten Seidenschal in einer Seitentasche. Der Schal war wie ein Souvenir aus einem Leben, dessen Besuch er sich nur einmal hatte leisten können. Erst da kam ihm zu Bewusstsein, dass sie ihn auch auf dem Foto am Grabstein trug. Er beließ ihn in der Seitentasche, legte seine olivgrüne Schirmmütze mit Fischgrätmuster dazu. »Wie ein Entenjäger siehst du damit aus«, hatte Gisela ihn gerne aufgezogen. Er nahm die Mütze nochmals heraus, setzte sie sich auf und stellte sich – was er schon lange nicht mehr getan hatte – vor den Spiegel im Vorraum. Er schnitt eine Grimasse.

Nachdem er den Koffer fertig gepackt hatte, verspürte er das Bedürfnis, Hannas Stimme zu hören. Wie immer schaltete er die Kamera nicht ein. Ihre Stimme klang leicht verzerrt, aber hatte den hellen Klang von Neuigkeiten an sich. Sie erzählte sogleich, dass sie in einem neuen Team aus Forschungstauchern arbeitete. Anatol meinte eine Verliebtheit herauszuhören, was allerdings durchaus an der Verzerrung liegen konnte. Er berichtete ihr, dass er morgen mit Zachy zu einer EdTech-Messe nach London fliegen würde.

»EdTech?«

»Ja, die Abkürzung für«, und er erhob die Stimme feierlich: »*Education and Technology*.«

»Wie bitte?« Er wiederholte es, die Verbindung verschlechterte sich jedoch zusehends. Hanna sagte darauf etwas, bei ihm kam jedoch nur an: »In Peru« – »eine Kampagne« – »Laptop für jedes Kind« – »aber nicht einmal funktionierende Toiletten«.

»Ich höre dich nur abgehackt«, sagte Anatol.

»Laptops mussten weggesperrt« und »sonst geklaut«, kam als Antwort.

»Mir kann die KREIDE auch gestohlen bleiben!«, rief jetzt Anatol ins Telefon, als ob er durch erhöhte Lautstärke die schlechte Verbindung wettmachen könnte.

Anatol glaubte, Hanna darauf etwas von einer Studie sagen zu hören, dann: »verzeichnete keine Effekte« und »hocke nun auf den Laptops«.

»Ja, die Ärmeren werden daran kleben bleiben!« – abermals rief es Anatol ins Telefon – »Wie an Süßigkeiten, Fast Food und Limonade!«

»Limonade?«, fragte Hanna, die das als Einziges verstanden hatte.

»Man kann dann auf sie herabschauen!«, rief Anatol ins Telefon. Hanna schlug vor, aufzulegen und nochmals anzurufen. Aber auch beim erneuten Versuch stabilisierte sich die Verbindung nicht. Nach einem vollständigen Satz war sie schon wieder unterbrochen. Sie legten schließlich auf, Anatol vernahm noch etwas, das »Gute Reise« bedeuten konnte, und ein »Wann« mit einem überraschend deutlichen »endlich«. Und er schloss, dass sie wohl gefragt hatte, wann er sie endlich besuchen werde; *Zumindest musste ich so nicht darauf antworten*, dachte er.

Er konnte nämlich nicht die Wahrheit sagen: Dass er sich davor scheute, sie zu besuchen. Denn er fürchtete, dass ein Besuch das Gleichgewicht, das sie schließlich zu zweit gefunden hatten, stören könnte. Da er, im Unterschied zu ihrem Vater, kein zwangsläufiger Bestandteil ihres Lebens war, machte ihn das nach dem Tod ihrer Mutter verwundbar. Und würde Hanna irgendwann beschließen, ihn nicht mehr an ihrem Leben teilnehmen lassen zu wollen, dann würde ihn nichts darüber hinwegtrösten können.

Damals war Anatol gemeinsam mit Hanna bei Gisela in den letzten Stunden ihres Lebens im Krankenhaus gewesen. Hanna hatte die Hand ihrer Mutter gehalten und Anatol war am Bettende gestanden und hatte auf die kleine Zehe, die unter der Decke herausgeschaut hatte, geblickt. Er deckte diese vorsichtig zu, als machte es noch einen Unterschied. Hanna hielt die Hand ihrer Mutter immer fester, ja, umklammerte sie geradezu und Anatol schien es, als wäre Hannas Hand wieder zu einer Kinderhand geworden, er war darüber sogar erschrocken.

Mit dem Handrücken wischte Hanna sich gelegentlich die Tränen aus dem Gesicht, ließ dabei die Hand ihrer Mutter nicht los; von Ferne hätte man gar meinen können, die Mutter striche ihr die Tränen aus dem Gesicht. Und Anatol starrte auf die Bewegung der Hand, erinnerte sich, wie Hanna einmal zu ihm gesagt hatte, dass jeder seine eigene Art und Weise hatte, anderen die Tränen zu trocknen, zum Beispiel ihre Mutter. Und sie hatte hinzugefügt: »Und du hast deine Art.«

Dass es zu dämmern begonnen hatte, fiel ihnen nicht auf, bis eine Krankenschwester kam und das Licht einschaltete. Es surrte leise.

Als der Tod eintrat, war es schon lange Abend. Er und Hanna sahen sich nicht an und sie berührten sich nicht. Es fand nun alles über den toten Körper hinweg statt. An- und Abwesenheit, Achtung und Bestürzung.

Sie waren zu dritt in dem nackten Raum und Anatol packte der Schwindel, als der leblose Körper weggebracht wurde.

Es gab keinen festen Boden mehr. Anatol hatte seinen Halt verloren.

Nur noch ihre Stimme von weit her.

*P*ling, ertönte es ununterbrochen neben Anatol, der einen Seufzer nicht unterdrücken konnte.

»Dieser Ton – Perlen gleich!«, machte sich Zachy das Vergnügen zu behaupten. Anatol verdrehte die Augen.

»Oder meinetwegen wie ein Schnurvorhang!« Anatol blickte zur Decke.

»In London finden wir sicher auch einen asiatischen Imbiss«, plauderte Zachy munter weiter. *Noch sind wir nicht einmal ins Flugzeug gestiegen.* »Und einen indischen Supermarkt«, fügte Zachy hinzu. Wieder ertönte das *Pling*.

»Vielleicht winkt mir ja sogar Unterhaltung«, sagte Zachy daraufhin.

»Unterhaltung«, wiederholte Anatol abschätzig. Zachy ließ das Telefon einen Moment sinken und meinte, Anatol solle sich nicht immer so abkapseln.

»Abkapseln – schön wär's«, murmelte Anatol.

»Warum auf das Leben verzichten?«, entgegnete Zachy.

Anatol drehte den Kopf zu ihm. Er war nicht bereit, Zachys Wahllosigkeit etwas abzugewinnen. Doch er versuchte, es sich nicht anmerken zu lassen, um nicht noch für alt erklärt zu werden.

»Ich brauche keine Ablenkung«, antwortete er.

»Bist du dir da sicher?« Anatol wandte den Kopf ab.

Man dürfe nie einfach stehen bleiben, behauptete Zachy und widmete sich wieder seinem Telefon. Anatol dachte an den Schnurvorhang, dachte an Martha Kopetzky.

Beim nächsten *Pling* schlug Anatol sein Buch auf. Das sei Ada Mazur gewesen, ließ ihn Zachy wissen, die Schulungsassistentin. Anatol linste zum Monitor mit der Boarding Time.

»Sie hat einen Freund«, sagte Zachy, »einen komplizierten.« Anatol blickte ihn an. *Mach es nicht noch komplizierter*, könnte jetzt Zachy in seinen Augen lesen.

»Schöne Mütze, übrigens«, sagte da Zachy und fügte hinzu: »Am Ende haben wir den gleichen Geschmack.«

»Für die Mütze bin ich schon ausgelacht worden«, erwiderte Anatol.

Es ertönte erneut das Telefon. Anatol klappte das Buch zu – so konnte er unmöglich lesen.

»Der Kai wünscht uns eine gute Reise«, sagte Zachy.

»Den Kai halte ich nicht mehr aus«, murmelte Anatol.

»Der Kai hält sich doch selber nicht mehr aus«, sagte Zachy. »Das Treffen mit dem schwedischen Start-up ist übrigens auf übermorgen verschoben«, informierte er Anatol weiter und boxte ihn leicht in die Seite. Die erzwungene Nähe im Flugzeug machte Anatol langsam Sorgen.

Die Schweden freuen sich aufs Kennenlernen, las Zachy vor.
»Ich bin auf der Hut«, antwortete Anatol und zog sich
die Entenjägermütze tief ins Gesicht.

Martha stand gerade beim Fotokopierer im Lehrerzimmer, als das Flugzeug mit Anatol und Zachy ab-
hob.

»Ich möchte noch unbedingt Ihre Petition unterschreiben!«, kündigte die Werklehrerin an und hob dabei eine
Kiste Sägen hoch.

»Jederzeit!«, meinte Martha.

Zwei Kolleginnen, die sich etwas weiter weg unterhalten
hatten, drehten kurz den Kopf, bevor sie ihr Gespräch wieder fortsetzten. *Auch ohne euch wird die Liste lang genug
sein*, dachte Martha und öffnete die Klappe des Kopierers.
Während sie ein Arbeitsblatt auf das Vorlagenglas legte,
hörte sie die eine sagen: »Mein Mann wird nochmal ausgezeichnet, so ernst wie er das Aufräumen der Garage –« und
weil Martha eben auf die Taste des Kopierers gedrückt hatte,
konnte sie nicht hören, ob er darüber hinaus etwas ernst
nahm, sah nur die Frau mit den Augen rollen. *Ermüdung
durch die Eigenschaften des anderen*, dachte Martha, griff
nach den Kopien, während, wie Martha aus den Augenwin-
keln bemerkte, die andere jetzt ein Foto auf ihrem Telefon
herzeigte: »Wir haben uns gerade erst kennengelernt –« und
in das anerkennende Nicken der Kollegin hörte Martha:
»Das koreanische Restaurant ist sehr empfehlenswert.«

Weniger gibt es über eine Person nicht zu sagen, dachte

Martha. Aber Hauptsache, man konnte ein Foto herzeigen – und das Essen war gut. Mit dem Stapel Kopien verließ sie das Lehrerzimmer.

Im Ganggetümmel der Pause musste Martha im Anschluss darüber nachdenken, dass ihre Volksschulkinder erst am Anfang der Verstrickung standen. In ein paar Jahren würden sie vom Verlangen geflutet werden, vielleicht würde das Sehnen – Martha seufzte unwillkürlich – von ihnen Besitz ergreifen, im Moment folgten sie der Anziehung gänzlich unbeschwert. Und Martha, die ihre Schüler beobachtete, empfand Respekt vor diesem Gefühl, das sie schon als Abgrund gesehen hatte. Sie grüßte die Religionslehrerin, die soeben ihre Klasse verlassen hatte, legte die Kopien auf ihr Pult, setzte sich nieder, blickte einen Moment in das Pausengeschehen, drehte den Kopf und sah aus dem Fenster. Sie hatte sich gefreut, als er gegen die Scheibe geklopft und ihr zugewinkt hatte, dachte sie noch, dann läutete schon die Schulglocke.

Anatol und Zachy fuhren mit dem *Heathrow Express* zur *Paddington Station*. Von dort konnten sie zu Fuß das Novotel erreichen. Sie bezogen ihre Zimmer im achten Stock und verabredeten sich bei der Hotelbar.

Während Anatol mit seinem Zeigefinger den Schriftzug *Diet Coke* entlangfuhr und Zachy Erdnüsse aus einer Schale neben seinem stillen Wasser fischte, sprach am Flachbildschirm über der Hotelbar der Pentagon-Chef auf CNN. Anatol, der Zachy beneidete, wie selbstverständlich ihm das Englisch nicht nur über die Lippen kam, sondern er auch jeden auf Anhieb verstand, bemühte sich, den Worten zu folgen.

Er glaube nicht daran, sagte der Pentagon-Chef, dass die Kriege auf der Welt in hundert Jahren noch von Menschen auf Schlachtfeldern geführt werden würden. Anatol lehnte sich etwas nach vorne. »Die Menschen werden nicht mehr selbst töten. Sie lassen lediglich töten«, und der Pentagon-Chef schwärmte, kam es Anatol vor, von *Nexter Optio*, einem unbemannten Kampfpanzer. Ein *Pling* ertönte in Zachys Brusttasche, der sein Telefon hervorholte. Sein Gesicht wurde ernst.

»Es wird doch nicht der Pentagon-Chef sein«, sagte Anatol.

»Bloß mein Vater«, murmelte Zachy, tippte schnell etwas, seufzte kurz.

»Kriegsmüde – das wird *Nexter Optio* nie werden«, kommentierte Anatol den weiterlaufenden Fernsehbericht. »Und das Desertieren ist gleich mit abgeschafft, ganz zu schweigen vom Mitleid.«

»Kriegsmüde, Desertieren, Mitleid«, murmelte Zachy so, als ob es eine Bewandtnis für sein Leben hätte.

»Das Machbare verändert das Zumutbare«, erklärte unterdessen eine Ethikprofessorin, die für den Fernsehbericht interviewt wurde. Anatol runzelte angestrengt die Stirn, hoffte auf eine Übersetzung von Zachy.

»Und wenn nichts mehr zu machen ist«, sagte Zachy nur leise. Anatol wiederholte den Satz geistesabwesend.

Der Pentagon-Chef, der erneut eingeblendet wurde, betonte: »Niemand soll mehr töten müssen.« Von der Bar ertönte das Zerkleinern von Eiswürfeln. Zachy beförderte eine Handvoll Erdnüsse in seinen Mund. Anatol nahm einen Schluck *Diet Coke*. Zachy wischte das Salz von seiner Hand und griff nach seinem Mineralwasser, das er austrank. Auf dem zurückgestellten Glas hafteten Salzreste. Er steckte sein Telefon in die Brusttasche und erhob sich: »Ich treffe noch eine Bekannte«, sagte er, stieß dabei gegen den niedrig gehängten Lampenschirm.

»Um neun sollten wir morgen auf der BETT-Messe sein«, erinnerte Anatol.

»Wir sehen uns um sieben beim Frühstücksbuffet!«, versprach Zachy und über die Schulter rief er noch: »*See you tomorrow!*«

Anatol nahm die letzte Erdnuss aus der Schale und blickte ihm nach. »*See you tomorrow*«, murmelte er, der mandarinfarbene Lampenschirm über ihm schaukelnd.

Beim Frühstücksbuffet am nächsten Morgen erzählte Zachy, dass er gestern vergeblich auf seine Verabredung gewartet habe. Es schien ihn weder zu ärgern noch zu beschäftigen, ganz so, als hätte er Verständnis dafür, dass er versetzt worden war. *So bekannt ist sie ihm also noch gar nicht gewesen, die Bekannte*, schloss Anatol.

»Wir sind sowieso wegen der Messe hier«, erinnerte sich Zachy.

»Ich würde lieber ins Museum gehen«, murmelte Anatol.

»Heute wird es ohnehin reichlich Möglichkeit geben, sich auszutauschen«, meinte Zachy. Von welcher Art Austausch Zachy sprach, war sich Anatol nicht ganz sicher.

»Gespräche ohne Ende«, stellte sich Zachy offenbar vor.

»Ich freue mich schon jetzt aufs Bett«, erwiderte Anatol, allein vom Gedanken an die vielen Gespräche erschlagen.

»BETT ohne Ende!«, sagte Zachy und lachte.

Anatol und Zachy brachen schließlich zum Messegelände auf. Sie nahmen zuerst die U-Bahn zur Station *Tower Hill*, überquerten dort die Straße und wechselten, den Tower of London hinter sich, bei der Station *Tower Gateway* in die *Docklands Light Railway*.

Anatol mochte nicht nur diese Bahn ohne Fahrer, wie er kurz vorm Einsteigen kundtat, er beneidete sie sogar um ihre Fahrtüchtigkeit ohne menschliche Anwesenheit. »So stelle ich mir meinen Idealzustand vor.«

Zachy blickte ihn verwundert an. »Du?« Als er noch etwas hinzufügen wollte, war Anatol schon drinnen und hatte einen Platz ganz vorne ergattert.

Die Bahn setzte sich in Bewegung und sie durchquerten den Osten Londons. Anatol konnte den Verlauf der Schienen wie ein Lokführer durch die Fensterfront vor sich sehen. Ein zentraler Computer steuere die Bahn mithilfe von Sensoren auf den Gleisen, lieferte Zachy unaufgefordert Informationen von seinem Telefon, während sie durch die *Docklands* fuhren. Halbhohe Gebäude aus den Fünfzigern, heruntergekommene Sozialsiedlungen aus den Sechzigern, dazwischen Brachland, erneut abgelöst von braun-rötlichem Backstein. Zachy tippte auf die Scheibe rechts: Gläserne Wolkenkratzer ragten empor.

»Ich mag verspiegelte Fenster«, sagte Anatol. Zachy sah ihn von der Seite an. Im Grunde war Anatol selbst so undurchsichtig wie ein verspiegeltes Fenster, dachte er. Beim nächsten Halt fielen ihm Anatols lautlose Lippenbewegungen auf. Ob er die Fenster tatsächlich zählte, fragte sich Zachy.

Anatol sah weiter auf das vorbeiziehende London. Das schmutzige Rot der Gebäude, das abblätternde Senfgelb der Kräne im Hintergrund, das Grau der sie flankierenden Straßen, die braunen Äste der kahlen Bäume. Strahlende Farben hingegen in der BETT-Broschüre, in der Zachy jetzt blätterte. »Ewiger Frühling«, kommentierte Anatol, als er einen kurzen Blick darauf warf. Dann schaute er wieder hinaus auf die verrührten Farben des ausklingenden Winters.

Immer mehr Personen stiegen zu. Aber sie mussten sich nicht durchdrängeln, um auszusteigen, die Mehrzahl verließ an der Station *Custom House (for ExCeL)* die Bahn. Als wären sie in der Zeit stecken geblieben, machten Bahnwärter mit Trillerpfeifen auf den Spalt zwischen Bahn und Bahnsteigkante am viel zu engen Bahnsteig aufmerksam. Es ging nur im Schritttempo voran und Anatol beäugte dabei die Menschen, die zur BETT-*Show* kamen. Durchschnittliche Menschen, die eher ihm als Zachy glichen, dachte er.

Während der Menschenstrom mehr und mehr ins Stocken geriet, zeigte Zachy auf die Ankündigung der Key Speaker auf einem Plakat. Vielleicht werde Anatol ja auch noch ein *Top Educational Influencer.* »An der Massentauglichkeit müsste man bloß ein wenig drehen«, meinte Zachy. »Mmh«, machte Anatol. »Soll ich dich auf Zack bringen?« *Nein, Zac.* »Ein klitzekleines bisschen auffrischen und schon –!« Ein Pfiff ertönte aus der Trillerpfeife.

Über dem Einlass prangte in Pfauengrün: BETT – *eine Reise ins Morgen!* Ihre Ausweise wurden gescannt und gefaltet in eine Schutzhülle gesteckt. Als Anatol die Halle betrat, das rote Band mit seinem Namen und *Curriculum Consultant* um den Hals, blieb er einen Moment stehen. *Grenzenloses Lernen* stand in riesengroßen Lettern auf einem

Banner, geziert von vier Quadraten in Gelb, Türkis, Hellgelb und Weiß. Darunter *Wissen durch Erleben* auf einer bonbonfarbenen Stellwand, an der VR-Brillen hingen. *21ˢᵗ Century Skills* unweit davon in Neongelb vor schwarzem Hintergrund. *Auf zum Mars – unsere virtuelle Mission!* war in Glitzerschrift über einem raumschiffartigen Gebilde zu lesen. Bei dem Verkaufsstand gegenüber zeigten sich junge Frauen, die Haare zu Zöpfen geflochten, in blassblauen knöchellangen Kleidern mit zugeknöpftem Kragen beschäftigt. Sie verkauften tatsächlich Holzprodukte.

»Anatol, das ist doch was für dich!«, sagte Zachy und Anatol dachte konsterniert, ob er in Zachys Augen genauso fremd wirkte wie diese Frauen in seinen. Zachy zog ihn am Ärmel. Ein überlebensgroßer Roboter stakste an ihnen vorbei. Auf einem Board, das der Roboter in seiner Drahthand hielt, stand in blinkenden Buchstaben: *Mein Sohn hat mich gebaut.* Anatol blickte ihm nach. Der Roboter stieß mit einem seiner ungelenken Beine leicht gegen einen Stand. Die darauf gestapelten Kugelschreiber in Mintgrün rollten auf den Boden. Ein Schriftzug leuchtete im Dunkeln auf, wie Anatol bemerkte, als einer der Kugelschreiber unter einem Stand zum Liegen kam. Der Roboter war inzwischen nach rechts abgebogen und unter *Kreieren-Kombinieren-Brillen* verschwunden. »So einen Stift bring’ ich Kais Sohn mit!«, rief Zachy und bückte sich. Anatol legte den Kopf in den Nacken. Von der Decke hing ein Wort aus sechs Buchstaben, thronte über allem, bunt wie ein Karussell und funkelnd wie ein Edelstein: *Google.*

Nach der Besprechung kam Martha mit einem erhellten Gesicht aus dem Direktorinnenzimmer. Die kopierte Unterschriftenliste lag jetzt auf dem Pult der Direktorin, unübersehbar.

Mit ihren eigenen Waffen geschlagen!, frohlockte Martha, die es bis vor Kurzem nicht für möglich gehalten hätte, dass aus der allseits belächelten WhatsApp-Gruppe tatsächlich eine lange Unterschriftenliste folgen könnte. Am Ende hatten beinahe alle Lehrer unterschrieben. Damit sich in einem nächsten Schritt doch noch die Eltern überzeugen ließen, sollte sie sich bald etwas überlegen.

Aber jetzt rief sie erst einmal ihre Mutter an: »Wie oft hast eigentlich du jemanden mit den eigenen Waffen geschlagen?«

»Nun ja«, sagte die Mutter.

Nach dem Auflegen fiel Martha ein, wie ihre Mutter vor ein paar Monaten zum Altersheim nebenan herübergedeutet und erklärt hatte: »Wenn sie drüben wollen, dass die Leute ihre Medikamente schlucken, versprechen sie ihnen ein zweites Dessert!« Martha schlug sich an den Kopf: »Ein zweites Dessert!« Ja, genau so musste sie es mit den Eltern angehen! Am besten würde sie heute noch zu tüfteln beginnen – und das Süßen keineswegs Nils' Vater überlassen.

Auf jeden Fall sollte auch Frederika von ihrem Sieg erfahren. »Zertrümmert die Träume, Kinder zu überwachen!«, freute sich Frederika mit ihr.

»Das muss gefeiert werden!«, rief Martha ins Telefon.

»Lynn ist bestimmt dabei«, meinte Frederika, merkte an: »Am Klopfbalkon hat ja schließlich bloß eine Person Platz.«

Martha zählte unterdessen auf: »Der Hund, den ich dir zu verdanken habe, das Ende der KREIDE – was könntest du sonst noch in die Wege leiten?«

»Irgendwo ein Kandidat zum Verlieben? Nenne mir den Namen und ich nehme alles in die Hand!«, hatte Frederika sofort eine Idee.

Mir würde da schon einer einfallen, dachte Martha; fragte sich, ob er ihr die Unterschriftenliste übel nehmen würde.

»Ich bin ganz Ohr!«, sah Frederika ihre Zeit gekommen. Martha lachte jedoch nur.

D ie Unterschriftenliste im Blick, tätigte Frau Blecha in ihrem Büro verschiedene Telefonanrufe und setzte eine Lehrerkonferenz für Anfang nächster Woche fest. Sie saß deswegen am Abend noch in der Schule, während in einem anderen Land mit einer Stunde Zeitverschiebung für Zachy und Anatol der erste Tag der BETT-Messe zu Ende ging. Obwohl Zachy bereit gewesen wäre, in der Bahn ganz nach vorne zu stürmen, winkte Anatol bloß ab und setzte sich auf den erstbesten Platz. Zachy ließ sich neben ihm nieder. Dabei fielen ihm mehrere Kugelschreiber aus der Jackentasche.

»Ich dachte, du wolltest nur Kais Sohn einen mitbringen?«, sagte Anatol mit müder Stimme.

»Sie leuchten so schön im Dunkeln«, erwiderte Zachy und hielt Anatol einen hin: »Hier – damit du unsere Reise nicht vergisst!«

»Niemals«, sagte Anatol, und mit schlaffer Hand nahm er den mintgrünen Kugelschreiber entgegen und steckte ihn ein. Sobald die DLR-Bahn losgefahren war, lehnte er seinen Kopf gegen die Glasscheibe. Unterdessen durchforstete Zachy die gesammelten Faltblätter von der Messe. London zog ein weiteres Mal an Anatols Augen vorbei, schwer seine Lider.

»Das ist ja eine bemerkenswerte Sache«, rief Zachy zwischendrin, und: »Das zeig' ich morgen den Schweden!«, und: »Das wird auch Kai interessieren!«

Wie schaffe ich es jemals wieder auszusteigen, dachte Anatol und drehte seinen Kopf an der Scheibe zum aufflackernden Pfeil – *Notausgang.*

Tags darauf trafen sich Anatol und Zachy direkt vor dem Eingang zur Messehalle. Obwohl sie diesen Treffpunkt am Abend davor vereinbart hatten, hatte Anatol beim Frühstücksbuffet nach Zachy Ausschau gehalten.

Zachy winkte Anatol bereits von Ferne und meinte dann: »Ich hab' dich gleich an deiner Mütze erkannt!« Gemeinsam gingen sie hinein. Sie bewegten sich durch die verschiedenen Sektoren, vieles hatten sie gestern schon gesehen. Immer wieder mussten sie warten, um voranzukommen, so groß war der Andrang. Sogar ganze Schulklassen wurden durch die Halle manövriert. Anatol beobachtete, wie die Schüler blödelten. *Vielleicht die beste Antwort auf die Verblödung hier,* dachte er mit einem Rundumblick. Da hörte er Zachy rufen: »Die Schweden!«, drehte den Kopf, sah ihn auf ein Schild unweit zeigen. *Freedom! Empowerment! Innovation! – Willkommen im neuen Lernen,* las Anatol beim Näherkommen, während Zachy längst Hände schüttelte. Für einen Moment verfolgte Anatol die Probeschulstunde am Computerschirm, an dem *»Süßigkeitenmengen-*

lehre« eingeblendet stand und der blonde Kopf einer Lehrerin darunter zu sehen war – mit dem Hinweis, dass aus Sicherheitsgründen alles aufgenommen wurde –, dann kam auch er zum Stand.

»*Nice to meet you*«, ein Mann mit schwarzen dichten Augenbrauen streckte Anatol die Hand entgegen. Er sagte ein paar weitere Sätze, und obwohl es sich um Floskeln handelte, reichte es aus, um in Anatol eine Befürchtung zu wecken, die sich in einem Gespräch mit Schweden nur als wahr entpuppen konnte: Abermals sprach jemand viel besser Englisch als er.

Nach diesem Treffen, das nicht allein den ganzen Vormittag in Anspruch genommen, sondern überdies ein gemeinsames Mittagessen inkludiert hatte, bei dem die Pläne für eine Zusammenarbeit konkretisiert worden waren, war Anatol so ausgelaugt, dass er am liebsten ins Hotelzimmer zurückgekehrt wäre. Er trottete neben dem von den Schweden schwärmenden Zachy weiter die Messegänge ab.

Als der Roboter wieder einmal vorbeikam, fragte Zachy: »Willst du nicht deine Mütze lüpfen, Anatol?« Der Roboter schritt mit seinen steifen Beinen an den jungen Frauen in den langen Kleidern und den von ihnen angebotenen Holzprodukten vorüber. Zachy wies auf das Transparent über ihren geflochtenen Zöpfen, glaubte es für Anatol übersetzen zu müssen, schließlich war er bei den Schweden öfter eingesprungen: »Sobald du aufhörst zu lernen, beginnst du zu sterben – Einstein.«

»Der Roboter darf also nicht einmal sterben«, brummte Anatol bloß und stieß beinahe gegen eine hölzerne Werkbank.

»Ob das Einstein wirklich je so gesagt hat«, stellte unterdessen Zachy infrage, wandte sich an eine der jungen Frauen. Die Frau erwiderte Zachy ungerührt: »Alles, was hier gesagt wird, ist ja niemals zuvor gesagt worden.«

Anatol hatte sich lieber eine Broschüre genommen, blätterte sie durch, las: »*Unsere Produkte fördern das Learning By Doing*«, schaute auf – hatte Zachy ihn gerufen? – las weiter: »*Grundlegend für den späteren Gebrauch elektronischer Technologie*«, steckte sie ein und blickte sich nach Zachy um. Er sah ihn schon am nächsten Stand vorbeischlendern, dort holte er ihn ein.

»Das waren übrigens Hutterer«, sagte Zachy und zeigte zurück.

»Hutterer?« Anatol runzelte die Stirn.

»Gehören zu den Täufern – radikal-reformatorische Christen«, wusste Zachy jetzt, nachdem ihm die junge Frau Auskunft gegeben hatte, während Anatol die Broschüre – weniger aufmerksam, wie er zugeben musste – studiert hatte, und Zachy hängte an: »Auf einen Smoothie später hat sie sich allerdings nicht treffen wollen.«

»Täufer auf einer Tech-Messe« – Anatol amüsierte sich.

»Vielleicht kommt sie ja doch noch zum Smoothie-Stand«, meinte Zachy und peilte nun die Aula an, die in der Mitte der Halle zeltartig aufragte. Er schlug vor, sich einen Vortrag über ein Lernprogramm anzuhören. »Solange er nicht von Jeff Koerner ist«, antwortete Anatol.

Sie betraten die abgedunkelte Aula. Zachy visierte eine der vorderen Sitzreihen an, und Anatol musste daran denken, wie sich Zachy im asiatischen Imbiss sogleich an einen Tisch in der Mitte setzen hatte wollen. Er nahm neben Zachy Platz und sah auf die raumfüllende Leinwand, sein Blick durchkreuzt von Zachys Arm beim Ausziehen seiner

Lederjacke. Die Vortragenden betraten wenig später die Bühne, das Scheinwerferlicht auf sie gerichtet, die Headsets bereit. Sie gaben einen Einblick in die Entstehungsgeschichte ihres Lernprogramms – zu Anatols Überraschung problemlos zu verstehen –, zitierten Studien, die zeigten, dass der Einsatz neuer Technologien eine verbesserte Lernleistung für Schülerinnen mit speziellen Bedürfnissen bewirkte, und luden zu einem kurzen Film ein. »In unserem Film kannst dann du etwas zur Entstehungsgeschichte der KREIDE sagen«, meinte Zachy zu Anatol, der einen Seufzer ausstieß.

Unterdessen sah man auf der Leinwand einen Jungen vor einem Computer. *George, sieben Jahre*, wurde eingeblendet, *Autismus-Spektrum-Störung*. Die Filmszenen wurden von Musik untermalt. Anatol sah, wie seine Sitznachbarin Tränen wegblinzelte. »George schaut nicht besonders froh aus, gefilmt zu werden«, flüsterte Anatol. Zachy legte den Zeigefinger auf den Mund. Die Kamera schwenkte zu den Eltern. Die Technologie sei eine Entlastung, sagte Georges Vater, sichtlich erschöpft.

Der Film erhielt am Ende Applaus, der George aller Wahrscheinlichkeit nach trotz des Lernprogramms sein Leben lang verwehrt bleiben würde, dachte Anatol. Die Vortragenden kamen zurück auf die Bühne und meinten, dass der Erfolg des Lernprogramms alle überrascht habe. Und es fänden Überlegungen statt, dieses generell an britischen Schulen einzuführen. »Warum generell?«, fragte Anatol in das erneute Klatschen. Zachy tippte etwas in sein Telefon. Bei Koerner hatte er sich noch mit einem Stift Notizen gemacht, dachte Anatol. Die Vortragenden verbeugten sich und als sie die Bühne verließen, ertönte Musik. Zachy erhob sich: »Ich werde beim Smoothie-Stand erwartet.« *Er hat sich gar keine Notizen gemacht*, wurde Anatol klar und er sagte mit dem gleichen Abenteurerlächeln: »Ich habe mir eine Zigarette verdient.«

Warum er eigentlich das Rauchen geradezu hochhalte, fragte darauf Zachy, aber jede technologische Erfindung als Lobbyprodukt abtäte, und schlüpfte in seine Lederjacke: »Wenn hier etwas Opfer von Kapitalinteressen geworden ist, dann ist es die Lunge von Anatol Penzel und nicht irgendein Schülerhirn.«

»Hauptsache, die Seele bleibt gesund wie ein Smoothie!«, rief ihm Anatol hinterher.

IX

Anstecken

Anatol wachte mitten in der Nacht auf. Er war schweiß-gebadet – bestimmt hatte er von der BETT-Messe geträumt. Er blickte auf sein Telefon. Es zeigte zwei Uhr dreiundzwanzig an. Anatol stand auf, entledigte sich seines durchnässten Pyjamaoberteils, streifte, ohne Licht zu machen, ein frisches T-Shirt über, langte noch einmal in den Koffer, dieses Mal in die Seitentasche. Er zog Giselas Seiden-schal heraus – und legte ihn sich um. Dann stellte er sich hin-ter eines der verspiegelten Fenster. Und so stand er in der Dunkelheit, mit dem Schal um den Hals. Die rot blinkenden Lichter auf den Dächern kamen ihm wie Pulsschläge der Wolkenkratzer vor. Ihre verspiegelten Fenster waren alle ebenso schwarz wie seines. In einem Erdgeschoss flackerte eine Leuchtstoffröhre. Geisterhaft die Silhouette der Bäume davor. In der Ferne Scheinwerfer und Rücklichter auf den er-höhten sechs Spuren des Westway, die Bahntrasse daneben verwischt vom Schwarz der Nacht. Unweit der Autobahnzu-fahrt blinkte eine Hängeampel orange. Darunter raste ein Fahrzeug mit Blaulicht hindurch, die Sirene für Anatol un-hörbar. Hinter seinem Rücken lagen im Finstern die Bro-schüren und Faltzettel von der BETT-Messe verstreut auf dem Hotelschreibtisch. Nur der mintgrüne Stift leuchtete: *Take Off*. In der dunklen Halle der BETT-Messe irrte währenddes-sen der Roboter umher, fand nicht und nicht den Licht-schalter. Ein Lachen kam vom Hotelgang. Anatol wandte den Kopf zurück. Über der Stuhllehne hing das Band mit seinem Namensschild. *Anatol Penzel, Curriculum Consultant,* KREIDE. Das Lachen erschallte erneut. Anatol kehrte sich ab. Er blickte wieder in die Schwärze. »Die KREIDE liegt mir einfach im Magen.« *Curriculum Consultant.* »Du bist ihr noch Antworten schuldig.« *Curriculum Consultant.* Jäh drehte er sich um, seine Hände ballten sich zu Fäusten. Er schritt zum Schreibtisch und wischte mit einer Handbewegung die Blätter zusammen. Dann zerknüllte er sie und warf sie in den Mülleimer, trat sogar mit dem Fuß nach.

Es war vier Uhr fünf, als Anatol sich wieder ins Bett legte, der rote Seidenschal neben ihm, phosphoreszierend die Gedanken in seinem Kopf.

Drei Stunden später läutete Anatols Wecker und vierzig Minuten später setzte er sich an den Frühstückstisch zu Zachy, der bereits Nachrichten mit seinem Telefon verschickte. Das Programmheft der BETT-Messe lag aufgeschlagen auf dem Tisch.

»Du siehst ja wie gerädert aus«, meinte Zachy, sein Blick über Anatols Gesicht gleitend. Anatol biss wortlos in sein Croissant. Zachy blätterte im Programm weiter, sie hätten die interessantesten Messetage bereits erlebt, äußerte er beim Überfliegen der Seiten.

Anatol folgte seinem Blick, sagte: »Das Wort *Freedom* steht auf jeder zweiten Seite«, und tippte mit seinem Croissant auf das Programm.

»Verkaufstrick«, erwiderte Zachy und klappte die Broschüre zu.

Anatol sah ihn an: »Muss ich mir Sorgen machen, dass du die Versprechen der Technologie nicht mehr ernst genug nimmst?«

Zachy lächelte und rückte Anatols Mütze gerade: »Sag ich doch: Wir haben den gleichen Geschmack!«

Sie checkten nach dem Frühstück aus dem Hotel aus, rollten ihre Koffer zur *Paddington Station,* stiegen in den *Heathrow Express,* gingen am Flughafen durch die Sicherheitskontrollen und begaben sich zum Gate. Anatol stand auf einem der Laufbänder und dachte an seine kurze Nacht zurück. Er fühlte nach dem roten Seidenschal in seiner Manteltasche, das durchschwitzte Pyjamaoberteil war bereits auf dem Weg zum Frachtraum; der Mülleimer mit den Broschüren und Faltblättern zweifellos bald geleert. Einzig den Kugelschreiber, den hatte er eingesteckt.

Die Teilnahmebestätigung der BETT sei schon gekommen, hörte er hinter sich Zachy sagen. Die Teilnahmebestätigung würde er zu Hause an seine Kühlschranktür hängen, dachte Anatol. Damit er jedes Mal, wenn er sich eine *Cola light* herausholte, gewarnt würde, wie ungesund sie war, die *British Educational Training and Technology Show.*

Am Gate scrollte Zachy durch seine diversen Accounts in den sozialen Medien. »Schade«, Zachy pausierte kurz mit dem Daumen, »dass Ada Mazur heute Abend schon verplant ist.«

»Ich habe nichts vor«, erwiderte Anatol, drehte seine Schirmmütze in der Hand.

»Gemeinsam gar in den asiatischen Imbiss?«, fragte Zachy. *So wenig habe ich auch wieder nicht vor,* dachte Anatol.

Zachy wies mit dem Kinn in Richtung Fernsehbildschirm:

»Ist das nicht Tirol?« Die Kamera schwenkte von Berggipfeln in das Treiben einer Skihütte: Ein Pingpongball, der von einem rot geschminkten Frauenmund in den Bierkrug eines bärtigen Mannes geschossen wurde, der den in seinem Bier schwimmenden Ball mit seinem Mund herausfischte und weiter – »Jetzt ist der Lippenstiftabdruck weg«, kommentierte Anatol – in den Bierkrug einer blonden Frau im Dirndl schoss, begleitet von ausgelassener Musik. *Isländische Reisegruppe auf dem Skiurlaub angesteckt,* fasste es die Reporterin zusammen. Die letzte Kameraeinstellung zeigte Gäste aus der Après-Ski-Bar in den Schnee hinauswanken. »Ich höre förmlich den Schwall Glühwein dumpf im Schnee landen«, bemerkte Zachy. *Rot wie die Seide*, dachte Anatol.

Erste Coronafälle in Frankreich, lautete die nächste Schlagzeile.

»Es rückt immer näher«, sagte Zachy. Anatol winkte bloß ab.

»China hat's nicht auf die leichte Schulter genommen«, unterstrich Zachy. Anatol meinte, er solle sich nicht verrückt machen lassen. Zachy tippte schon »Coronasymptome« in sein Telefon und las Anatol laut die Liste vor. Währenddessen piepste es mehrmals.

»Diese ständige Kommunikation ist auch wie ein Virus«, kommentierte Anatol.

»Nicht zu fassen«, sagte unterdessen Zachy. Anatol runzelte die Stirn. Zachy massierte seine Schläfe.

»Bei welchem Symptom bist du jetzt?«, erkundigte sich Anatol.

»Deine Lehrerin!«, rief Zachy.

Ob er von Martha Kopetzky spreche, fragte Anatol, spürte so etwas wie ein Herzklopfen.

Zachys Augen folgten hektisch den Zeilen. »Die Lernplattform ist ausgehebelt worden«, und er musste Luft holen.

Anatol zog die Augenbrauen in die Höhe.

»Eine Petition«, schnaubte Zachy, murmelte: »Sie hat uns ausgetrickst! Während wir mit den Eltern beschäftigt waren, hat sie eine Petition mit Lehrern gestartet!« Er griff sich an die Stirn: »Fast der gesamte Lehrköper«, jetzt war es mehr ein Keuchen.

»Die Zukunft lässt sich nun einmal ändern«, sagte Anatol ruhig.

»Die Schule hat aber den Vertrag bereits unterzeichnet!«, wies Zachy jedes Ansinnen auf Änderung zurück.

»Gegen den Willen des Lehrkörpers wird ein Vertrag nicht ankommen«, bemerkte Anatol.

»Wille des Lehrkörpers!«, eiferte sich Zachy. »Ohne Martha Kopetzky würden sich die anderen jetzt ihre KREIDE-Buttons anstecken!«

Anatol sagte nichts.

»Gekauft ist gekauft«, versteifte sich Zachy.

Mit den rechtlichen Fragen müssten sie sich ja nicht befassen, erwiderte Anatol erleichtert. Überhaupt fühlte er sich plötzlich befreit.

»Ich hätte vor dieser Kopetzky auf der Hut sein sollen!«, hielt sich Zachy vor. »Ich habe versagt«, und er starrte auf sein Telefon.

»Zachy, bitte! Es lag an der Lernplattform, nicht an dir!«

»Die KREIDE wird jetzt vergeblich auf ihre Schlagzeilen warten«, konnte Zachy an nichts anderes denken und schloss die Augen.

»Es kommt etwas Neues«, versuchte Anatol ihn zu trösten, sagte nicht laut dazu: *Die KREIDE braucht doch eh kein*

Mensch. Er rückte näher und setzte Zachy seine Mütze auf dessen hängenden Kopf: »Vergiss nicht: Wir haben doch den gleichen Geschmack – nur dir steht er besser!«, und er legte die Hand auf Zachys Schulter; dachte: *Natürlich hat sie sich nicht geschlagen gegeben. Fight back.*

W̲enige Tage nach seiner Ankunft musste Anatol sich krankschreiben lassen. Er verbrachte mehr als eine Woche mit Fieber im Bett. Zachy drängte ihn, die Gesundheits-Hotline 1450 zu wählen, es könnte schließlich Corona sein: »Ich selbst fühle mich gar nicht wohl.«

»Du musst erst die Geschichte mit der KREIDE verdauen«, meinte Anatol darauf.

»In meinem Ohr rauscht es eh wieder«, erwiderte Zachy.

»Siehst du!«

»Warum ausgerechnet jetzt die HNO-Ärztin auf Urlaub sein muss«, beschwerte sich Zachy.

Den asiatischen Imbiss betrat Anatol erst wieder in der dritten Februarwoche. Der Kellnerin konnte seine lange Abwesenheit nicht entgangen sein, sie nickte ihm allerdings kaum zu, verfolgte stattdessen mit angespanntem Blick die Nachrichten im Fernseher, der erneut eingeschaltet war. Es lief ein Bericht über die ersten Coronatodesfälle in Norditalien. Anatol verfolgte ihn kurz, schaute beim Essen lieber zum Fenster hinaus – aber keine Martha Kopetzky weit und breit.

In seiner Abteilung des Bildungsministeriums war die Stimmung weniger gedrückt als in der Agentur, vor allem

Zachy schien davon, dass die KREIDE torpediert worden war, nach wie vor in Mitleidenschaft gezogen zu sein. Sogar Kai versuchte Zachy zu trösten. Er sagte: »Die Skisaison wird auch nicht nur wegen ein paar Coronafällen beendet.«

Sieben Tage später wurde der Betrieb des letzten Skilifts eingestellt. Die metallenen Sessel schaukelten im Wind, die Sicherheitsbügel nach oben geklappt, während Anatol wahrscheinlich gleichzeitig mit Martha über den Beschluss der Bundesregierung in Kenntnis gesetzt wurde, dass die Schulen ab kommenden Mittwoch den normalen Unterricht einstellen würden, um die Ausbreitung des Coronavirus einzudämmen. Frau Blecha erklärte der einberufenen Lehrerschaft mit roten Wangen, dass es nur für Kinder, deren Eltern beruflich unabkömmlich waren, eine Sammelkasse geben werde, woraufhin die Betreuungsdienste eingeteilt wurden. Anatol packte unterdessen alle Sachen zusammen, die er brauchte, um von zu Hause aus arbeiten zu können.

Schon am frühen Nachmittag zurück in seiner Wohnung, ließ er ununterbrochen den Fernseher laufen. Er sah Bilder von einer Kolonne Militärtransporter mit übereinandergestapelten Särgen, die durch eine lombardische Nacht fuhren. Anatol schlug die Augen nieder. *Und ich habe Zachy noch ausgelacht*, dachte er. Auf einem anderen Sender starrten Kinder in Flipflops in die Kamera. Ein Reporter meinte, ein Ausbruch von Corona würde verheerende Auswirkungen haben. Die deutsche Nachrichtensprecherin sagte, es hätten sich mehrere EU-Staaten zur Aufnahme von Minderjährigen aus den griechischen Lagern bereit erklärt, das Nachbarland Österreich sei allerdings nicht dabei. Zusammenstehen müsse man jetzt, erklärte zum selben Zeitpunkt der Bundeskanzler im österreichischen Fernsehen, und lobte die

Vorbildlichkeit der Kirche, die den bevorstehenden Lockdown auch an Ostern mittragen wolle. Anatol drückte auf die Stand-by-Taste der Fernbedienung. Er ging in die Küche und holte sich eine *Cola light*. Dann setzte er sich wieder auf die Couch, klickte auf der Homepage einer Zeitung das Link zu einem Video an, in dem ein Mathematiker das exponentielle Wachstum der Coronafallzahlen erklärte, und schaltete darauf erneut den Fernseher ein.

Es war erst vier Uhr Nachmittag und Anatol entschied sich, noch ein paar Besorgungen zu machen. Um diese Zeit sollte der Supermarkt zumindest nicht stark besucht sein. Aber schon beim Eingang stießen Einkaufswagen gegeneinander und im Geschäft haschten viele Hände nach den Waren. Anatol stand vor einem zur Hälfte leer geräumten Konservenregal und griff zugleich mit der Supermarktkassiererin nach einer verschweißten Packung mit drei Dosen Mais. Sie lud, nachdem er ihr den Vortritt gelassen hatte, noch eine zweite Packung in den roten Einkaufskorb aus Plastik, sagte: »Ich muss die Pause nützen«, fügte an: »Bis zum Feierabend ist alles weg« und zeigte zum bereits leeren Regal mit den Teigwaren.

Als er anschließend an der Kassa wartete und von den Einkaufswagen vor ihm, in denen sich die Sachen türmten, in seinen Korb blickte, fragte er sich, ob er doch ein paar Konserven mehr hätte kaufen sollen.

Als er mit seinen wenigen Einkäufen schon vor der Haustür stand, beschloss Anatol spontan, noch einen Abstecher in Richtung Imbiss zu machen. Als er näherkam, verlangsamte sich sein Schritt, schließlich blieb er einen Moment vor den Fensterscheiben stehen. Er blickte ins Innere. Nicht einmal die Lichterkette brannte. Der Schnurvorhang blieb unbewegt. An der Glastür des asiatischen Imbisses hing ein Schild: *Vorübergehend geschlossen.*

Sein Telefon läutete. Am anderen Ende meldete sich Zachy, seine Stimme wie ausgewechselt: »Etwas Besseres hätte der KREIDE gar nicht passieren können!«

Das Virus hatte Marthas gesamte Aufklärungsarbeit befallen. Frau Blecha hatte zwar bereits alle Hebel in Gang gesetzt, die Implementierung der KREIDE an ihrer Schule abzubrechen, doch gleich nach der unverzüglich einberufenen Lehrerkonferenz telefonierte sie nervös mit den verschiedenen Verantwortlichen. Jetzt konnte es gar nicht schnell genug gehen. Und Kai lachte, als er kopfschüttelnd sagte: »Die Skisaison wurde abgebrochen, die Einführung der KREIDE aber nicht!« Kais Frau, die Tochter auf dem Arm, beschäftigte etwas anderes: »Der Kindergarten empfiehlt, die Kinder zu Hause zu betreuen.«

Martha sagte unterdessen am Telefon zu Frederika mit belegter Stimme: »Es war alles umsonst.« »Nichts ist umsonst!«, widersprach Frederika. »Wenn einmal das Geld ausgegeben ist«, bezweifelte Martha.

Lynn verstand am Telefon Marthas Niedergeschlagenheit: »Damian kann wenigstens bei ZOOM die Kamera ausschalten!«, meinte sie, aber um auch etwas Aufmunterndes zu sagen, fügte sie an: »Vielleicht schafft sich ja eure KREIDE durch ihren Einsatz selbst ab!«

»Was ich schon kommen und gehen gesehen habe«, versuchte Marthas Mutter sie zu trösten. Am Ende des Gesprächs meinte sie seufzend: »Du wirst mich wohl länger nicht besuchen können«, und sie fügte hinzu: »Der Abstand zu den anderen fällt mir ja nicht so schwer.«

Schon am Montag wurden an Marthas Schule die Tablets mit der installierten KREIDE-Lernplattform für alle Kinder zur Abholung bereitgestellt. Martha, die gleich für den Notbetrieb am ersten Tag eingeteilt war, half den wenigen anwesenden, zu einer Klasse zusammengefassten Kindern, sich ein Monster auszusuchen, mithilfe dessen sie Punkte sammeln konnten. Dunja, die einzige Schülerin aus ihrer Klasse, freute sich sehr über ihr rosa gepunktetes. Martha versuchte, sich in der KREIDE zurechtzufinden, und hoffte, dass die Kinder, die zu Hause saßen, dabei Unterstützung von ihren Eltern bekamen. Sie rief schlussendlich das Unterrichtsfach der ersten Stunde auf, sodass die Kinder die Aufgaben statt im Buch direkt am Computer ausführen konnten, und klickte auf *Start*: Ab jetzt wurde alles aufgezeichnet.

Während sich Dunja in der Klasse bald die Augen rieb, zog ihre Mutter einen Sack Kartoffeln über einen Scanner an einer Supermarktkassa unter einem Kameraauge, ihr Handgelenk in einer Manschette.

Als Martha nach diesem Tag schließlich auf ihrem Weg von der Schule zur U-Bahn-Station an dem Spielplatz vorbeikam, von dem normalerweise bereits von Weitem Kinderlachen zu hören war, flatterten im Wind die Enden des rot-weiß gestreiften Bandes, das ihn absperrte. Der Wind verzerrte auch die Durchsagen aus dem Megafon des

Polizeiautos, das am Donaukanal, an dem Martha etwas später Izzy ausführte, auf und ab fuhr. Da und dort hielt es an, um Verhaltensregeln aus dem heruntergelassenen Fenster klarzustellen. Durch das Gitter, das den U-Bahn-Schacht vom Gehweg trennte, sah Martha eine U-Bahn vorbeifahren, genauso menschenleer wie ihre Garnitur zuvor.

Frederika erzählte später am Telefon: »Auf den Baustellen geht alles weiter wie bisher – ich soll halt bloß nicht mehr hin« und sie seufzte: »Die Anzahl der weißen Blutkörperchen ist nicht berauschend – wohl eine Langzeitfolge und Eintrittskarte für die vulnerable Gruppe!«, ergänzte: »Besonders beliebt.«

Lynn meinte zu Martha: »Meine erste Vorlesung online war nicht gerade der Hit.«

Marthas Mutter sagte: »Gut, dass du schon im Sommer operiert worden bist!« und: »Unseren Computerraum haben sie übrigens abgeschlossen.«

A natol musste bei jeder gut gelaunten Nachricht, die ihm Zachy oder, so wie eben, Kai zukommen ließ, unwillkürlich an Martha Kopetzky denken. *Ob ich sie kontaktieren sollte?*, verspürte er mehr als Wunsch denn als Frage und verwarf den Gedanken sogleich wieder. Er seufzte und erhob sich vom Küchentisch. Im Hintergrund liefen tonlos Aufnahmen von unter Quarantäne gesetzten deutschen Schlachthöfen über den Schirm – die Arbeiter in ihren Quartieren so dicht nebeneinander wie die Schweine kopfüber am Haken. In dem Augenblick läutete sein Telefon.

»Auch eine Woche später gehöre ich noch zu keiner Risikogruppe«, beruhigte Anatol Hanna und versicherte ihr, sich nicht leichtsinnig zu verhalten. Aber nicht, dass er im Homeoffice vereinsame, machte sie sich Sorgen: »Mein Homeoffice ist ja das Meer«, sagte sie so, als müsse man sich diesbezüglich keine Gedanken um sie machen.

»Ich werd' schon nicht untergehen«, erwiderte Anatol, nur Giselas Grab hätte er gerne besucht, wollte er schon sagen, hielt es jedoch zurück. Er erkundigte sich stattdessen, was eigentlich aus dem neuen Team aus Forschungstauchern geworden sei. Alle hätten sich ins nächste Flugzeug gesetzt, sagte sie, fügte hinzu: »Inzwischen steht wenigstens der Flugverkehr still.«

Anatol verspürte einen Stich: Sie war geblieben. Und als hätte sie seinen Schmerz bemerkt, sagte sie, durch die Videoanrufe habe sie gar nicht das Gefühl, so weit von ihm weg zu sein. Dass er die Kamera meist ausgeschaltet hatte, ließ sie unter den Tisch fallen. Anatol kam ihr Vater in den Sinn und worüber sie wohl sprachen. Hanna unterbrach seine Gedanken damit, dass seine Kollegen Zachy und Kai bestimmt noch am Jubeln seien, und fragte ihn, ob denn den Kindern die KREIDE wirklich nicht erspart bleiben konnte. *Martha Kopetzky würde sich mit ihr verstehen*, dachte Anatol und seufzte nur als Antwort. Weil sich die Verbindung wie so oft verschlechtert hatte, fragte sie nach, was er gesagt habe, und daraufhin brach die Verbindung ganz ab. Anatol wählte erneut ihre Nummer, während am stummen Bildschirm Männer in weißen Schutzanzügen Holzsärge in ein Massengrab reihten, das auf dem vor der Bronx liegenden Armenfriedhof Hart Island ausgehoben worden war. Das Tuten des Besetztzeichens schallte durch die stille

Wohnung, dann kam er durch. Das wiederaufgenommene Gespräch beendete Hanna schließlich mit der Aussage, ginge es nach den Korallen, sollte der Lockdown für immer bestehen bleiben. »Aber nach dem Eingriff in deren Grundrechte fragt ja niemand.«

Als Anatol endgültig aufgelegt hatte, überkam ihn ein Gefühl des Diffusen. Er blickte von seinem Telefon in der Hand zum stumm geschalteten Fernseher, von dort zum Computerbildschirm, an dem eine Nachricht von Kai Schneeberger auf Antwort wartete – im Betreff stand »ZOOM-Meeting mit Schweden« –, weiter zum Kühlschrank mit der Teilnahmebestätigung der BETT-Messe, die er doch als Warnung aufgehängt hatte, hin zum Haken im Vorzimmer, an dem das rote Band mit dem Namensschild von der Messe gelandet war. Hannas Nachfrage, ob denn den Kindern die KREIDE wirklich nicht erspart bleiben konnte, hallte in seinem Kopf einmal mehr nach.

Dunjas Mutter saß nun – während ihre Tochter in der Schule auf das Tablet starrte – hinter einer Plexiglasscheibe mit einem Mund-Nasen-Schutz an der Kassa. Im Gegensatz zu Anatol, der bereits nach ein paar Minuten an seiner Maske herumnestelte, konnte sie ihre für die nächsten Stunden nicht abnehmen. Bevor er einen Einkaufskorb nahm, hielt er seine Hände unter den Ständer mit Desinfektionsmittel, der beim Eingang aufgestellt worden war. Weiße Bodenmarkierungen machten ab sofort auf den notwendigen Abstand aufmerksam. Beim Anstellen an der Kassa las er auf einer der ausgelegten Zeitungen die Schlagzeile *Kurz-arbeit setzt ein*. Am Rückweg fragte er sich vor dem Kino, in das Gisela so gerne gegangen war, ob es je wieder aufsperren würde.

Zu Hause räumte er seine Einkäufe ein, setzte sich vor den Fernseher und rief die Homepage des Zentralfriedhofes auf. Bisher hatte er die Bestimmungen immer der Zeitung entnommen. Von Friedhofsbesuchen sei weiterhin abzusehen, stand gleichfalls auf der Webseite, warum hätte sich auch etwas ändern sollen. Während am Fernseher der Werbeblock vor den Nachrichten lief, streiften seine Augen die Information, dass auf Begräbnissen maximal zehn Personen erlaubt waren, und die Empfehlung, man solle Umarmungen und Beileidsbekundungen wie Händeschütteln vermeiden. *Ein Begräbnis ist doch eine einzige Stütz- und Fließbewegung*, dachte Anatol, seufzte, scrollte weiter über die Homepage, las *Die Friedhöfe Wien launchen das Digitale Grab*, übersprang den digitalen Gedenkraum für Trauernde, während am Fernseher nach einer Waschmittelwerbung die Telefonnummer der *Frauenhelpline gegen Gewalt* eingeblendet wurde. Als die Erkennungsmelodie der Nachrichten ertönte, stießen seine Augen auf die Information *Wir entzünden gerne eine Grabkerze für Sie. Ein Anruf genügt*. Lediglich ein Unkostenbeitrag würde anfallen. Anatol überlegte, ob er anrufen sollte.

Unterdessen sagte die Nachrichtensprecherin, dass in Frankreich ab jetzt das Prinzip der Triage angewandt werden müsse. Anatol hob den Kopf, blickte auf Bilder von überfüllten Intensivstationen und musste daran denken, wie es wäre, wenn Gisela als Krebskranke noch am Leben wäre. Wie man ihr vielleicht jemand Gesünderen vorgezogen hätte. Oder sie auf jemand noch Kränkeren gehofft hätten, dessen Beatmungsgerät sie hätte bekommen können. Und was gewesen wäre, wenn sie nun im Sterben gelegen hätte, er jedoch wegen des Ansteckungsrisikos nicht zu ihr gelassen worden wäre. Die Vorstellung, ohne eine Möglichkeit, sich zu verabschieden, zurückzubleiben, warf ihn sofort nieder.

Und plötzlich traf ihn die Erkenntnis, dass er wahrscheinlich einmal allein sterben würde, ganz ohne Pandemie – Hanna weit weg in einem Korallenriff. *Zachy wird wohl nicht noch an meinem Sterbebett auftauchen*, dachte er. *Und Zachy selbst?* Der würde es bestimmt vorziehen, allein zu sterben. Das Sterben, hatte Zachy einmal gesagt, sei für ihn ein intimer Akt. Und wie bei allen intimen Akten wäre er auch bei diesem lieber nur mit sich beschäftigt.

Unweigerlich erwachte in Anatol wieder die Erinnerung an Giselas letzte Tage: Als bei ihr das Nahen des Todes sichtbar geworden war, hatte er – die Jacke über sich gelegt – auf einem Sessel neben ihrem Bett übernachtet. Denn es war ihm falsch erschienen, jemanden, mit dem man zusammengelebt hatte und der im Sterben lag, nur zu besuchen.

Und Anatol hatte das Sterben gleichzeitig unter- und überschätzt. Seine Angst hatte das Sterben überschätzt. Es war ihm vorgekommen, als wäre es nicht machbar, weil es so unzumutbar war. Unterschätzt hatte er, wie aufrührerisch das Sterben war. Anatol ahnte, dass es den Sterbenden in eine Einsamkeit stieß, aber auch in eine Freiheit. Anatol ängstigte diese Radikalität.

X
Preis

Wann die Kinder ihre Aufgaben machen und wie lange sie dafür brauchen, das kann ich nun genau mitverfolgen«, sagte Martha auf einem Spaziergang mit Frederika. »Es wird aufgezeichnet wie eine Fieberkurve.« Der Hund schnüffelte interessiert am Boden herum. Frederika, die besonders darauf achten sollte, den Abstand von eineinhalb Metern einzuhalten – Martha hatte es ihr oft genug gepredigt –, schüttelte den Kopf.

Die Luft war erstmals spürbar wärmer, Vögel hüpften zwischen noch kahlen Ästen, an den Zweigenden wurden erste Blattknospen sichtbar. Izzy hielt die Nase ins sprießende Gras. Martha war so konzentriert beim Schildern ihres neuen Alltags, dass der Hund beinahe etwas vom Boden gefressen hätte. Sie zog ihn mit einem Ruck weg, während sie weitererzählte.

Frederika, die sich inzwischen die Haube vom Kopf gezogen hatte, hörte in das Rufen einer Amsel von wöchentlichen Onlinekonferenzen in Kleingruppen, von Einzelgesprächen – »Ich kann doch nicht die Kinder hängen lassen!« – sowie davon, dass Martha die automatische Bewertung durch eine persönliche Einschätzung abzufedern versuchte.

»Mit was man sich alles arrangieren muss«, meinte Frederika darauf und der Hund glaubte, jetzt Marthas Seufzer nutzen zu können, aber sie riss ihn gerade noch zurück.

»Zum Beispiel, dass Izzy immer etwas Schimmliges fressen will!« und Martha seufzte erneut, ihr Schwanzwedeln ignorierend.

»Hast du Lynn schon angerufen?«, wechselte Frederika das Thema.

Martha schüttelte den Kopf.

»Probleme, Probleme«, sagte Frederika.

»Mit der Schule?«

»Das auch«, sagte Frederika.

Zu Hause angekommen legte sich der Hund unter den Schreibtisch und Martha rief Lynn an. »Der Lockdown wirft uns gänzlich aus der Bahn«, war das Erste, was Lynn sagte. Sie unterhielten sich lange, zum Schluss erfuhr Martha noch, dass Liams Hochzeit in Dublin wegen Corona hatte abgesagt werden müssen.

Nachdem sie aufgelegt hatte, wählte sie die Nummer ihrer Mutter. Nach Beendigung dieses Telefonats ließ sich Martha schließlich einen Burger liefern. Die Wartezeit nutzte sie, um Termine für Videogespräche an den Vormittagen, an denen sie nicht zur Notbetreuung in einer Klasse eingeteilt war, zu vergeben. Als Izzy bellend die Lieferung ankündigte, zuckte sie kurz zusammen.

Martha bückte sich nach dem Papiersack mit dem Essen, der vor ihrer Tür abgestellt worden war, und ging damit geradewegs zum Schreibtisch zurück. Sie öffnete die Verpackung, klappte den Burger auf, legte die Tomatenscheiben auf die Seite des Kartons, klappte den Burger wieder zu und biss hinein. Unterdessen begann sie die von der KREIDE ausgewertete Geschwindigkeit und gemessene Aufmerksamkeit ihrer Schüler in der letzten Woche zu studieren. Zwei von ihnen lagen weit über der durchschnittlichen Arbeitsgeschwindigkeit, was sie überraschte, waren sie in der Klasse doch immer ganz vorne dabei. Vor allem Sümmeyyes plötzlich abgefallene Leistung bereitete ihr Kopfzerbrechen. Auch die unterschiedlichen Zeiten, zu denen die Kinder ihre Aufgaben machten, erstaunten sie; und manche waren fleißiger als sonst, machten aber häufiger Fehler. Was sie jedoch wirklich beunruhigte, waren die Fälle, in denen die Hausaufgaben nur sporadisch erledigt wurden. Martha ertappte sich dabei, dass sie sich wünschte, noch mehr Informationen zur Verfügung gestellt zu bekommen. Als sie die Ergebnisse dieser mit denen der letzten Woche vergleichen wollte, stürzte die KREIDE ab. Sie startete den Computer neu und streichelte währenddessen Izzy. Nachdem der Computer hochgefahren und sie sich abermals eingeloggt hatte, notierte sie die Rückschlüsse, die sie aus dem Vergleich, auf den sie endlich Zugriff hatte, ziehen konnte und verfolgte aufs Neue die minutiösen Aufzeichnungen der Lerndaten der Woche. Auch an diesem Wochenende arbeitete Martha bis spät am Abend.

»Was übrigens deine Martha Kopetzky angeht«, meinte Zachy am Montag am Telefon zu Anatol und konnte sich ein Lachen nicht verkneifen: »Wenn mein Vorschlag umgesetzt worden wäre, den Eltern ein Beurteilungstool zu bieten, aus dem ein Ranking der besten Lehrer folgt, hätte sie fraglos die höchste Punkteanzahl erhalten!«

Während Sümeyyes kleiner Bruder ihr wiederholt in die Tastatur griff, der größere im selben Zimmer auf seinem Telefon einer Schulstunde zu folgen versuchte, sich die älteste Schwester im Türrahmen stretchte und ein Baby im

Hintergrund schrie, war es bei Nils zu Hause ganz still. Die Kamera zeigte ein großes Zimmer, in dem eine Holztreppe auf eine Galerie führte. Aufmerksam erledigte er die Aufgaben, die Spielsachen hinter ihm im Regal aufgereiht wie die Gedanken in seinem Kopf. Er arbeitete schnell, sein Gesicht, das in der Schule immer angespannt war, wirkte gelöst. Ab und zu hörte man den Vater, der die Kamera ganz offensichtlich doch nicht abgeklebt hatte, fragen, ob Nils Hilfe bräuchte, aber der machte nur eine abwehrende Handbewegung. Unterdessen saß Lisa am Küchentisch, hinter ihr hingen Küchenutensilien von einem Regalbrett, auf dem neben Gewürzen, Essig und Öl auch eine Packung *Aspirin* lag – daneben standen Hustensaft und eine halbvolle Babyflasche. Immer wieder fragte sie die Mutter etwas, die Gläser ihrer rosa geränderten Brille schlierig. Lisas Mutter kam ins Bild, die Augen müde, ein Neugeborenes in einer Babytrage. Meistens zuckte die Mutter nur mit den Schultern und ging wieder. Einmal hörte man sie im Hintergrund zu jemandem sagen: »Steh' endlich auf!« Während Gerry ständig aufsprang und etwas anderes begann, um gleich darauf eine neue Idee umzusetzen, die er für eine weitere fallen ließ. Er schien in einem Hobbyraum zu sitzen, an den Wänden ein Netz mit Bällen und Tennisschläger, von denen Gerry regelmäßig einen nahm und damit in der Luft herumwirbelte, wenn er sich nicht gerade stattdessen einen Hammer von der Werkbank schnappte. Wiederholt hörte man die Stimme seiner Mutter, die versuchte, ihren Sohn zurück vor den Computer zu zwingen – hatte sie nicht gelesen, dass das digitale Lernen insbesondere Kindern mit Konzentrationsschwierigkeiten entgegenkam? Sie klang am Anfang streng, bald entnervt, mit der Zeit resigniert, einmal brüchig.

All das wurde aufgezeichnet und die Auswertung der Lerndaten würde auf ewig abrufbar sein.

Es würde auch nicht lange dauern, bis Gerrys Mutter, sobald sie einen Begriff in die Suchmaschine eintippte, Werbung für ein pflanzliches Mittel erhielt, das die Konzentration förderte.

Z achy hatte gerade am Telefon mit seinem Vater gesprochen. »Du bist ein guter Sohn«, hatte der Vater zum Abschied gesagt, seine Aussprache verwaschen. *Für dich eher ein Vater*, dachte Zachy und tippte, nachdem die Verbindung getrennt war, auf Anatols Nummer, vielleicht, weil er bei Anatol auch einmal wie ein Sohn sein konnte. Noch während der Freiton erklang, beschlich ihn die Ahnung: Dem Kümmern zu entkommen ist schwerer als gedacht.

»Stell den Fernseher an, Zachy!«, rief Anatol statt einer Begrüßung aufgeregt ins Telefon, »die Hallen der BETT-Messe!«

»Ich habe gar keinen Fernseher mehr«, erwiderte Zachy.

»Das über allem thronende Google-Symbol ist abmontiert worden!«, frohlockte Anatol: »Jetzt werden dort Betten aufgestellt!«

»Betten?«, fragte Zachy.

»Vielleicht liegt ja der Roboter schon in einem!«, rief Anatol.

»Die Kapazität reicht für die Versorgung von fünfhundert Coronapatienten«, gab er sogleich die Worte der Reporterin vor Ort wieder und rekapitulierte: »Auf Besserung hat man bereits damals nur hoffen können!«

»Übertreib mal nicht«, widersprach nun Zachy, »immerhin gilt die KREIDE inzwischen als eine Art Heilmittel für die Bildung in Coronazeiten!«

»Heilmittel? Mir liegt sie bloß im Magen!«, konterte Anatol, dachte dabei an Martha Kopetzky.

»Papperlapapp! Was dir fehlt, ist eher Bewegung, ich schick' dir ein Link zu einem YouTube-Bodycoach!«, und Zachy fügte an: »Sogar mein Vater macht nun regelmäßig Übungen«, wusste jedoch selbst, dass dies nicht stimmen konnte.

»Was kann mich noch retten?«, sagte Anatol laut, nachdem er aufgelegt hatte, schaltete den Fernseher aus, wiederholte trotzig: »Die KREIDE liegt mir im Magen!«

Und darauf vernahm er, zum ersten Mal nach langer Zeit, Giselas Stimme: »Spuck sie aus, wenn du kein Wolf sein willst, der Geißlein frisst!«

Anatol schluckte.

»Bist es nicht du gewesen – der mit meinem roten Seidenschal am Hotelfenster in einer Londoner Nacht?«

Er nickte unmerklich.

»Hattest du da die Märchen nicht satt?«

Anatol seufzte.

»Das Ende deines Märchens kennt jedenfalls jedes Kind.«

Was kann mich noch retten?

Gisela im Ohr begann Anatol schnell zu rechnen. Seine ganzen Arbeitsjahre über hatte er nicht gespart, allerdings hatte er stets weniger ausgegeben als verdient. Abgesichert war er jedoch vor allem – *Ausgerechnet*, dachte er – durch den Anteil, den er nach Giselas Tod geerbt hatte. Und er dachte an sein Netz an Kontakten. Außerdem konnte er doch nicht der Einzige sein, dem die vom Bildungsministerium eingeschlagene Richtung gegen den Strich ging. Gut denkbar, dass jemand auf ihn zugehen würde. Aber in seinem Alter einen Beamtenstatus aufgeben? Er seufzte; einmal und ein zweites Mal; schließlich sagte er leise: »Ich kann es nicht tun.«

Hörte er sie flüstern: »Wolf«?

»Mir fehlt der Mut.«

Am Ende wählte er die Nummer des Friedhofes und fragte, ob sie eine Kerze für ihn entzünden könnten. Dann schaltete er den Fernseher geschwind wieder an und drückte gleich mehrmals auf den Lautstärkeregler – um jeden Protest zu übertönen.

Lynn kam in die Küche. Aus dem Zimmer nebenan wummerte die Musik ihres Sohnes, Joshua stand mit Kopfhörern an der Küchenzeile und würfelte Kartoffeln. *Ob ich da bin oder nicht – kein Unterschied*, dachte Lynn und ging zurück in ihr Arbeitszimmer, setzte sich wieder an ihren Artikel, dessen Abgabetermin bereits vorgestern gewesen war, auch die Vorbereitung des Dissertantenseminars hätte längst geschehen sollen. Sie seufzte, musste daran denken, wie sie selbst als Studentin in so einem Seminar gesessen hatte; genau in dem, in welches Joshua – um eine Zigarette verspätet – getreten war, sie scheinbar überhaupt nicht wahrnehmend. Sie hätte nie gedacht, dass sie mit ihm tatsächlich zusammenkommen, ja, sie sogar ein gemeinsames Kind haben würden.

Joshua war ihr wie eine der Initialen aus der Buchmalerei

erschienen. Golden und alles überstrahlend, von Ornamenten in Zinnober, Safran, Azurit und Ranken in Malachitgrün umgeben. Der Bass aus Damians Zimmer wummerte weiter durch die Wohnung und Lynn erhob sich, ging in die Küche zurück, in der Joshua nun in einem Topf rührte und dabei zu der Musik aus seinen Kopfhörern wippte. Seitdem er das Rauchen reduziert hatte, sah sie ihn vor allem damit auf den Ohren. Sie klopfte gegen die Tür des Kinderzimmers, beklebt mit *No Nazis!* und *Zona Antifa* über Resten eines Peace-Zeichens aus früheren Zeiten. Nach dem dritten Klopfen ging sie auf. Ob er endlich die Hausübung gemacht habe, fragte Lynn und erntete ein Lächeln – so fein, als wäre es von einem mittelalterlichen Mönch mit einem Gänsekiel gemalt worden. Joshua, der mit seinen Kopfhörern nichts mitbekam, summte im Hintergrund. »Später«, war die Antwort ihres Sohnes und in Lynn kroch Wut hoch. Wie oft hatte sie das nicht schon gehört! Und obwohl sie begriff, dass sie in eine Tirade verfallen würde, konnte sie sich nicht selbst davon abhalten. Damian lehnte gelangweilt am Türrahmen, die Finger im Jeansbund, ließ Lynn reden, bis sie es aufgab und zurück in ihr Zimmer stapfte, vorbei an Joshua, der seltsam versonnen in den Topf blickte, dabei weitersummte. Sie versuchte sich am Schreibtisch zu konzentrieren, vor sich Abbildungen von Knotenmustern in Bleiweiß und Rußschwarz, vielfach verschlungen. Die Musik – Bob Marley? – musste noch lauter gedreht worden sein, sie dachte: *Geschieht mir zeternder Mutter recht*, und gleichzeitig: *Das habe ich nicht verdient*, dachte an ihren Bob Marley in der Küche – und daran, dass das Gold in den von ihr erforschten Handschriften über Jahrhunderte nicht abblätterte.

Und hatte sie nicht vor Kurzem Frederika auf einem der unzähligen Spaziergänge erklärt, dass sie zusammengehörten, trotz allem irgendwie. Und Frederika hatte darauf einmal nichts geantwortet, was noch beunruhigender war. Lynn stützte an ihrem Schreibtisch den Kopf auf. *Ich stecke mitten im Knotenmuster*, dachte sie.

Die KREIDE hatte ihre Schlagzeile bekommen: *Vorreiter der digitalen Bildung* stand gleich auf mehreren Titelseiten.

Zachy schrieb Anatol: »Du hast am *Heathrow Airport* recht gehabt! Die Zukunft lässt sich immer ändern.«

»Gratulation! Genau so habe ich es gemeint«, antwortete Anatol, musste an Giselas Worte denken, an Hannas auch, und an Martha Kopetzky natürlich.

Zachy wurde in den nächsten Tagen um zahlreiche Interviews gebeten. »Jetzt bin ich systemrelevant«, scherzte er Anatol gegenüber am Telefon. »Frauen und Migranten sind hauptsächlich systemrelevant, lieber Zachy – aber du wirst ja auch besser bezahlt«, erwiderte Anatol. Zachy malte sich in seiner Singlewohnung, die er möglichst nicht verlassen sollte, schon ein Leben als Vorreiter aus. Er war vielleicht nicht Jeff Koerner, doch Ada Mazur hatte sich bereits bei ihm gemeldet.

Ada saß in ihrer Wohnung, blickte aus dem Fenster vor ihrem Schreibtisch, das auf eine graue Wand hinausging, und biss an ihren Nägeln herum.

»Mit deinen Bangladesch-Plänen«, hörte sie aus der Küche, »sieht es schlecht aus, fürchte ich.«

Fürchte ich, dachte Ada. Ihr Freund kam ins Zimmer: »Bangladesch läuft ja nicht weg«, und schlang seine Arme um sie.

Bangladesch nicht, dachte sie und wand sich aus seiner Umarmung: »Ich drehe eine Runde«, und sie ging in den Vorraum.

»Was dagegen, wenn ich mich anschließe?«, er kam schon nach, griff ohne Zögern nach seinen Turnschuhen.

»Vielleicht bleibe ich doch da«, sagte Ada und stellte ihre wieder zurück.

»Gut«, sagte der Freund, ließ die Schnürsenkel los und zog die Schuhe wieder aus.

Ada ging stumm zu ihrem Computer am Schreibtisch zurück, gab ein: »Wien–Dhaka« und durchkämmte die Flugverbindungen, die von Woche zu Woche teurer wurden. Ihr Freund blickte ihr über die Schulter. »Du willst mich wohl leiden sehen?« und er küsste sie in den Nacken, meinte: »Weißt du, was ich auf die berühmte einsame Insel mitnehmen würde?«

Sie starrte auf »Wien–Dhaka«, schüttelte den Kopf.

»Dreimal darfst du raten!«

Warum meldet sich Zachy Reisinger nicht zurück?, dachte sie.

Nachdem Kai aus seinem Arbeitszimmer aufgetaucht war, um seiner Familie stolz von der Schlagzeile zu erzählen, war die Antwort seiner Frau: »Dann hast du jetzt also noch weniger Zeit für uns.«

»Was ist ein Vorreiter?«, wollte Kais Sohn unterdessen wissen, blickte von seinen Vorschulübungen auf.

»Das ist wie ein Cowboy«, erklärte Kai, schaute mitleidig auf den schlecht kopierten Zettel, der vor seinem Sohn lag.

»Das bin ich doch genauso!«, rief der Sohn.

»Ein Lasso brauchst du auch, um deinen Vater einzufangen«, kommentierte die Mutter, mit dem Blick Kai zurück zum Arbeitszimmer folgend. *Und dessen Schlinge würde ich am liebsten selbst zuziehen*, dachte sie und stand auf, um nach der schlafenden Tochter zu sehen.

Frau Blecha hielt zur selben Zeit die Zeitung mit der Schlagzeile in die Kamera der online abgehaltenen Lehrerkonferenz und tippte auf die Zeile mit dem Namen ihrer Schule. Dann pries sie ausgiebig Marthas Engagement. *Die will mich wohl mundtot loben*, dachte Martha, schielte zum Mozartlikör in ihrem Regal – ein Abschlussgeschenk, für sie aber untrennbar mit einem Altersheimbesuch verbunden. Pionierarbeit habe Martha geleistet, sagte Frau Blecha. Martha fragte sich, warum sie immer nur Siege errang, um die sie gar nicht gekämpft hatte. Genauso wenig wie sie hatte allein sein wollen, und immer besser darin wurde.

Martha kürzte schließlich das Lob der Direktorin ab, indem sie das Kollegium wissen ließ, wie oft die Verbindung ungenügend war und Links nicht geöffnet werden konnten. Eine Handvoll Kinder ihrer Klasse hätte zu Hause auch nicht die nötige Unterstützung, sich zurechtzufinden, untergrub Martha weiter ihr eigenes Lob. Vor allem die Lernschwachen seien zurückgefallen.

Die Antwort der Direktorin darauf war erneutes Lob für Marthas Einsatz. Nach dem Ende der Konferenz meldete sich eine Lehrerin nach der anderen – alles Namen auf der von Martha initiierten Unterschriftenliste –, um von Martha Tipps für den Onlineunterricht zu bekommen. Martha stand auf und öffnete den Mozartlikör.

Eine Woche später erfolgten die ersten Lockerungen der Coronaschutzmaßnahmen. Martha hörte im Radio gerade einen Bericht darüber, dass *Distance Learning* die Unterschiede unter den Schülern weiter vergrößerte, da übergab sich Izzy. Martha holte die Küchenrolle, während eine Lehrerin das Gefühl der Hilflosigkeit beschrieb, wenn sie einen Schüler gar nicht mehr erreichte. *Kommt mir bekannt vor*, dachte Martha. Eine Psychologin hob darauf die soziale Funktion von Schulen hervor. Insbesondere armutsbedrohte Kinder hätten durch den Lockdown ihren sichersten Ort verloren. Der Hund übergab sich ein zweites Mal. Datenschützer meldeten sich zu Wort. »Die sollten mal die KREIDE kennenlernen«, sagte Martha nun laut beim erneuten Aufwischen in deren Bedenken, dass unbefugte Dritte Kinderdaten zur Profilbildung verwenden könnten. Dann schaltete sie das Radio aus und rief beim Tierarzt an.

Martha wartete allein in der Ordination, sonst war diese immer bis auf den letzten Platz voll gewesen. Sie hörte die Ordinationshilfe am Telefon sagen, dass sie aus guten Gründen keine Lehrerin geworden sei, das könnten ihre Kinder jetzt bestätigen. Der Tierarzt begrüßte Martha mit den Worten, Hybrides Lernen läge im Trend, er fahre ja auch ein Hybridauto. Während er Izzy abhörte, sagte Martha: »Manche haben nicht einmal ein Kinderzimmer.« Der Tierarzt stellte eine Magenverstimmung fest.

Mit hängendem Kopf trottete der Hund neben Martha nach Hause, überholt wurden sie von Fahrradfahrern, Joggern, sogar Spaziergängern. Matt legte Izzy sich unter Marthas Schreibtisch.

Anatol hörte im selben Fernsehprogramm wie Martha – beide hatten es auf extra laut gestellt – den Leiter des *Direk-*

torats für Bildung der OECD sagen, dass der nun erzwungene Onlineunterricht eine große Chance für den digitalen Ausbau der Lernsoftware sei. Ein *Edupreneur* sprach im Anschluss von der »neuen Normalität« und problematisierte das Nachhinken der Bildung in Sachen Digitalisierung. Sein Start-up habe indessen ein neues Produkt entwickelt, das hiermit platziert war. Anatol drückte auf den Ausschaltknopf, tröstete sich mit dem letzten Nikolaus vom Fensterbrett, der noch vom Dezember übrig geblieben war. Martha sagte zum eingerollten Hund: »Zeit für eine neue Unterschriftenliste!«

W ir bekommen den ersten Preis für das innovativste Lernprojekt in der Coronakrise!«, rief Zachy drei Tage nach den Lockerungen glücklich in Anatols Telefon: »Zur Preisverleihung werde ich deine Mütze in die Kamera halten!«, versprach er.

»Der Preis wird doch keine Ente sein«, antwortete Anatol gedämpft.

»Kai hat einen Freudentanz aufgeführt«, ging Zachy darüber hinweg, »im Unterhemd auf unserer Terrasse – aber er ist ja noch immer der Einzige im Büro«, und er setzte fort: »Frau Blecha hat natürlich auch schon gratuliert«, und Zachy schloss seine Erzählung mit: »Allein von Martha Kopetzky habe ich noch nichts gehört.«

»Mit dem Preis wird meine die einzige Unterschrift auf der neuen Petition bleiben«, sagte Martha betrübt zu Lynn am Telefon.

»Abwarten«, meinte Lynn zuversichtlich.

»Ach«, antwortete Martha bloß resigniert.

Beim Auflegen dachte Lynn: *Als ob abzuwarten jemals irgendwem geholfen hätte.*

»Martha«, schimpfte Frederika mit ihr, »du wirst dich doch nicht von einem lächerlichen Preis einschüchtern lassen!«

»Ich mich eh nicht«, erwiderte Martha, »aber in der Schule tut jeder so, als hätte er nicht schon einmal unterschrieben.«

»Das überrascht dich?«, sagte Frederika: »Die wirkliche Überraschung wird sein, wenn sie ein zweites Mal unterschreiben – du wirst sehen!«

Zachy wiederum war überrascht, als sein Vater anrief, um ihm zu seinem Erfolg zu gratulieren. Er habe davon in der Zeitung gelesen. »Sogar die Nachbarn haben mich darauf angesprochen«, sagte der Vater stolz. Und dass er das Glas auf den Preis erheben werde. Nachdem St. Anton unter Quarantäne gesetzt worden war, hatte er dasselbe gesagt.

Zachy erhielt noch eine Nachricht. »Wollen wir beim Teich im Stadtpark auf den Preis anstoßen?«, schrieb ihm Ada Mazur: »Ich sorge für die Getränke.«

A ls Ada nackt vor Zachy stand, hatte sie das Wissen, jemandem anderen gerade etwas anzutun, die Kleider nicht wieder anlegen lassen. Während Zachy sein Hemd aufknöpfte, erzählte sie von einem Zeitungsinterview mit Koerner. Kurz darauf lagen sie nebeneinander im Bett und er küsste mehrmals zärtlich ihren Leberfleck. Das gefiel ihr, selbst wenn sie nur vorhatte, Zachy zu benutzen. Ihre Gerüche begannen sich bald zu vermengen, ihre Körper drängten ineinander.

Sie stand wenig später unter der Dusche, als Zachy in den beschlagenen Spiegel sagte: »Schade, dass du schon wegmusst.« Sie antwortete nicht darauf, dachte, dass sie es auch schade fand, fast. Und dass sie ihn nie wiedersehen würde.

Als sie seine Wohnung verließ, um nach Hause zu gehen, wusste sie nicht, dass normalerweise Zachy es war, der von Verabredungen in seine eigene Wohnung zurückkam. Sie dachte lediglich an den Mann in der gemeinsamen Wohnung. In absehbarer Zeit sollte er ihrer Vergangenheit angehören, das hatte sie bezwecken wollen und obwohl sie sich schäbig vorkam, fühlte sie sich jetzt schon entlastet.

»Ich war gerade in Bangladesch« – so kündigte sie ihren Treuebruch beim Aufschließen der Tür an. Der Freund weinte und verfluchte sie sogar, sehnte sich jedoch ungebrochen nach ihr. Und sie dachte: *Wie grausam muss ich denn noch sein.* Am nächsten Tag war der Flug nach Dhaka gebucht.

Von Zachy erhielt sie am gleichen Abend eine Nachricht. Er schrieb ihr, dass er sie gerne ein weiteres Mal treffen würde. Sie schrieb ihm, dass sie ihn benutzt habe, um sich zu trennen; fügte an: »Das tut mir nicht leid, trotzdem will ich mich doch dafür entschuldigen.« Er antwortete: »Es ist schön mit dir gewesen, du brauchst dich nicht zu entschuldigen.« »Mein Flug nach Dhaka ist auch endlich gebucht«, ließ sie ihn darauf wissen. Er tippte: »Benutzen, fliegen – was weiß man schon vom Lieben!« und: »Grüß mir Jeff in Bangladesch!«

Mittlerweile kannte Martha das Prozedere: Zuerst wurde Fieber gemessen, dann musste sie sich in eine Liste eintragen. Sie wurde jedes Mal aufs Neue darauf hingewiesen, dass dreißig Minuten Besuchszeit vorgesehen waren. Sie durchschritt sodann den Eingangsbereich, im Speisesaal zu ihrer Rechten waren die Stühle noch immer umgekehrt auf die Tische gestellt. Die Bibliothek zur Linken blieb ebenso verschlossen, genauso der Aufenthaltsraum. Martha bog ab und ging den Gang entlang. *Ob ich auf den Mann mit dem Rollator vielleicht heute treffe?* Eine Pflegerin mit FFP2-Maske erschien mit einem leeren Rollstuhl am Gang, sie nickte Martha zu, die Hände in Latexhandschuhen. Martha wartete auf den Lift und fuhr in den zweiten Stock. In der Mitte des Ganges öffnete sich eine Tür und eine Frau im Morgenmantel streckte den Kopf heraus. Sobald sie Martha erblickt hatte, machte sie sofort wieder zu. Martha ging zwei Türen weiter. Sie klopfte an und trat ein.

Die Mutter saß drinnen am Tisch und als Martha hereinkam, schob sie ihr einen Vanillepudding hin. Martha deutete auf ihren Mundschutz, setzte sich gegenüber an die Breitseite des Tisches.

»So berühmt ist die Nachspeise ohnedies nicht«, sagte die Mutter und tauchte den Löffel in den Pudding. In dem Moment läutete das Telefon, das ihr Martha kurz vor dem Lockdown geschenkt hatte. Martha zog erstaunt die Augenbrauen hoch.

»Ich ruf' später zurück«, ließ sich die Mutter nicht in die Karten blicken, wer außer Martha sie noch anrief. Sie nahm einen Löffel Pudding und sagte: »Ich bin vom neuen Telefon wirklich begeistert«, und fügte hinzu: »Schade, dass ich nicht mehr alle technischen Neuerungen erleben werde.«

»Solange einem nichts aufgeschwatzt wird«, sagte Martha.

»Du hast mir doch das Telefon aufgeschwatzt«, erwiderte die Mutter, nahm einen weiteren Löffel.

»Leider habe ich nichts daran verdient!«

»Martha, das hätte meine Nachbarin hören sollen«, meinte die Mutter, »für die wurden Lehrer bloß fürs Freihaben bezahlt«, und sie fügte an: »Vor ein paar Tagen ist in ihre Wohnung der nette Herr eingezogen, der mich vorher angerufen hat.«

Noch bevor Martha jedoch nun eine Frage stellen konnte, lenkte sie ab: »Und wann beginnt wieder der normale Unterricht?«, und sie kratzte den letzten Rest Pudding aus der Schüssel.

»Morgen dürfen die Kinder zurückkommen«, tat Martha so, als wüsste das die Mutter nicht längst.

»Ich habe übrigens einen Zeitungsartikel ausgeschnitten, in dem deine Schule vorkommt«, und die Mutter ergänzte entschuldigend: »Der Preis natürlich auch«, zeigte mit dem Löffel auf ein Regal: »Dort oben muss er liegen.«

Martha erhob sich und erkannte sogleich Zacharias Reisingers Gesicht. »Den Artikel kenne ich noch gar nicht«, sagte sie, begann zu lesen. »In allen Zeitungen dasselbe Loblied«, murmelte sie, »das innovativste Lernprojekt!« und sie verdrehte ihre Augen.

»Hätt' ich gewusst, dass dich der Artikel dermaßen ärgert –«, sagte die Mutter, fügte an: »Und ich versteh' dich. Wir kriegen ja oft genug etwas Neues angepriesen – ob wir wollen oder nicht«, brummte: »Aufmerksamkeit und Zuwendung wären mal was anderes.« Daraufhin streckte sie die Hand nach Martha aus und meinte: »Deswegen freuen sich die Kinder morgen sicher auf dich!«

Als Martha wieder im Erdgeschoss Richtung Ausgang schritt, vorbei an der abgeschlossenen Bibliothek, hörte sie eine Frau im weißem Kittel zu einer anderen sagen: »Der Horvath ist unglaublich abgefallen.« »Ja, die Jovanovic hat auch innerhalb kürzester Zeit abgebaut.« *Sitzenbleiben in der Schule, Liegenbleiben hier,* dachte Martha und verließ das Altersheim.

Am nächsten Morgen betraten die Kinder mit Abstand hintereinander die Klasse, obwohl sie gerne hineingestürmt wären. Gerry schaffte das nur, indem er das Mädchen vor sich überholte. Die Kinder trugen alle einen Mundschutz und hatten ihre Hände bereits beim Schuleingang desinfizieren müssen – Nils hatte sie gleich zwei Mal unter den Spender gehalten. Sümeyye hätte am liebsten Martha, die beim Eingang zum Klassenzimmer stand, umarmen wollen. Die Fenster standen offen, Martha hatte ein lachendes Gesicht an die Tafel gemalt. Dunja gab damit an, dass sie ihr, wie immer in der Frühaufsicht, hatte helfen dürfen. Martha fühlte noch den Kreidestaub auf ihren Fingern, während das Lachen der Kinder die Klasse erfüllte: Endlich zurück in der Schule!

Als Anatol das erste Mal wieder den Zentralfriedhof betrat, war es ein strahlender Tag. Anatol lächelte beim Näherkommen. »Hallo«, sagte er und strich liebevoll über ihr Foto, war versucht, ihr den Seidenschal über die eine Schulter zu ziehen. Er stellte Blumen in die Vase, zündete die Kerze an, stand einen Moment in Gedanken versunken vor ihrem Grab. Ein Vogel hüpfte vorbei. Da erst drehte er den Kopf zum Nebengrab. Verlassen lag es da. Er zog eine Blume aus seinem mitgebrachten Strauß und steckte sie in die dortige Vase. Dann holte er Wasser für beide Gräber.

Zurück am Ring beschloss er, ein Stück am Donaukanal entlangzugehen, weil das Wetter so schön war. Die nächste Brücke, die er überqueren musste, um nach Hause zu gelangen, war schon in Sicht.

Zachy war auf das Joggen so konzentriert, dass er an Anatol vorbeilief. Anatol rief ihm über die Schulter zu. Zachy drehte sich um, lachte, sagte: »Nach den Ausgangsbeschränkungen freust du dich sogar über mich!«

»Alles hat seine Vorteile«, erwiderte Anatol.

Zachy meinte: »Du wirst dich doch nicht auf dem Weg zum asiatischen Imbiss auf die andere Seite des Flusses verirrt haben – existiert er überhaupt noch?«

»Er wird gerade umgebaut.«

Zachy versprach: »Wenn er wieder eröffnet, gehen wir zusammen hin – und feiern den Preis!«, und er sagte: »Eine Onlinepreisverleihung ist ja nur der halbe Spaß.«

Anatol lachte auf. »Das sagst ausgerechnet du!«

»In einem Bett, das es wirklich gibt, schläft man besser«, antwortete Zachy daraufhin, »– hat Einstein gesagt«, und er zwinkerte.

Anatol winkte ab, murmelte: »Du mit deinen Betten.«

»Der Kai kommt übrigens aus seinem gerade nicht mehr heraus«, erzählte da Zachy.

Anatol zog die Augenbrauen in die Höhe.

»Burn-out«, erläuterte Zachy.

»Ich dachte, er steckt in einer Scheidung.«

»Das auch«, antwortete Zachy.

Kai ist also doch zerbrechlich, dachte Anatol. Wie es denn die Kinder aufnehmen würden, vor allem der Ältere, erkundigte er sich. »Sie haben ohnehin die meiste Zeit mit ihrer Mutter verbracht – und diese damit, auf den Vater zu schimpfen«, meinte Zachy: »Weißt du, im Lockdown hat sich der Kai oft im Büro versteckt – einer müsse ja schließlich den Leguan füttern, hatte er seiner Frau erklärt. Er ist dann meistens auf der Terrasse gestanden und hat – wenn er nicht gerade im Unterhemd herumgetanzt ist – einfach nur hinuntergeschaut, so hat er's mir zumindest erzählt.« Zachy streckte sich kurz, meinte mit in die Stimme gelegter Zuversicht: »Aber der kommt schon wieder auf die Beine!«, und in der Zwischenzeit werde er ihn vertreten.

»Pass bloß auf deinen Tinnitus auf!«, riet Anatol.

»Die HNO-Ärztin ist auf der Intensivstation gelegen«, war Zachys nächste Meldung, und er erklärte: »Kein Tinnitus, bevor sie zurück in der Ordination ist!«, gab aber zu: »Es gibt wirklich viel zu viel zu tun. Die KREIDE ist groß herausgekommen«, und schon strahlte er wieder – Erfolg war sein Aufputschmittel – und er ergänzte: »Daran hast auch du deinen Anteil!«

»Vor allem das Virus«, unterstrich sogleich Anatol und bedauerte: »Ich bin nicht so ansteckend.«

»Wer weiß«, sagte Zachy und machte einen Schritt zurück.

»Gegen mich bist du immun, Zachy!«

»Das wird sich zeigen!«

»Wetten!«, meinte Anatol.

Zachy lachte. Er verschränkte nun die Hände hinter dem Rücken und erkundigte sich, ob sich Anatol schon Gedanken über Urlaub gemacht habe, zu verreisen werde ja bald wieder möglich sein: »An deiner Stelle würde ich jetzt meine Tochter besuchen.«

Hanna hatte seit Ende des Lockdowns kein einziges Mal eine Einladung ausgesprochen, dachte Anatol und informierte sich statt einer Antwort über Zachys Urlaubspläne.

»Ich werde wohl in die Berge fahren«, sagte Zachy, »Mein Vater ist ja dort«, und dachte an den steilen Abhang, der auf ihn wartete, streckte dabei die Arme weit nach oben.

»Das wusste ich gar nicht«, sagte Anatol, bemerkte, Zachy müsse seinen Vater gernhaben, wenn er ihn so oft besuche.

Zachy blickte ihn einen Moment lang wortlos an. »Das habe ich«, sagte er dann.

Sein Vater sei schon gestorben, erwiderte Anatol.

Und da sagte Zachy: »Meiner trinkt sich zu Tode.« Anatol sah ihn einen Augenblick erstaunt an. Hatte er sich verhört?

»Aber ich versuche, ihn davon abzuhalten«, sprach Zachy mit plötzlich feuchten Augen weiter, lachte unwillkürlich auf und meinte: »Ich weiß allerdings nicht, ob es mir gelingt!«

»Dafür solltest du einen Preis bekommen, Zachy!«, sagte Anatol und legte ihm die Hand auf die Schulter.

Wenige Tage nach ihrem zufälligen Zusammentreffen ließ Zachy Anatol wissen, dass er im Bildungsministerium etwas für ihn abgegeben hatte, sodass Anatol auf dem Rückweg vom Friedhof einen Abstecher dorthin machte. Ein paar Unterlagen mehr für eine Besprechung mit

Kai, die er für heute am späten Nachmittag einberufen hatte – überraschend, nach dem, was Zachy erzählt hatte –, würde er bei dieser Gelegenheit gleich mitnehmen.

Die meisten aus seiner Abteilung waren wie er nach wie vor im Homeoffice. Da und dort winkte er in eine offene Tür und in der Teeküche bekam er ein in Alufolie gewickeltes Stück Quiche mitgegeben. Am Gang wechselte er noch ein paar Worte mit der Reinigungskraft und schließlich betrat er sein Büro. Einen Moment hielt er inne – keine gerissene Lamelle, die schräg ins Fenster hing, sondern eine hochgezogene Jalousie! Er trat schnurstracks ans Fenster, probierte. Sie war tatsächlich gerichtet worden. *Zachy wird es nicht für möglich halten*, dachte er, drehte sich darauf zu seinem Schreibtisch, auf dem ein Päckchen lag. Das musste es sein, was Zachy für ihn hinterlegen hatte lassen. Das Stück Quiche inzwischen abgelegt, tastete er es kurz ab, zuckte mit den Schultern und gab das Päckchen in den Rucksack, aus dem es oben etwas herausschaute, sodass er den Reißverschluss nicht gänzlich zuziehen würde können. Schlussendlich begann er die Papiere zusammenzusuchen. Dabei sprang ihm die Schneekugel ins Auge. Kurzerhand steckte er sie in seine Jackentasche, beförderte weitere Papiere in seinen Rucksack und verließ nach einem neuerlichen Winken in die Küche und die offenen Türen das Ministerium. Er freute sich auf Zuhause, stellte er auf dem Heimweg in der U-Bahn fest.

Dort angekommen, legte er Zachys Päckchen und das Stück Quiche auf den Tisch, griff in die Jackentasche, holte die Schneekugel mit dem Foto darin hervor, wischte mit seinem Ärmel darüber und setzte sie auf den Kühlschrank. Mit einem Teller in der Hand ging er zurück zum Küchentisch, beschloss aber, zuerst das Päckchen zu öffnen. Das Auffälligste war dessen Länge. *Am Ende ist es ein Werbebanner für die* KREIDE, dachte er, löste das Klebeband und wickelte das Geschenk langsam aus dem Papier. Zuerst runzelte er die Stirn, dann hob er die Augenbrauen, schließlich musste er lachen: »Ein Schnurvorhang!« Er schüttelte den Kopf: »Dieser Zachy!« Noch dazu in Blau. Unweigerlich kamen ihm die Fingernägel der Kellnerin in den Sinn. *Die ganze Vergeblichkeit der Menschen gegen die eigene Kompostierbarkeit anzukämpfen – zeigt sie sich nicht an einem künstlichen Nagel in Sportwagenblau?*, dachte Anatol und sah zur Schneekugel, seufzte und wählte sogleich Zachys Nummer. Noch bevor Anatol seinen Dank zu Ende gesprochen hatte, fiel Zachy ihm ins Wort und wünschte: »Alles Gute zum Geburtstag, Anatol!«, ergänzte: »Zwar erst morgen – aber wer es so eilig hat, im Büro vorbeizuschauen!«

»Woher weißt du das?«, fragte Anatol perplex.

»Du sollst mich nicht unterschätzen«, erwiderte Zachy und meinte: »Ich hoffe, die Farbe gefällt dir – sonst kann ich ihn jederzeit umtauschen.«

Nachdem Anatol aufgelegt hatte, nahm er sich vor, Zachys Geburtsdatum herauszufinden, legte den eingerollten Schnurvorhang sorgsam aufs Fensterbrett und griff nach dem eingepackten Stück. Im selben Augenblick erschien auf seinem Telefon eine Nachricht von Hanna. Auch sie gratulierte ihm zum Geburtstag. *Haben sie sich abgesprochen?*, fragte sich da Anatol. Er las, dass sie auf dem Weg zu einer wissenschaftlichen Exkursion in die Nebelwaldregion sei. deswegen ihm heute schon gratulieren wolle, da dort ein Empfang nicht garantiert sei. »Ich bin bestimmt die Erste«, schrieb sie, und: »Die Nebelwaldregion wäre auch etwas für dich!« *Nebelwaldregion? Mit Sicherheit,* dachte Anatol. »Keine Ausreden mehr!«, so schloss ihre Nachricht.

Gerade wollte er wieder nach der Quiche greifen, da bekam er eine Nachricht von Kai. *Wenn er mir jetzt auch noch zum Geburtstag gratuliert,* dachte Anatol. Er müsse die Besprechung heute kurzfristig absagen, teilte Kai hingegen mit, so als hätte er diese nicht überfällig angesetzt. »Etwas Dringendes zu erledigen«, schrieb er, dazu in Blockbuchstaben: »Scheidungsanwalt«, und schloss wirr. Während Anatol schlussendlich die Quiche auspackte, musste er an das Familienbild auf Kais Schreibtisch denken, der Rahmen silbern wie die Alufolie.

Endlich steckte er seine Gabel in die Quiche, besah das Stück kurz, bevor es in seinem Mund verschwand. *Zwiebeln – wie es an einem Geburtstag sein soll,* dachte er, schaute beim Kauen zur Schneekugel.

»Ich gratuliere dir ebenfalls!«, hörte er da Gisela und ihr Lachen.

»Bist du auch in der Nebelwaldregion?«, fragte Anatol. Statt einer Antwort begann sie zu singen. »Das ist das schönste Geschenk«, murmelte Anatol, ließ die Gabel mit dem nächsten Stück auf den Zinken gesenkt und lauschte ihrer Stimme, bevor sie mit einem *»Happy Birthday«* verschwand. Durst überkam ihn. Er erhob sich und ging zum Kühlschrank. Obwohl ihn der Geschmack von Quiche in seinem Mund fast davon abhielt, griff er trotzdem nach einer *Cola light.* Er setzte sich zurück an den Küchentisch, strich kurz über den Schnurvorhang auf dem Fensterbrett, machte die Dose auf und trank sie aus mit Blick auf sich selbst – Hand in Hand mit Gisela.

X

Nebelwald

Anatol stand vor der Scheibe und lugte hinein. Eine Stehleiter aus Holz befand sich in der Mitte des Raumes. Mehrere weiße Kübel standen darum herum. Tische und Stühle waren zusammengeschoben und gestapelt worden. Der Getränkeschrank war mit der Vorderseite zur Wand gedreht, der Stecker lag herausgezogen am Boden. Die Theke war mit einer Plastikplane abgedeckt und nicht nur die Kette mit den chinesischen Lampions abgehängt, sondern auch der blaue Schnurvorhang. Einen Hinweis, wann die Renovierungsarbeiten beendet sein würden, gab es noch immer keinen. Nur das Schild *Vorübergehend geschlossen* hing nach wie vor an der Glastür.

»Hoffentlich sperrt er bald wieder auf«, sagte da eine Stimme neben ihm. Anatol drehte seinen Kopf abrupt zur Seite: Es war Martha Kopetzky! Sie lächelte ihn an, während ihr Hund an ihm schnüffelte.

»Sie ist nicht zu allen so freundlich«, meinte sie.

»Dann scheine ich ja Glück zu haben«, sagte Anatol, ließ sich beschnuppern, fragte, nachdem der Hund schon kurz danach von ihm abließ: »So schnell das Interesse verloren?«

»Sie hält Sie wohl nicht für einen Feind«, rückte Martha es zurecht, dachte: *Oder Erzfeind.* Einen Moment lang schauten sie darauf alle in den Imbiss, sogar der Hund.

»Ich hätte der KREIDE keinen Preis verliehen«, sprach Anatol unvermittelt in das Spiegelbild.

»Die Begeisterung wird sich auch wieder legen«, erwiderte Martha, ohne den Kopf zu wenden.

»So wird es geschehen«, murmelte Anatol.

»Warum nicht nachhelfen«, meinte Martha und drehte den Kopf zu ihm. Anatol schwieg lieber, bevor er etwas Falsches sagte.

»Ich habe eine neue Petition gestartet«, teilte Martha ihm da mit.

»Das überrascht mich nicht im Geringsten«, erwiderte Anatol, war allerdings mehr als verblüfft.

»Sie läuft bis Mitte Juni.«

Anatol blickte in den Imbiss.

»Ich schick' sie Ihnen an die Adresse, die ich vom Bildungsministerium habe«, sagte sie. »Man kann ja nie wissen«, fügte sie hinzu, lächelte, strich sich noch eine Locke aus dem Gesicht, dann richtete sie sich an Izzy, sprach: »Vielleicht stöbern wir einen weiteren Befürworter auf!«, verabschiedete sich von Anatol und ging davon.

Anatol sah ihr lange nach. Und tatsächlich: am Ende der Straße drehte sie sich, bevor sie abbog, nochmals um. Er hob die Hand und sie winkte zurück.

Auf dem Heimweg hallten Marthas Worte in Anatol nach: »Sie läuft bis Mitte Juni«, »Ich schick' sie Ihnen an die Adresse, die ich vom Bildungsministerium habe«. Und bei sich zu Hause angekommen rief er sogleich seine E-Mails ab. Aber keine Nachricht von Martha Kopetzky. Die letzte, überschlug er, musste mehr als ein halbes Jahr zurückliegen. Er hatte sie an Zachy weitergeleitet, weil er sich selbst nicht mehr damit befassen wollte, dachte er beschämt. Er blieb einen Moment am Küchentisch sitzen. Seine Augen wanderten zum Kühlschrank mit der Schneekugel aus seinem Büro und der Teilnahmebestätigung der BETT-Messe an der Tür – hatte er sie nicht als Warnung aufgehängt?

In dem Moment erfolgte der Benachrichtigungston einer eingetroffenen E-Mail. Sosehr er sich immer über Zachy lustig gemacht hatte, dass sein Blick sich sofort aufs Gerät heftete, tat seiner nun dasselbe. Die Nachricht war von Zachy. Immer mehr Schulen würden ein konkretes Interesse an der KREIDE zeigen und sich bald mit seiner Abteilung in Verbindung setzen, schrieb er. Nur Kai, der mache ihm jetzt wirklich Sorgen. »Er hebt das Telefon nicht mehr ab«, berichtete Zachy, »das Letzte, was ich von ihm gehört habe, war auf WhatsApp: ›Terrasse‹ hat er geschrieben, in acht Mitteilungen – in jeder ein Buchstabe«, und Zachy folgerte: »Vor Herbstbeginn wird wohl kaum mit ihm zu rechnen sein.«

Während Anatol noch Zachys weitere Zeilen las, erschien eine neue Nachricht im Posteingang. Der Absender: Martha Kopetzky! Anatol öffnete die Mail sofort. Kommentarlos hatte sie ihm das Link zur neuen Unterschriftenliste geschickt. Er hätte abgestritten, dass er darüber enttäuscht war. Hörte er nicht ohnedies ihre Worte: »Sie läuft bis Mitte Juni«, »Man kann ja nie wissen«. Wieder und wieder wirbelten ihre Sätze durch seinen Kopf.

»Man kann ja nie wissen«, wie viele Befürworter hatte sie wohl aufgestöbert? Er ging zum Kühlschrank, griff nach der Schneekugel und schüttelte sie. Er stand mitten im Gestöber, aber hielt dabei Giselas Hand.

Du hast ihm tatsächlich die Petition geschickt?«, fragte Frederika Martha im *Los Tacos*.

»Mit einer Unterschrift würde er sich Probleme einhandeln«, sagte Lynn, nippte an ihrem Cocktail.

»Er wird sowieso nicht unterschreiben«, meinte Martha, seufzte.

Lynn legte ihren Kopf schief. Frederika betrachtete sie neugierig.

»Er arbeitet im Bildungsministerium«, versuchte Martha damit jegliche Spekulation aus der Welt zu schaffen, »in der Abteilung für die«, sie zog es in die Länge: »KREIDE.«

Lynn zuckte mit den Schultern: »Joshua und ich hatten die Buchmalerei, verbindet bei Gott nicht jeden – und schau uns jetzt an!«

»Er ist wahrscheinlich verheiratet, hat vielleicht sogar Kinder«, sprach Martha mehr zu sich.

»Das heißt gar nichts«, erwiderte Lynn und winkte ab.

»Hat Joshua nicht zu rauchen aufgehört?«, fragte Frederika da, wertete es als gutes Zeichen, schließlich hatte es sich Lynn lange genug gewünscht. »Aber uns anzuschweigen schaffen wir nicht uns abzugewöhnen«, antwortete Lynn traurig.

»Soll ich mich einmal mit ihm unterhalten?«, meinte Frederika: »Wer Krebs gehabt hat, versteht was vom Glück.«

Weil Frederika lachte, erlaubte es sich Lynn ebenso. Martha wiederholte gedankenverloren: »Glück.«

Anatol ging vor zur Wallensteinstraße und bestellte im türkischen Imbiss einen Kebab zum Mitnehmen. Es war noch vor zwölf, aber er hatte nichts gefrühstückt. Mit dem Sack am Handgelenk sperrte er die Wohnungstür auf. Er steuerte den Küchentisch an, schob seinen Laptop auf die Seite, stellte das Essen ab, wusch sich die Hände und wickelte den Kebab aus der Frischhaltefolie. Er setzte sich hin und biss in das Fladenbrot, ein Zwiebelring fiel auf eine der mitgegebenen Servietten.

Beim Kauen dachte Anatol an all die Anfragen an seine Abteilung wegen der KREIDE, die noch abgearbeitet werden mussten. Es wurde scheinbar mit jedem Bissen mehr. Er wischte sich den Mund mit einer frischen Serviette ab, warf sie in die Folie zu der mit dem Zwiebelring und knüllte alles zusammen. Er säuberte die Tischplatte, griff nach dem Laptop und öffnete das E-Mailprogramm.

Auf einmal fühlte er sich bleiern. Er erhob sich ächzend vom Küchentisch, um sich eine Cola zu holen. Als er die Kühlschranktür aufmachte, hielt er inne. Die Teilnahmebestätigung der BETT-Messe fehlte plötzlich. Er starrte die Kühlschranktür an. Kalte Luft drang aus dem geöffneten Spalt. Der Bildschirm mit den unbeantworteten Nachrichten schaltete in den Ruhezustand. Der Zwiebelring schwitzte in der Folie.

Da erst blickte Anatol auf den Boden. Die Teilnahmebestätigung war halb unter den Kühlschrank gerutscht, mit der bedruckten Seite nach unten. Er bückte sich, die Kühlschranktür noch immer einen Spalt offen, hob das Blatt auf und setzte einen der Magneten darauf. Dann holte er die Dose *Cola light* heraus und warf die Tür zu. Schnee wirbelte in der Kugel auf. Der Kühlschrank brummte.

»Worauf wartest du?« Der Bildschirm schwarz wie eines der Fenster in London. Der *Cola light*-Schriftzug ihr roter Seidenschal. »Worauf wartest du?«

Anatol machte mit einem Mal das Radikale keine Angst mehr.

Er rief Marthas E-Mail auf, öffnete das Link, das sie ihm zugeschickt hatte, und unterzeichnete die Petition. Hinter seinen Namen setzte er: *Bildungsministerium*.

Sehr geehrte Frau Kopetzky, sollte ich Ihre Fragen in der Vergangenheit nicht zufriedenstellend beantwortet haben, so tut es mir leid. Meine Unterschrift finden Sie auf der Petition. Mit freundlichen Grüßen, Anatol Penzel.«

Martha zog die Augenbrauen in die Höhe, als sie die Nachricht las. In der Schule war gerade die Pause vor der fünften Schulstunde. Die Kinder spielten draußen im Hof. Dunja rannte ein paar Buben hinterher, die im Slalom davonjagten, vorbei an der Schaukel, Richtung Ballkäfig, in dem ihre Klassenkameraden den Korb zu treffen versuchten. Dunja rief im Laufen zur Schaukel nach Verstärkung, aber ihre Freundinnen, die dort konferierten, waren zu sehr in ihr Gespräch vertieft.

Martha schickte heimlich – wie eine Schülerin – eine Nachricht: »Er hat unterschrieben!«, schrieb sie an Frederika und Lynn.

»Martha Kopetzky kann man nicht widerstehen, wusste ich's doch!«, kam von Frederika zurück.

Lynn schrieb: »Gratuliere! PS: Joshua hat sich verliebt – in eine Lungenfachärztin. Kein Witz. Ihr Kind geht in seinen Kindergarten.« Das *Book of Kells* – mehr als tausend Jahre alt! – einfach zerrissen: Das schrieb Lynn nicht.

Martha antwortete sogleich und Dunja bekam im selben Moment einen ihrer Mitschüler am Ärmel zu fassen. Doch der machte einen Satz nach vorne, stieß dabei gegen Martha, sodass ihr das Telefon aus der Hand fiel. Er schaute sie erschrocken an, während Dunja das Telefon aufhob und Marthas Antwort langsam laut vorlas: »N-i-k-o-t-in u-nd L-ie-be: kom-p-l-i-z-ier-t.« Die Mädchen bei der Schaukel schauten interessiert herüber, aber Martha hatte das Telefon schon wieder in ihren Besitz gebracht.

»Spielt nur weiter!«, rief Martha, auf nichts mehr erpicht, als weiter Nachrichten zu versenden.

Die Kinder zerstreuten sich wieder, die Mädchen bei der Schaukel steckten flugs ihre Köpfe zusammen, bloß eines beobachtete kopfüber von der Stange aus, wie ihre Lehrerin mit roten Wangen auf ihrem Telefon herumtippte.

Und Anatol las kurz darauf: »Sehr geehrter Herr Penzel, hiermit haben Sie alle meine Fragen beantwortet. Nur eine hätte ich noch: Was haben Sie im asiatischen Imbiss immer bestellt? Mit freundlichen Grüßen, Martha Kopetzky.«

K 13, sehr geehrte Frau Kopetzky!«, schrieb Anatol mit beschleunigtem Herzschlag. »Litschisaft habe ich übrigens noch nie probiert«, fügte er an. *Er hat bemerkt, was ich getrunken habe*, dachte Martha, während sie antwortete: »Wäre nicht gerade ein Anatol Penzel im Imbiss gesessen, hätte ich auch einen Tee bestellt«, ließ ihn wissen: »Nächstes Mal hätte ich es nicht so eilig!«, reichte nach: »Sehr geehrter Herr Penzel!«, dachte, *Wenn Frederika und Lynn mir jetzt über die Schulter blicken könnten.*

»Liebe Martha Kopetzky, verzeihen Sie, dass ich Sie damals verscheucht habe. Manchmal schlage ich mich selbst in die Flucht.« *Warum habe ich das mit dem Tee bloß geschrieben,* dachte Martha, schaute auf die Uhr, die Pause war gleich um, tippte schnell: »Lieber Anatol Penzel, Litschisaft kann ich Ihnen dafür nun empfehlen!«

»Ich werde es mir überlegen!«, kam es sofort zurück. »Meine *Cola light* wird er aber eher nicht ablösen«, und Anatol tat einen Schluck aus der Dose, die vor ihm am Küchentisch stand. Er nahm noch einen Schluck, und noch einen. Doch es traf keine Antwort ein.

Martha stand bereits in der Klasse und verteilte über verschiedene Tischgruppen Aufgaben, die die Kinder gemeinsam bearbeiten sollten. Die Tablets waren davor in ein Regal befördert worden, das Martha dafür freigeräumt hatte. Während die Kinder konzentriert arbeiteten, musste sich Martha zurückhalten, einen Blick auf ihr Telefon zu werfen; sie erhob sich, ging in der Klasse auf und ab, schob Gerrys Tablet etwas weiter in das Fach, damit es nicht hinunterfiel, rückte ein Bild zurecht.

Anatol wartete nach wie vor am Küchentisch, die Dose in seiner Hand knackte schon, er erhielt statt einer Nachricht von Martha eine von Zachy. Anfang kommender Woche werde er wichtige Besprechungen mit gleich drei Schuldirektorinnen haben, ließ er Anatol wissen und wünschte ihm damit ein schönes Wochenende. *Noch weiß er nichts von meiner Unterschrift,* dachte Anatol, aber weil er sich davor scheute, es ihm mitzuteilen, verschob er einen Anruf auf Montag. *Über das Wochenende sollte er es von niemand anderem erfahren*, rechnete sich Anatol aus, schaute auf den Bildschirm, hoffte insgeheim auf ein *Pling*, das eine Nachricht von Martha anzeigte.

Als die Schulglocke klingelte, sprangen die Kinder – gerade eben vertieft – auf, und Martha rief wie fast jedes Mal: »Und die Tablets nicht vergessen!« Sobald das letzte Kind die Klasse verlassen hatte, schnappte Martha ihr Telefon, öffnete die gekippten Fenster bis zum Anschlag, stellte sich an eines der Fenster und tippte: »Lieber Anatol Penzel, einen Litschisaft haben Sie bei mir gut!«

Anatol, der lange den Laptop angestarrt hatte und schließlich über sich selbst den Kopf schüttelnd aufgestanden war, hatte daraufhin absichtlich das Telefon in der Küche zurückgelassen, weswegen er das Eintreffen der Nachricht nicht sofort gehört hatte. Als er wieder aus dem anderen Zimmer kam und endlich bemerkte, dass Martha geschrieben hatte, ärgerte er sich deswegen. Eilends antwortete er: »Das ist sehr freundlich von Ihnen«, löschte es aber, weil es ihm zu förmlich vorkam, schrieb nun: »Das freut mich sehr!«, löschte auch dies, weil es ihm wiederum zu vertraut erschien, schrieb schließlich: »Das K13 geht dann auf mich!«

Martha schrieb sofort zurück: »Abgemacht!«

Ihre formellen Anreden waren längst am Weg zueinander verloren gegangen.

Anatol schrieb: »Jetzt muss nur noch der asiatische Imbiss aufsperren!«

Martha dachte: *Und wenn nicht?*, hätte am liebsten geschrieben: »Das dauert zu lange«, stattdessen schrieb sie: »Der Augarten ist offen.«

Anatol zögerte plötzlich mit einer Antwort. Und weil von ihm unmittelbar nichts kam, ließ es Martha kurzerhand darauf ankommen: »Morgen um drei Uhr beim Haupteingang?«

Als Martha in der Früh die Augen öffnete, regnete es in Strömen. Sie rief sogleich den Wetterbericht auf. Für den ganzen Tag war starker Niederschlag angesagt und die Temperatur war um fast zehn Grad gefallen. Niemand würde bei diesem Wetter einen Spaziergang machen, dachte Martha, sogar der Hund sträubte sich bei seiner Morgenrunde. Sie kamen so nass zurück, dass Izzys Haare stiftartig abstanden, als Martha das Hundefell mit einem Handtuch abrubbelte.

Martha setzte sich an ihren Schreibtisch, bis zum Nachmittag gab es noch einiges zu korrigieren. Hoffentlich würde der Regen doch nachlassen. Aber im Gegenteil wurde er nur stärker. In regelmäßigen Abständen überprüfte Martha ihre Nachrichten, eine Absage von Anatol war zum Glück nicht dabei.

Anatol, der den ganzen Vormittag nervös auf und ab gegangen war, das Telefon nicht aus den Augen lassend, weil er befürchtete, dass Martha das Treffen auf einen trockeneren Tag verschieben wollte, erschrak, als tatsächlich eine Nachricht eintraf. Es war allerdings nur Geschäftliches von Zachy. Anatol beantwortete kurz die Nachricht, hielt jedoch plötzlich inne: Er konnte nicht so tun, als wäre nichts geschehen. Er löschte den Text, legte das Telefon hin. Immerhin war es Samstag und nicht mit einer Antwort vor

Montag zu rechnen – worauf er allerdings erneut das Telefon aufnahm. Keine Frage, es war richtiger, es gleich zu tun, und er wollte schon Zachys Nummer wählen. *Andererseits ist es bereits einen Tag später*, dachte er, ließ das Telefon wiederholt sinken. Aber er würde sowieso nicht darum herumkommen, versuchte Anatol es mit Vernunft, rührte sich indes nicht. *Ich würde mich zweifellos hintergangen fühlen*, musste er bekennen und darauf wählte er endlich die Nummer. *Je eher du es hinter dir hast, desto besser*, sprach er sich noch Mut zu, dann hob Zachy schon ab.

»Dass du mich anrufst, hätte ich an einem Samstag nicht verlangt«, sagte er am anderen Ende mit einem Anflug von Sorge. Anatol beruhigte ihn und suchte den richtigen Anfang, der nicht gelingen wollte. Gänzlich unvermittelt sagte er daher: »Ich habe die Petition unterschrieben.«

»Petition?«, fragte Zachy.

»Die von Martha Kopetzky.«

»Das ist doch längst passé«, sagte Zachy, etwas verwirrt.

»Sie hat eine neue gestartet«, eröffnete ihm Anatol.

»Wie bitte?«, rief Zachy entrüstet. Dann war es ruhig.

»Zachy?«, fragte Anatol in die Stille.

Zachy holte tief Luft, presste hervor: »Und du hast auch noch unterschrieben?«, und er murmelte: »Gut, dass der Kai schon sein Burn-out hat.«

»Nimm's nicht persönlich«, sagte Anatol.

»Das Bildungsministerium könnte es persönlich nehmen«, erwiderte Zachy knapp.

»Das werde ich aushalten müssen«, meinte Anatol.

»Von mir kannst du dann keinen Trost erwarten«, kam es darauf vom anderen Ende kühl.

»Zachy«, stammelte Anatol.

Zachy räusperte sich und versuchte, siegessicher zu klingen: »Keine Petition wird mehr etwas der KREIDE anhaben können!«

Martha wartete schon, als Anatol zum Haupteingang des Augartens kam. Sie winkte, verlegen blickte er sie an. Die Unmittelbarkeit ihrer Nachrichten hatte sie vergessen lassen, dass sie sich im Grunde kaum kannten.

»Das ist ja ein Hundewetter«, richtete sich Anatol als Erstes daher an Izzy, die bei Anatols Anblick mit dem Schwanz zu wedeln begonnen hatte. Er streckte die Hand nach ihr aus. »Hanna hat sich als Teenager immer einen Hund gewünscht«, sagte er inmitten des Tätschelns, es rutschte mehr aus ihm heraus.

»Hanna?«, fragte Martha, dachte: *Hab ich's doch gewusst, er ist nicht allein.*

»Meine Tochter, also eigentlich Stieftochter«, verbesserte sich Anatol, und weil er spürte, dass damit eine Frage zwischen ihnen hing, sagte er: »Sie ist nach Giselas Tod« – seine Stimme brach kurz – »für ihre Forschung nach Costa Rica gegangen.«

Martha sah zu ihm, er wich jedoch ihrem Blick aus. *Deswegen hat er im Imbiss damals so traurig gewirkt,* dachte Martha, wollte sogleich nachfragen, aber fürchtete, ihm zu nahe zu treten, fragte also stattdessen, ob er auch schon einmal in Costa Rica gewesen sei.

Anatol schüttelte den Kopf. »Vielleicht diesen Sommer«, murmelte er. Martha nickte.

Sie setzten sich in Bewegung, gingen das erste Stück schweigsam. Tief hingen die Wolken über dem dunkel gefärbten Kies und der Regen ging auf sie hinunter. Der Hund zockelte an der Leine neben ihnen her. Außer ihnen niemand weit und breit.

»Gisela mochte jeder auf Anhieb«, sagte Anatol da in die Einsamkeit des Parks, fügte leise hinzu: »Mich ja eher nicht.«

Ich mag dich, dachte Martha, schaute auf die Kieselsteine unter ihren Füßen – *gut, vielleicht nicht ganz auf Anhieb.*

»Gisela war«, begann Anatol, brach ab, schaute in den Regen. Schweigend gingen sie nebeneinander weiter.

»Sie war«, begann er von Neuem, seufzte auf. In dem Moment hörte er Gisela laut: »Anatol, bitte! Das ist so eine gescheite Frau!« Anatol warf Martha, die nachdenklich auf ihre nassen Schuhspitzen sah, einen Seitenblick zu.

Er räusperte sich, meinte: »Der KREIDE eins auszuwischen – das hätte Gisela gefallen.«

Martha drehte den Kopf, lächelte.

»Nicht nur ihr«, sagte er, lächelte ebenfalls.

Martha blieb stehen – ihre Schirme berührten sich –, blickte ihn an, sprach ernst: »Ich kann mir vorstellen, dass das Bildungsministerium nicht sehr erfreut über Ihre Unterschrift sein wird.«

Anatol zuckte mit den Schultern. Nach ein paar weiteren Schritten stoppte er aber abrupt und es brach aus ihm heraus: »Über was ich dort alles die letzten Jahre nicht erfreut war!«

Der Hund schüttelte Tropfen aus seinem Fell.

»So sollte man es machen können, einfach alles abschütteln!«, wünschte Anatol mit Blick darauf und begann davon zu erzählen, was ihm alles aufstieß – ganz abgesehen von der KREIDE –, und Martha hakte ein, erzählte im Weitergehen von ihrem Unterricht, den Problemen, ihren Ideen und wenig später fingen sie zusammen an, Pläne für eine ganz andere Schule zu entwerfen – und damit hatten sie endgültig das Siezen hinter sich gelassen. Die Gedanken des einen spann der andere weiter, sie schweiften in Träume ab, kamen zurück auf die gegebene Situation, Martha knüpfte an die Vorschläge Anatols an und umgekehrt, sie teilten Bedenken, heckten konkrete Schritte aus – so, als hätten sie schon die längste Zeit nichts anderes gemeinsam getan. Der Regen trommelte dabei gegen die Schirme. Izzy blickte immer wieder zu Martha hoch, immer lustloser ging sie, aber sie nahmen einfach nicht den Ausgang, zu dem die Hündin bereits ein zweites Mal zog. Nur kurz einmal blieb Anatol stehen, um sich eine Zigarette anzuzünden. Die Blätter der Bäume glänzten nass und es roch nach feuchter Erde. Anatol schickte sich an, die Packung aus der Hosentasche zu ziehen. Zuerst fiel ihm der Regenschirm aus der Hand, als Nächstes die Zigarettenpackung. Nachdem er beinahe noch auf sie gestiegen wäre, hatte er sie zu allem Überfluss falsch herum aufgehoben, sodass die Hälfte herausrutschte und sie einzeln auf den nassen Boden rollten. Martha musste laut lachen, klaubte sie auf und reichte ihm die Zigaretten, von denen die aufgeweichten im Mülleimer landeten. Schließlich hatte er eine brauchbare in der Hand und als er das Feuerzeug zückte und eine hohe Stichflamme erschien, nahm es ihm Martha ab, drehte am Rädchen und gab ihm schließlich Feuer. Mit dem Trommeln der Tropfen im Ohr nahm er den ersten Zug. Das Rot der Glut leuchtete auf. Er blies den Rauch unter seinem Schirm hervor.

Sie setzten sich erneut in Bewegung, gingen eine weitere Runde. Die ganze Zeit waren sie sonst niemandem begegnet, nur ein oder zwei Schirme in der Ferne. Als am Ende der Allee ein Jogger auftauchte, sagte Anatol im Scherz: »Bei so einem Wetter kann das eigentlich nur Zachy Reisinger sein!« Martha wollte sich gerade über Zachy äußern, da blieb Anatol wie angewurzelt stehen, zeigte auf den näherkommenden Jogger und hörte schon seine Stimme.

»Anatol Penzel mit Martha Kopetzky!« Zachy rief es so, als hätte er seinen Vorzugsschüler beim Anzünden der Schule erwischt. Anatol blickte verlegen unter seinem Schirm hervor. Zachy blieb stehen, das entgeisterte Gesicht regennass, starrte Anatol und Martha an, schlug sich dann gegen die Stirn: »Ich hätte es mir doch gleich denken können!«

Izzy knurrte leicht, sodass Martha die Leine knapper zog: »Ist schon gut, Izzy!«, und mit Blick auf Zachys tropfendes Haar: »An dem könntest du dir einmal ein Beispiel nehmen.« Der Hund schaute verdrossen zu ihr hoch.

»Anatol Penzel mit Martha Kopetzky!«, wiederholte Zachy, im Regen stehend, machte mit den Armen eine Geste Richtung Himmel, sodass der Hund nun verwundert schaute. Zachy ließ die Arme sinken, strich sich mit einer Hand das nasse Haar aus der Stirn, räusperte sich und wandte sich darauf direkt Martha zu: »Eines muss ich Ihnen lassen – die Anwendung der KREIDE haben Sie beispielhaft gezeigt!« Seine Stimme war voller Anerkennung.

»Ich konnte die Kinder nicht im Stich lassen«, erwiderte Martha und da blickte Zachy sie einen langen Moment an.

»Aber die Kinder haben sie bereits satt«, resümierte Martha, »der ewige Bildschirm«, und nach einer Pause verkündete sie: »Deswegen habe ich eine neue Unterschriftenliste gestartet.«

»Vor wenigen Stunden erfahren!«, rief Zachy in den Regen, sein Blick fiel hierbei auf Anatol, der gänzlich verstummt war.

Martha versuchte, an Anatols Gesicht abzulesen, ob dieser nur die Petition offenbart oder schon seine Unterschrift gebeichtet hatte, entschied sich vorsichtshalber, diese nicht zu erwähnen, sagte stattdessen: »Sie wollen wahrscheinlich nicht unterschreiben.«

Zachy lachte auf. »Eine Unterschrift aus unserem Lager reicht fürwahr!«, und blickte wieder Anatol an, dann meinte er: »Dabei kommt doch jetzt erst recht Schwung in die KREIDE!«

»Schwung hat auch unser Flügel«, sagte Martha und sah Anatol an, der darauf schüchtern lächelte. Zachy betrachtete die beiden, nickte und meinte: »Dann will ich mal nicht weiter stören!«

So viel Diskretion hätte ich ihm gar nicht zugetraut, dachte Anatol. »Ich muss ohnedies noch Ärger abbauen!«, sagte Zachy, verabschiedete sich – und joggte im Regen davon. Die Hand hob er im Laufen noch einmal, ohne sich umzudrehen.

Anatol blickte ihm nach. »Er versucht sein Bestes«, meinte er zu Martha, »ganz so schlimm ist er gar nicht«, Zachy bog um die Ecke, »für ihn sind wir halt Dinosaurier.«

»In der Kreidezeit!«, sagte Martha und lachte, auch er musste lachen.

Kurz standen sie unschlüssig da. Hätte einer der beiden aufbrechen wollen, wäre es jetzt der Moment gewesen. Sie gingen jedoch ein weiteres Mal die Allee entlang, und der

Hund zog wiederholt umsonst Richtung Ausgang. Dafür nützte er den nächsten Halt, um endlich etwas vom Boden zu fressen. Anatol spürte dabei, wie sein Telefon in der Manteltasche seines Trenchcoats vibrierte. Wahrscheinlich hatte ihm Zachy eine Nachricht geschickt, dachte er. Aber sie konnte warten. Alles konnte warten. Er blickte zu Martha unter ihrem Schirm, ihre Lachfalten, umrahmt von ein paar Locken, die sich gelöst hatten, ihre Hand, die beim Sprechen auf und ab ging, mit ihr die Leine, sodass Izzy zu Martha hochschaute, ob sie vielleicht doch den halben Hotdog im Gras bemerkt hatte.

Der Regen ging weiter auf sie nieder, sie setzten ihre Runde fort, Anatol erzählte mit dem Rauschen des Regens im Hintergrund zum ersten Mal von seinem Gefühl, dass er versagt hatte, weil Gisela gestorben war, von einer Angst, die klebrig war, und von den Besuchen am Zentralfriedhof. Er beschrieb sogar den Weg zu ihrem Grab, weil eine Wegbeschreibung ihm half, seine Stimme wieder in den Griff zu bekommen. Martha nickte, einmal legte sie kurz die Hand auf seinen Arm, ein anderes Mal sagte sie, das kenne sie von ihrer Freundin Frederika, erzählte darauf von deren Krankheit.

Nachdem sie so oft am Ausgang vorbeigegangen waren, war der Hund überrascht, als sie ihn tatsächlich nahmen. Sie verabschiedeten sich vor dem Tor, noch immer die Schirme in der Hand, die Schuhe durchnässt, die Hosensäume feucht, die Beine schlammbespritzt.

Bei sich angekommen, zog Anatol die mit Wasser vollgesogenen Schuhe aus, auch die Socken, ging barfuß ins Bad, spannte den Schirm auf, von dem ein Rinnsal im Treppenhaus stammte, stellte ihn in die Wanne, ging in die Küche und nahm sich eine *Cola light.* Jetzt erst blickte er auf das Telefon. Zachy hatte ihm tatsächlich eine Nachricht geschickt: »Habe ich es nicht schon lange vorhergesagt: Deine Martha Kopetzky!« Anatol schüttelte den Kopf, tat einen Schluck, das Telefon vibrierte in seiner Hand. Martha schrieb ihm: »Soeben hat es zu regnen aufgehört.«

Anatol ließ die halb volle Dose auf dem Küchentisch stehen, ging in das an die Küche anschließende Schlafzimmer, setzte sich aufs Bett und schrieb: »Das war der schönste Tag nach langer Zeit.« Er legte sich zurück und schloss die Augen; Marthas Stimme und ihr Lachen in ihm nachklingend.

I n der Früh wachte Anatol mit einem neuen Gefühl auf. Er blieb einen Moment im Bett liegen, was er sonst immer vermied. Er dachte an den gestrigen Spaziergang. Etwas Leichtes war in der Luft gewesen, trotz ihrer ernsten Gespräche. Abermals hörte er Martha lachen, spürte ihre Hand kurz auf seinem Arm. Als er aufstand und ins Bad ging, pfiff er vor sich hin. Er nahm den getrockneten Schirm aus der Badewanne und spannte ihn ab. *Dass wir auch ausgerechnet Zachy treffen mussten – wie verdutzt sein Gesicht war,* hatte Anatol es erneut vor Augen und musste lächeln. Er duschte, zog sich an, ging wieder pfeifend in die Küche, schmierte sich sogar ein Honigbrot. Fast hätte er Zachys *Ginger Beer,* das noch immer in seinem Kühlschrank stand, dazu getrunken, kochte sich dann jedoch einen Tee. Damit setzte er sich an den Küchentisch und rief schließlich seine E-Mails ab. Er hatte auf eine Nachricht von Martha gehofft. Dass er an einem Sonntag eine Nachricht seines Vorgesetzten vorfand, überraschte ihn doch – dennoch wusste er sofort weshalb. Er öffnete sie und seine Stirnfalten wurden immer tiefer. Dass man von der Unterschrift auf der Petition erfahren habe. *Von wem wohl?*, fragte sich Anatol, *war es womöglich Zachy gewesen?* Eine Unterschrift auf einer solchen Petition, las er weiter, sei nicht mit seinem Dienstverhältnis vereinbar. »Nicht mit meinem Dienstverhältnis vereinbar?«, Anatol war aufgebracht. Und als er die Forderung las, er solle seine Unterschrift zurückziehen – und das möglichst schnell, bevor sie Aufsehen erregen konnte –, rief er erbost: »Die Unterschrift zurückziehen!«, ergänzte wutentbrannt: »Das nennt sich Bildungsministerium?«, sprang auf, ging zum Kühlschrank, griff nach der Schneekugel, schüttelte sie, sprach: »Das Wetter spinnt, alle spinnen!«, stellte sie zurück, blickte auf die Teilnahmebestätigung der *bett-Show*, stieß hervor: »Ich war doch lange genug gewarnt!«, schnappte darauf das rote Band vom Haken im Vorzimmer, zog das Namensschild heraus und zerriss es. *Anatol Penzel, Curriculum Consultant, kreide* segelte in Papierstücken auf den Boden wie der Schnee in der Schneekugel. Dann setzte er sich zurück an den Computer und tippte: »Hiermit erkläre ich den Austritt aus dem Dienstverhältnis.«

Eine Stunde später saß Anatol in der 71er-Tram Richtung Simmering, während Kais Blick ins Leere ging, sein

Sohn neben ihm, einen Cowboyhut auf, seine Hände über den Stift von der BETT-Messe haltend, um das *Take Off* zum Leuchten zu bringen. Unterdessen wartete Ada am Gepäckband des *Shahjalal International Airport* auf ihren Rucksack; und Frederika riet der rachsüchtigen Lynn, am besten eine Reise mit ihrem Sohn nach New York zu unternehmen. Zur selben Zeit erklärte im Altersheim Marthas Mutter dem neuen Nachbarn, wie man den Computer bediente; und Zachys Vater stand vor der Spüle, wo er die volle Flasche in den Mülleimer warf und wieder herausnahm, um sie erneut wegzuwerfen; die Reinigungsmaschine brach im Rehazentrum diesmal durch die Hintertür aus und Martha, den Hund zu Füßen, tippte in ihr Telefon: »Wo bist du gerade, Anatol?«

Er hatte sie als Erstes über seine Kündigung informiert. Anatol gefiel die Art der Frage. *Jetzt kennen wir uns*, dachte er froh. »Ich bin auf dem Weg zum Zentralfriedhof«, antwortete er: »Melde mich nachher von zu Hause! Heute scheint die Sonne!«

Zachy wiederum war eben bei der Alten Donau vom Rad gestiegen, als er Anatols Nachricht mit dem Betreff »Austritt aus dem Dienstverhältnis« erhielt. Zachy zog die Augenbrauen hoch. Er ließ sein Rad ins Gras fallen, daneben seine Sachen und ging ans Ufer. Dort tippte er in sein Telefon: »Am Schluss bleibe ich der KREIDE als Einziger erhalten – und der Leguan!«, sah einen Moment aufs Wasser; schrieb noch: »Deine Unterschrift hat tatsächlich schon hohe Wellen geschlagen«, blickte wieder aufs ruhige Wasser, fügte an: »Von mir wissen sie's übrigens nicht!«

Plötzlich fühlte er sich, als würde ihn ein Gewicht nach unten ziehen. Ermattet setzte er sich auf die Steine. Ein

Schwan schwamm vorbei, tauchte den orangen Schnabel ins Nass. Zachy hob einen flachen Stein auf, fuhr über dessen glatte Oberfläche. Ein *Pling* ertönte und eine Nachricht von Kai erschien auf seinem Telefon – nur hatte Kai nichts geschrieben. Zachy seufzte, dachte an Kais Burn-out und an Anatols Kündigung. War da ein leises Rauschen in seinem Ohr? Der Schwan spazierte nun am Steg entlang. Zachy warf den flachen Stein über das Wasser, blickte ihm nach. Während der Stein über die Oberfläche hüpfte, hatte Zachy unvermittelt das Gefühl, festzustecken. Der Schwan breitete seine Flügel aus. Zachy warf einen weiteren Stein. Schwarze Schwanenfüße in der Luft. Ob Ada bereits in Dhaka war? Er dachte daran, wie er gestern Anatol und Martha getroffen hatte. Kurzerhand nahm er sein Telefon, tippte: »Hast du Jeff schon entlassen?«, schickte unmittelbar darauf eine zweite Nachricht: »Und wann kommst du wieder zurück?« Kurz darauf ertönte erneut sein Telefon. *Gar Ada?*, dachte Zachy und die Hoffnung erhellte sein Gesicht. Aber seine Lider wurden augenblicklich schwer, als er die Nachricht öffnete. Eine Interviewanfrage. Er las nicht einmal weiter, dachte auf einmal lustlos: *Immer diese Interviews*, er fühlte sich nur schlapp.

Hatte Anatol ihn etwa doch angesteckt?

Das Erste, was Hanna zurückschrieb, nachdem er ihr die Neuigkeit verkündet hatte, war: »Nun steht Costa Rica also nichts mehr im Weg!«, und: »Ich kann dir eine Mitreise auf einem Forschungsschiff organisieren, mit einem umweltschonenden Schiffsbetrieb.« Sie fügte hinzu: »Du hast ja jetzt Zeit – ich habe etwas mehr als fünfzig Tage gebraucht.«

Und während Martha im Gehen abwechselnd mit Frederika und Lynn am Telefon sprach, tippte Anatol – er saß gerade in der Straßenbahn – in Google ein: »Flug Wien–San José«. Fünfzig Tage mit dem Schiff – knapp sechzehn Stunden mit dem Flugzeug; und die Flugtickets waren günstig. Aber schließlich studierte Hanna die Versauerung der Ozeane aufgrund des Kohlendioxidausstoßes anhand von tropischen Korallen. Da würde er nicht einfach weiterspinnen und in ein Flugzeug steigen können, auch wenn dies an der Versauerung der Ozeane wenig ändern würde.

Beinahe hätte er die Station verpasst. Schnell stieg er aus, überquerte den Parkplatz und ging durch das Zweite Tor. Die Sonne stand hoch am wolkenlosen Himmel. Er machte eilige Schritte, roch das frisch gemähte Gras, als er am Komposthaufen vorbeikam. Vom Brunnen tönte das Auffüllen einer Gießkanne. Hastig bog er nach rechts zu Giselas Grab ab.

Leicht außer Atem begrüßte er sie und rief: »Austritt aus dem Dienstverhältnis: Ich hab' alles los!« Für einen kurzen Moment blickte er auf das eingravierte Geburts- und Todesdatum, sagte, der Atem ruhiger: »Ich werde schon etwas Anderes, Sinnvolles zu tun finden!« Er bückte sich: »Etwas Sinnvolles zu tun – das könnte man zur Abwechslung einmal Kindern beibringen!«, sprach er in das geöffnete Laternentürchen und holte das Grablicht heraus. Eine Brise kam auf. Während er es anzündete, sagte er: »Von Hanna lass' ich mir das Tauchen zeigen.« Als die Kerze nach dem zweiten Versuch brannte, stand Anatol eine Zeit lang da. Schließlich räusperte er sich, nahm seinen Rucksack von den Schultern und holte die Dose *Ginger Beer* heraus, die er kurz entschlossen eingepackt hatte. Mit einem Zischen öffnete er sie. »Erweckt die Lebensgeister!«, erinnerte sich Anatol an Zachys Worte, schüttelte den Kopf und nahm einen

Schluck. Die Schärfe des Ingwers breitete sich prickelnd im Mund aus. Zachy hatte einmal nicht zu viel versprochen. Anatol nahm einen weiteren Schluck.

Die Blätter raschelten. Die Lautlosigkeit der Gräber am Grund. Anatol streichelte über Giselas Gesicht. Das Licht brach sich in den Blättern und die Zweige bewegten sich in der Sommerluft. Kohlensäurehaltig der Vogelgesang. Der Schal leuchtete lampionrot – Gisela im Seidenglanz.

Plötzlich bellte ein Hund. Anatol drehte sich um.

Martha war mit Izzy hereingeschneit, einen Strauß Blumen in der Hand.

XII

Bett

Nachdem sie sich beim Friedhofswärter noch einmal dafür bedankt hatte, dass ihr Hund ausnahmsweise mit hinein hatte dürfen, schlug Martha Anatol vor, nachzusehen, ob es inzwischen einen Hinweis gab, wann der asiatische Imbiss erneut aufsperren würde.

Als sie hinkamen, bemerkten sie zu ihrer großen Überraschung, dass er bereits wieder eröffnet worden war. Und nicht nur das – »Der Name hat sich geändert«, rief Anatol sogleich und zeigte auf das neu angebrachte Schild. »*Zur fröhlichen Frühlingsrolle*«, las Martha vor, drehte sich zu Anatol: »Hast du sie beraten?« und beide mussten lachen. Beim Betreten fielen ihnen der frische Anstrich, die neuen Tische und Stühle auf. *Und die Kellnerin mit der grauen Haarsträhne hat keine blauen Fingernägel mehr*, registrierte Anatol, während ihnen die Karte gereicht wurde, die nun einen Einband aus Kunstleder hatte. Martha bestellte schon den Litschisaft für Anatol und einen grünen Tee für sich. Auch die Speisen standen im Grunde bereits fest. »Und zum Essen zweimal K13«, orderte Anatol, dem ein flüchtiger Blick in die Karte genügt hatte, festzustellen, dass das Angebot der Speisen gleichgeblieben war.

Sie blickten sich weiter um. Die größte Veränderung war, ohne Zweifel, dass statt des Schnurvorhanges eine Schwingtür eingebaut worden war. »Wenigstens hängt die Lampionkette noch«, versuchte sich Anatol darüber hinwegzutrösten, sogar abgestaubt, und fügte an: »Vielleicht muss ich jetzt doch den Schnurvorhang, den ich von Zachy geschenkt bekommen habe, zu Hause aufhängen.«

»Ich kann dir helfen«, bot Martha an, schränkte ein: »Besonders geschickt bin ich allerdings nicht.«

»Mit Sicherheit fähiger als ich«, bemerkte Anatol, meinte: »Sonst können wir noch immer Zachy anrufen.«

»Ob er mir so schnell wieder begegnen will«, zweifelte Martha.

»Er wird noch darauf kommen, dass er sich geirrt hat«, war Anatols Antwort.

»Aber vielleicht nicht schon heute Nachmittag.«

»Beim Zachy kann man nie wissen«, befasste sich Anatol mehr mit ihm als mit Marthas Angebot, sodass sie überrascht war, als Anatol sie nach dem Essen fragte: »Brauchen wir außer einem Hammer und Nägeln noch etwas?«

Martha schüttelte den Kopf, während sie den letzten Schluck trank. Gemeinsam verließen sie den asiatischen Imbiss und als sie auf den Gehsteig traten, nahm Anatol Izzys Leine. So gingen sie zusammen die Straße entlang. Martha drehte den Kopf einen Moment zurück und dachte, *Wenn ich das eine Mal nicht im asiatischen Imbiss gelandet wäre.* Sie schaute wieder nach vorne und bog mit Anatol in die nächste Seitenstraße ein.

Als Anatol neben Martha in der Wohnung stand, waren alle Zweifel, die plötzlich aufgekommen waren, als sie hintereinander die Stufen hinaufgegangen waren, wie verflogen. Beschwingt deutete er auf das Fensterbrett, auf dem der eingerollte Schnurvorhang lag, nachdem Martha schon beim Aufhängen der Mäntel nach dem Werkzeug gefragt hatte, so als hätte sie hier bereits hundertmal ihren Mantel hingehängt. Nur Izzy schnupperte neugierig herum, bis Anatol ihr eine Schüssel Wasser hinstellte. Während die Hundezunge immer wieder ins Wasser tauchte, rollte Martha den Schnurvorhang aus und das leise Klackern der Perlen vermischte sich mit dem rhythmischen Schlabbern des Hundes. »Wo soll er hängen?«, fragte sie und drehte sich zu Anatol, der schnell die zerrissenen Papierschnipsel – in der Früh noch das Namensschild für BETT – aufklaubte und wegwarf. »Es gibt eigentlich nur einen Ort, der infrage kommt«, sagte Anatol und Martha gab ihm recht: »Die Küche!«

Sie nahm den Hammer und hielt den Schnurvorhang probeweise in den Türrahmen, sagte: »Anatol Penzels Bildungsimbiss!«

»Pleite, schon vor der Eröffnung«, meinte Anatol und lachte.

»Ich starte eine Petition zur Rettung!«, rief Martha, den Schnurvorhang über der Schulter, und schlug einen Nagel ein. Izzy hatte sich inzwischen unter den Küchentisch gelegt, der Küchenfußboden um die Schüssel glitzerte nass.

Als der Schnurvorhang schließlich hing, wies Martha mit der rechten Hand darauf: »Bitte schön!«, und trat einen Schritt zurück: »Du zuerst!«

Langsam ging Anatol hindurch, ließ die Schnüre mit den Perlen, die hell aneinanderschlugen, über die gespreizten Finger streichen. Er drehte sich mit einem Lächeln zurück und blieb dabei unvermutet stehen, sodass Martha, die ihm gefolgt war, dichter als gedacht, gegen ihn stieß. Die blauen

Perlenschnüre halb auf ihren, halb auf seinen Schultern, standen sie so einen Augenblick, sein Kopf ein wenig über ihrem. Sachte strich er ihr eine Locke aus dem Gesicht. Da stellte sie sich auf die Zehenspitzen und küsste ihn.

Das erste Wort, das danach fiel, war von Martha: »Litschisaft.« Sie mussten lachten, begannen im Lachen Knöpfe aufzumachen, so als hätte das eine logisch zum anderen geführt. Wie der Türrahmen, der ins Nebenzimmer führte, in dem sie jetzt standen. Lippen auf Lippen zwischen Reißverschlüssen und Haken. Als er schließlich so ungeschickt aus seinen Boxershorts stieg, dass er beinahe nach vorne fiel, meinte sie: »Du wirst doch nicht eine fröhliche Frühlingsrolle machen?« Als Antwort warf Anatol die dunkelblauen gepunkteten Shorts in die Luft. Anstatt auf dem Boden landeten sie auf der Stehlampe neben dem Bett. Und so blieben sie hängen – das Licht nachtblau, die erleuchteten Punkte der Boxershorts der Sternenhimmel über ihnen.

Dank gebührt Andrea Grill, Philip Kerr, Christina Maria Landerl, David Mayer, Elisabeth Mayer, Theresia Ritter und Robert Schindel.

© Inna Kravchenko

Anna-Elisabeth Mayer, geboren 1977 in Salzburg, studierte Philosophie sowie Kunstgeschichte und wohnt in Wien. Für ihren Roman *Fliegengewicht* wurde sie 2011 mit dem Literaturperis Alpha ausgezeichnet. 2014 folgte der Roman *Die Hunde von Montpellier,* im Jahr darauf erhielt sie den Reinhard-Priessnitz-Preis. 2017 erschien ihr Roman *Am Himmel* über einen wahren Wiener Kriminalfall.